园花寂寞红

季羡林 著
杨国明 编

中国出版集团
東方出版中心

目录

壹　雪猫扑影

贰　藤影荷声

叁　春宵轻梦

肆　馨爱市井

伍　似水流年

陆　人间真情

壹

雪猫扑影

喜鹊窝

我是乡下人。小时候在乡下住过几年。乡下，树多，鸟多，树上的鸟窝多。秋冬之际，树上的叶子落光，抬头就能看到高树顶上的许多鸟窝，宛如一个个的黑色蘑菇。

但是，我同许多乡下人一样，对鸟并不特别感兴趣。我感兴趣的是昆虫中的知了（我们那里读如 jie liu，也就是蝉），在水族中是虾。夏天晚上，在场院里乘凉，在大柳树下，用麦秸点上一把火。赤脚爬上树去，用力一摇晃，知了便像雨点似的纷纷落下。如果嫌热，就跳到苇坑里，在苇丛中伸手一摸，就能摸到一些个儿不小的虾，带着双夹，齐白石画的就是这一种虾。

鸟却不能带给我这样的快乐，我有时甚至还感到厌烦。麻雀整天喳喳乱叫，还偷吃庄稼。乌鸦穿一身黑色的晚礼服，名声一向不好，乡下人总把他同死亡联系起来，“哇！哇！”两声，叫得人身上起鸡皮疙瘩。只有喜鹊沾了“喜”字的光，至少不引起人们的反感。那时候，乡下人饿着肚皮，又不是诗人，哪里会有什么闲情雅兴来欣赏鸟的鸣声呢？连喜鹊“喳，喳”的叫声也不例外。我虽然只有几岁，乡下人的偏见我都具备。只有一件事现在回想起来还能聊以自慰：我从来没有爬上树去掏喜鹊的窝。

后来我到了城里，变成了城里人。初到的时候，我简直像是进入迷宫。这么多人，这么多车，这么多商店，这么多大街小巷。我吃惊得目瞪口呆。有一年，母亲在乡下去世了，我回家奔丧。小时候的大娘、大婶见了我就问：

“寻（读若 xin）了媳妇没有？”

这问题好回答。我敬谨答曰：

“寻了。”

“是一个庄上的吗？”

我一时语塞，知道乡下人没有进过城，他们不知道城里不是村庄。想解释一下，又怕三言两语说不清楚，最终还是弄一个“丈二和尚，摸不着头脑”。我一时灵机一动，采用了鲁迅先生的办法，含糊答曰：

“唔！唔！”

谁也不知道“唔，唔”是什么意思。妙就妙在谁也不知道是什么意思。乡下的大娘、大婶不是哲学家，不懂什么逻辑思维，她们不“打破砂锅问到底”。我的口试就算及了格。

这一件小事虽小，它却充分说明了乡下人和城里人的思维和情趣是多么不同。回头再谈鸟儿。城里不是鸟的天堂。除了麻雀以外，别的鸟很少见到。常言道：物以稀为贵。于是城里的鸟就“贵”起来了，城里一些人对鸟也就有了感情。如果碰巧能看到高树顶端上的鸟窝，那简直是一件稀罕事儿。小孩子会在树下面拍手欢跳。

中国古代的诗人，虽然有的出生在乡下，但是科举，当官一定是在城里。既然是诗人，感情定是十分细腻。这种细腻表现在方方面面，也表现在对鸟，特别是对鸟鸣的喜爱上。这样的诗句，用不着去查书，一回想就能够想到一大堆。“鸟鸣山更幽”，“月出惊山鸟，时鸣春涧中”，“两个黄鹂鸣翠柳，一行白鹭上青天”，“荡胸生层云，决眦入归鸟”，“人归山郭暗，雁下芦洲白”，“微雨霭芳原，春鸠鸣何处”，“空山百鸟散还合，万里浮云阴且晴。嘶酸雏雁失群夜，断绝胡儿恋母声。川为静其波，鸟亦罢其鸣”等等，用不着再多举了。中国古代诗人对鸟和鸟鸣感情之深概可想见了。

只有陶渊明的一句诗，我觉得有点怪。“犬吠深巷中，鸡鸣桑树颠”。鸡飞上树去高声鸣叫，我确实没有见过。“鸡鸣桑树颠”，这一句话颇为突兀。难道晋朝江西的鸡真有飞到桑树顶上去高叫的脾气吗？

不管怎样，中国古代诗人对鸟及其鸣声特别敏感，已是一个彰明昭著的事实。再看一看西方文学，不能不感到其间的差别。西方诗歌中，除了云雀和夜莺外，其他的鸟及其鸣声似乎很少受诗人的垂青。这里面是否也含有很深的审美情趣的差别呢？是否也含有东西方诗人，再扩而大之是一般人之间对大自然的关系的差别呢？姑妄言之。

我绕弯子说了半天，无非是想说中国的城里人对鸟比较有感情而已。我这个由乡下人变为城里人的人，也逐渐爱起鸟来。可惜我半辈子始终是在大城市里转，在中国是如此，在德国和瑞士仍然是如此。空有爱鸟之心，爱的对象却难找到，在心灵深处难免感到惆怅。

一直到四十多年前，我四十多岁了，才从沙滩——真像是一片沙漠——搬到风光旖旎林木蓊郁的燕园里来。这里虽处城市，却似乡村，真正是鸟的天堂。我又能看到鸟了；不是一只，而是成群；不是一种，而是多种；不但看到它们飞，而且听到它们叫；不但看到它们在草地上蹦跳，而且看到高树顶上搭窝。我真是顾而乐之，多年干涸的心灵似乎又注入了一股清泉。

在众多的鸟中，给我印象最深、我最喜爱的还是喜鹊。在我住的楼前，沿着湖畔，有一排高大的垂柳，在马路对面则是一排高耸入云的杨树。楼西和楼后，小山下面，有几棵高大的榆树，小山上有一棵至少有六七百年的古松。可以说我们的楼是处在绿色丛中。我原住在西门洞的二楼上，书房面西，正对着那几棵榆树。一到春天，喜鹊和其他鸟的叫声不停。喜鹊不知道是通过什么方式，大概是既无父母之命，也没有媒妁之言，自由恋爱，结成了情侣，情侣不停地在群树之间穿梭飞行，嘴里往往叼着小树枝，想到什么地方去搭窝。我天天早上最大的乐趣就是看喜鹊们箭似的飞翔，喳喳地欢叫，往往能看上、听上半天。

有一天，完全出我的意料，然而又合乎我的心愿，窗外大榆树上有一团黑色的东西，我豁然开朗：这是喜鹊在搭窝。我现在不用出门就能够看到喜鹊窝了，乐何如之。从此我的眼睛和耳朵完全集中到这一对喜鹊和它们的窝上，其他的鸟鸣声仿佛都不存在了。每次我看书写作疲倦了，就向窗外看一看。一看到喜鹊窝就像郑板桥看到白银那样，“心花怒放，书画皆佳”。我的灵感风起云涌，连记忆力都仿佛是变了样子，大有过目不忘之概了。

光阴流转，转瞬已是春末夏初。窝里的喜鹊小宝宝看样子已经成长起来了。每当刮风下雨，我心里就揪成一团，我很怕它们的窝经受不住风吹雨打。当我看到，不管风多么狂，雨多么骤，那一个黑蘑菇似的窝仍然固若金汤，我的心就放下了。我幻想，此时喜鹊妈妈和喜鹊爸爸正在窝里伸开了翅膀，把小宝宝遮盖得严严实实，喜鹊一家正在做着甜美的梦，梦到燕园风和日丽；梦到燕园花团锦簇；梦到小虫子和小蚱蜢自己飞到窝里来，小宝宝食用不尽；梦到湖光塔影忽然移到了大榆树下面……

这一切原本都是幻影，然而我却泪眼模糊，再也无法幻想下去了。我从小失去了慈母，失去了母爱。一个失去了母爱的人，必然是一个心灵不完整或不正常的人。在七八十年的漫长时期中，不管是什么时候，也不管我是在什么地方，只要提到了失去母爱，失去母亲，我必然立即泪水盈眶。对人是如此，对鸟兽也是如此。中国古人常说“终天之恨”，我这真正是“终天之恨”了，这个恨只能等我离开人世才能消泯，这是无可怀疑的了。中国古诗说：“劝君莫打三春鸟，子在巢中望母归。”真是蔼然仁者之言，我每次暗诵，都会感到心灵震撼的。

但是，天有不测风云，鸟有旦夕祸福。正当我为这一家幸福的喜鹊感到幸福而自我陶醉的时候，祸事发生了。一天早上，我坐在书桌前，真是无巧不成书，我一抬头正看到一个小男孩赤脚爬上了那一棵榆树，伸手从喜鹊窝里把喜鹊宝宝掏了出来。掏了几只，我没有看清，不敢瞎说。总之是掏走了。只看这一个小男孩像猿猴一般，转瞬跳下树来，前后也不过几分钟，手里抓着小喜鹊，消逝得无影无踪了。我很想下楼去干预一下；但是一想到在浩劫中我头上戴的那一摞可怕的沉重的帽子，都还在似摘未摘之间，我只能规规矩矩，不敢乱说乱动。如果那一个小男孩是工人的孩子，那岂不成了"阶级报复"了吗！我吃了老虎心、豹子胆，也不敢动一动呀。我只有伏在桌上，暗自啜泣。

完了，完了，一切全完了。喜鹊的美梦消失了，我的美梦也消失了。我从此抑郁不乐，甚至不敢再抬头看窗外的大榆树。喜鹊妈妈和喜鹊爸爸的心情我不得而知。他们痛失爱子，至少也不会比我更好过。一连好几天，我听到窗外这一对喜鹊喳喳哀鸣，绕树千匝，无枝可依。我不忍再抬头看它们。不知什么时候，这一对喜鹊不见了。它们大概是怀着一颗破碎的心，飞到什么地方另起炉灶去了。过了一两年，大榆树上的那一个喜鹊窝，也由于没加维修，鹊去窝空，被风吹得无影无踪了。

我却还并没有死心，那一棵大榆树不行了，我就寄希望于其他树木。喜鹊们选择搭窝的树，不知道是根据什么标准。根据我这个人的标准，我觉得，楼前，楼后，楼左，楼右，许多高大的树都合乎搭窝的标准。我于是就盼望起来，年年盼，月月盼，盼星星，盼月亮，盼得双眼发红光。一到春天，我出门，首先抬头往树上瞧，枝头光秃秃的，什么东西也没有。我有时候真有点发急，甚至有点发狂，我想用眼睛看出一个喜鹊窝来。然而这一切都白搭，都徒然。

今年春天，也就是现在，我走出楼门，偶尔一抬头，我在上面讲的那一棵大榆树上，在光秃秃的枝干中间，又看到一团黑乎乎的东西。连年来我老眼昏花，对眼睛已经失去了自信力，我在惊喜之余，连忙擦了擦眼，又使劲瞪大了眼睛，我明白无误地看到了：是一个新搭成的喜鹊窝。我的高兴是任何语言文字都无法形容的。然而福不单至。过了不久，临湖的一棵高大的垂柳顶上，一对喜鹊又在忙忙碌碌地飞上飞下，嘴里叼着小树枝，正在搭一个窝。这一次的惊喜又远远超过了上一回。难道我今生的华盖运真已经交过了吗？

当年爬树掏喜鹊窝的那一个小男孩，现在早已长成大人了吧。他或许已经留了洋，或者下了海，或者成了“大款”。此事他也许早已忘记了。我潜心默祷，希望不要再出这样一个孩子，希望这两个喜鹊窝能够存在下去，希望在燕园里千百棵大树上都能有这样黑蘑菇似的喜鹊窝，希望在这里，在全中国，在全世界，人与鸟都能和睦融洽像一家人一样生活下去，希望人与鸟共同造成一个和谐的宇宙。

兔子

不记得是什么时候，大概总在我们全家刚从一条满铺了石头的古旧的街的北头搬到南头以后，我有了三只兔子。

说起兔子，我从小就喜欢的。在故乡里的时候，同村的许多家里都养着一窝兔子。在地上掘一个井似的圆洞，不深，在洞底又有向旁边通的小洞，兔子就住在里面。不知为什么，我们却总不记得家里有过这样的洞。每次随了大人往别的养兔子的家里去玩的时候，大人们正在扯不断拉不断絮絮地谈得高兴的当儿，我总是放轻了脚步走到洞口，偷偷地向里瞧——兔子正在小洞外面徘徊着呢。有黑白花的，有纯黑的。我顶喜欢纯白的，因为眼睛红亮得好看，透亮的长耳朵左右摇摆着。嘴也仿佛战栗似地颤动着，在嚼着菜根什么的。蓦地看见人影，都迅速地跑进小洞去了，像一溜溜的白色黑色的烟。倘若再伏下身子去看，在小洞的薄暗里，便只看见一对对的莹透的宝石似的眼睛了。

在我走出了童年以前的某一个春天，记得是刚过了年，因为一种机缘的凑巧，我离开故乡，到一个以湖山著名的都市里去。从栉比的高的楼房的空隙里，我只看到一线蓝蓝的天。这哪里像故乡里锅似的覆盖着的天呢？我看不到远远的笼罩着一层轻雾的树，我看不到天边上飘动的水似的云烟，我嗅不到土的气息。我仿佛住在灰之国里。终日里，我只听到闹嚷嚷的车马的声音。在半夜里，还有小贩的叫声从远处的小巷里飘了过来。我是地之子，我渴望着再回到大地的怀里去。当时，小小的心灵也会感到空漠的悲哀吧。但是，最使我不能忘怀的，占据了我的整个的心的，却还是有着宝石似的眼睛的故乡里的兔子。

也不记得是几年以后了，总之是在秋天，叔父从望口山回家来，仆人挑了一担东西。上面是用蒲布包装的有名的肥桃，下面有一个木笼。我正怀疑木笼里会装些什么东西，仆人已经把木笼举到我的眼前了——战栗似的颤动着的嘴，透亮的长长的耳朵，红亮的宝石似的眼睛……这不正是我梦寐渴望的兔子么？记得他临到望口山去的时候，我曾向他说过，要他带几个兔子回来。当时也不过随意一说，现在居然真带来了。这仿佛把我拉回了故乡里去。我是怎么狂喜呢？笼里一共有三只：一只大的，黑色，像母亲；两只小的，白色。我立刻舍弃了美味的肥桃，东跑西跑，忙着找白菜，找豆芽，喂它们。我又替它们张罗住处，最后就定住在我的床下。

童年在故乡里的时候，伏在别人的洞口上，羡慕人家的兔子，现在居然也有三只在我的床下了。对此，这简直比童话还不可信。最初，才从笼里放出来的时侯，立刻就有猫挤上来。兔子仿佛是很胆怯，伏在地上，不敢动。耳朵紧贴在头上，只有嘴颤动得更厉害。把猫赶走了，才慢慢地试着跑。我一转眼，早又跑到床下面去了。有了兔子以后的第一个夜里，我躺在床上，辗转着睡不沉，听兔子在床下嚼着豆芽的声音。我仿佛浮在云堆里，已经忘记了做过些什么样的梦了。

就这样，我的床下面便凭空添了三个小生命。每当我坐在靠窗的一张桌子的旁边读书的时候，兔子便偷偷地从床下面踱出来，没有一点声音。我从书页上面屏息地看着它们。先是大的一探头，又缩回去；再一探头，走出来了，一溜黑烟似地。紧随着的是两只小的，都白得像一团雪，眼睛红亮，像——我简直说不出像什么。像玛瑙么宁比玛瑙还光莹。就用这小小的红亮的眼睛四面看着，走到从花盆里垂出的拂着地的草叶下面，嘴战栗似地颤动几下，停一停，走到书旁边。嘴战栗似地颤动几下，停一停，走到小凳下面。嘴战栗似地颤动几下，停一停。忽然，我觉得有软茸茸的东西靠上了我的脚了。我知道这是小兔正伏在我的脚下。我忍耐着不敢动，不知怎地，腿忽然一抽。我再看时，一溜黑烟，两溜白烟，兔子都藏到床下面去。伏下身去看，在床下面暗黑的角隅里，便只看见莹透的宝石似的一对对的眼睛了。

是秋天，前面已经说过。我住的屋的窗外有一棵海棠树。以前常听人说，兔子是顶孱弱的。猫对它便是个大的威胁。在兔子没来我床下面住以前，屋里也常有猫的踪迹。门关严了的时候，这棵海棠树就成了猫来我屋的路。自从有了兔子以后，在冷寂的秋的长夜里，我常常无所谓地蓦地醒转来。——窗外风吹着落叶，窸窣地响，我疑心是猫从海棠树上爬上了窗子。连绵的夜雨击着落叶，窸窣地响，我又疑心是猫爬上了窗子。我静静地等着，不见有猫进来。低头看时，兔子正在地上来回地跑着。在微明的灯光里，更像一溜溜的黑烟和白烟了，眼睛也更红亮得像宝石了。当我正要蒙眬睡去的时候，恍惚听到"咪"的一声，看窗子上破了一个洞的地方，正有两颗灯似的眼睛向里瞅着。

第二天早晨起来，第一件要做的事情，就是伏下头去看，兔子丢了没有。看到两个小兔两团白絮似地偎在大的身旁熟睡的时候，心里仿佛得到点安慰。过了一会儿，再回到屋里来读书的时候，又可以看到它们在脚下来回地跑了。其实并没有什么声息，屋里总仿佛充满了生气与欢腾似的。周围的空气，也软浓浓地变得甜美了。兔子也渐渐不胆怯起来，看见我也不很躲避了。第一次一个小兔很驯顺地让我抚摸的时候，我简直欢喜得流泪呢。

倘若我的记忆靠得住的话，大约总有半个秋天，就在这样的颇有诗意的情况里度过去。我还能模模糊糊地记得：兔子才在笼里装来的时候，满院子里都挤满了花。我一闭眼，还能看到当时院子里飘动着的那一层淡淡的绿色。兔子常从屋里跑出来，到花盆缝里去玩，金鱼缸里的子午莲还仿佛从水面上突出两朵白花来。只依稀有一点影，这记忆恐怕靠不大住了。随了这绿气，这金鱼缸，我又能看到靠近海棠树的涂上了红油绿油的窗子，嵌着一方不小的玻璃，上面有雨和土的痕迹。窗纸上还粘着几条蜘蛛丝，窗子里面就是我的书桌，再往里，就是床，兔子就住在床下面……这一切仿佛在眼前浮动。但又像烟、像雾，眼睛就要幻化到空濛里去了。

我不是说大概过了有半个秋天吗，——等到院子里的花草渐渐地减少了，立刻显得很空阔。落叶却在阶下多起来，金鱼缸里也早没了水，天更蓝更长；澹远的秋有转入阴沉的冬的样儿了。就在这样一个蓝天的早晨，我又照例俯下身子，去看兔子丢了没有。——奇怪，床下面空空的，仿佛少了什么东西似的。再仔细看，只看到两个小兔凄凉地互相偎着睡。他们的母亲跑到哪里去了呢？我立刻慌了，汗流遍了全身。本来，几天以来，大兔子的胆更大了，常常自己偷跑到天井里去。这次恐怕又是自己偷跑出去了吧。但各处，屋里，屋外，都找到了，没有影，回头又看到两个小兔子偎在我的脚下，一种莫名其妙的凄凉袭进了我的心。我哭了，我是很早就离开母亲的，我时常想到她。我感到凄凉和寂寞。看来这两个小兔子也同我一样地感到凄凉和寂寞呢。我没地方倾诉，除非在梦里，小兔子又向哪里，而且又怎样倾诉呢？——我又哭了。

起初，我还有希望，我希望大兔子会自己跑回来，蓦地给我一个大的欢喜。但是一天一天地过去，我这希望终于成了泡影。我却更爱这两个小兔子了。以前我爱它们，因为它们红亮的眼睛，雪絮似的软毛。这以后的爱里，却掺入了同情。有时我还想拿我的爱抚来弥补它们失掉母亲的悲哀，但这哪里可能的呢？眼看它们渐渐消瘦下去，在屋里跑的时候也不像以前那样轻快了，时常偎到我的脚下来。我把它们抱在怀里，也驯顺地伏着不动。当我看到它们踽踽地走开的时候，小小的心真的充满了无名的悲哀呢！

这样的情况也没能延长多久。两三天以后，我忽然发现在屋里跑着的只有一个兔子了，那个同伴到哪里去了呢？我又慌了，又各处都找到：墙隅，桌下，又在天井各处找，低声唤着，落叶在脚下咯吱响。终于，没有影。当我看到这剩下的一个小生灵孤独地踱着的时候，再听檐边秋天特有的风声，眼泪又流下来了。——它在找它的母亲吗？找它的兄弟吗？为什么连叹息一声也不呢？宝石似的眼睛也仿佛含着晶莹的泪珠了。夜里，在微明的灯光下，我不见它在床下沉睡；它只是不停地在屋里跑着。这冷硬的土地，这漫漫的秋的长夜，没有母亲，没有兄弟偎着。凄凉的冷梦萦绕着它，它怎能睡得下去呢？

第二天的早晨，天更蓝，蓝得有点古怪。小屋里照得通明，小兔在我眼前跑过的时候，洁白的绒毛上，仿佛有一点红，一闪，我再看，就在透明红润的耳朵旁边，发现一点血痕——只一点，衬了雪白的毛，更显得红艳，像鸡血石上的斑，像西天一点晚霞。我却真有点焦急了。我听人说，兔子只要见血，无论多少滴，就会死去的。这剩下的一只没有母亲、没有兄弟的孤独的小生命也要死去的吗？我不相信，这比神话还渺茫，然而摆在眼前的却就是那一点红艳的血痕，怎样否认呢？我把它抱了起来，仿佛也知道有什么不幸要临到它身上，只伏在我怀里，不动，放下，也不大跑了。就在这天的末尾，在黄昏的微光里，当我再伏下头去看床下的时候，除了一些白菜和豆芽以外，什么也看不到了。我各处找了找，也没找到什么。我早知道有什么事情要发生。而且，我也想：这样也倒好。不然，孤零零的一个活在世界上，得不到一点温热，在凄凉和寂寞的袭击下，这长长的一生又怎样消磨呢？我不哭，但是眼泪却流到肚子里去了，悲哀沉重地压在心头，我想到了故乡里的母亲。

就这样，半个秋天以来，在我床下面跑出跑进的三个兔子一个都不见了。我再坐在靠窗的桌子旁读书的时候，从书页上面，什么也看不到了。从有着风和雨的痕迹的玻璃窗里望出去：海棠树早落净了叶子，只剩下秃光的枝干，撑着晴晴的秋的长空。夜里，我再听到外面，窸窸窣窣地响的时候，我又疑心是猫。我从蒙眬中醒转来，虽然有时也会在窗洞里看到两盏灯似的圆圆的眼睛，但是看床下的时候，却没有兔子来回地踱着了。眼一花，便会看到满地凌乱的影子，一溜黑烟，两溜白烟。再仔细看，有什么呢？什么也没有，只有暗淡的灯照彻了冷寂的秋夜，外面又窸窣地响，是雨吧，冷栗，寂寞，混上了一点轻微空漠的悲哀，压住了我的心。一切都空虚，我能再做什么样的梦呢？

一条老狗

自己也不知道是什么原因，我总会不时想起一条老狗来。在过去七十年的漫长的时间内，不管我是在国内，还是在国外，不管我是在亚洲、在欧洲、在非洲，一闭眼睛，就会不时有一条老狗的影子在我眼前晃动，背景是在一个破破烂烂篱笆门前，后面是绿苇丛生的大坑，透过苇丛的疏隙处，闪亮出一片水光。

这究竟是怎么一回事呢?

无论用多么夸大的词句，也决不能说这一条老狗是逗人喜爱的。它只不过是一条最普普通通的狗，毛色棕红、灰暗，上面沾满了碎草和泥土，在乡村群狗当中，无论如何也显不出一点特异之处，既不凶猛，又不魁梧。然而，就是这样一条不起眼儿的狗却揪住了我的心，一揪就是七十年。

因此，话必须从七十年前说起。当时我还是一个不谙世事的毛头小伙子，正在清华大学读西洋文学系二年级。能够进入清华园，是我平生最满意的事情，日子过得十分惬意。然而，好景不长。有一天，是在秋天，我忽然接到从济南家中打来的电报，只是四个字："母病速归"。我仿佛是劈头挨了一棒，脑筋昏迷了半天。我立即买好了车票，登上开往济南的火车。

我当时的处境是，我住在济南叔父家中，这里就是我的家，而我母亲却住在清平官庄的老家里。整整十四年前，我六岁的那一年，也就是 1917 年，我离开了故乡，也就是离开了母亲，到济南叔父处去上学。我上一辈共有十一位叔伯兄弟，而男孩却只有我一个。济南的叔父也只有一个女孩，于是，在表面上我就成了一个宝贝蛋。然而真正从心眼里爱我的只有母亲一人，别人不过是把我看成能够传宗接代的工具而已。这一层道理一个六岁的孩子是无法理解的。可是离开母亲的痛苦我却是理解得又深又透的。到了济南后第一夜，我生平第一次不在母亲怀抱里睡觉，而是孤身一个人躺在一张小床上，我无论如何也睡不着，我一直哭了半夜。这是怎么一回事呀！为什么把我弄到这里来了呢？“遥怜小儿女，未解忆长安”，母亲当时的心情，我还不会去猜想。现在追忆起来，她一定会是肝肠寸断，痛哭决不止半夜。现在，这已成了一个万古之谜，永远也不会解开了。

从此我就过上了寄人篱下的生活。我不能说，叔父和婶母不喜欢我，但是，我唯一被喜欢的资格就是，我是一个男孩。不是亲生的孩子同自己亲生的孩子感情必然有所不同，这是人之常情，用不着掩饰，更用不着美化。我在感情方面不是一个麻木的人，一些细微末节，我体会极深。常言道，没娘的孩子最痛苦。我虽有娘，却似无娘，这痛苦我感受得极深。我是多么想念我故乡里的娘呀！然而，天地间除了母亲一个人外有谁真能了解我的心情、我的痛苦呢？因此，我半夜醒来一个人偷偷地在被窝里吞声饮泣的情况就越来越多了。

在整整十四年中，我总共回过三次老家。第一次是在我上小学的时候，为了奔大奶奶之丧而回家的。大奶奶并不是我的亲奶奶，但是从小就对我疼爱异常。如今她离开了我们，我必须回家，这似乎是天经地义的事情。这一次我在家只住了几天，母亲异常高兴，自在意中。第二次回家是在我上中学的时候，原因是父亲卧病。叔父亲自请假回家，看自己共过患难的亲哥哥。这次在家住的时间也不长。我每天坐着牛车，带上一包点心，到离开我们村相当远的一个大地主兼中医住的村里去请他，到我家来给父亲看病，看完再用牛车送他回去。路是土路，坑洼不平，牛车走在上面，颠颠簸簸，来回两趟，要用去差不多一整天的时间。至于医疗效果如何呢？那只有天晓得了。反正父亲的病没有好，也没有变坏。叔父和我的时间都是有限的，我们只好先回济南了。过了没有多久，父亲终于走了。一叔到济南来接我回家。这是我第三次回家，同第一次一样，专为奔丧。在家里埋葬了父亲，又住了几天。现在家里只剩下了母亲和二妹两个人。家里失掉了男主人，一个妇道人家怎样过那种只有半亩地的穷日子，母亲的心情怎样，我只有十一二岁，当时是难以理解的。但是，我仍然必须离开她到济南去继续上学。在这样万般无奈的情况下，但凡母亲还有不管是多么小的力量，她也决不会放我走的。可是，她连一丝一毫的力量也没有。她一字不识，一辈子连个名字都没有能够取上，做了一辈子“季赵氏”。到了今天，父亲一走，她怎样活下去呢？她能给我饭吃吗？不能的，决不能的。母亲心内的痛苦和忧愁，连我都感觉到了。最后，她只能眼睁睁地看着自己最亲爱的孩子离开了自己，走了，走了。谁会知道，这是她最后一次看到自己的儿子呢？谁会知道，这也是我最后一次见到母亲呢？

回到济南以后，我由小学而初中，由初中而高中，由高中而到北京来上大学，在长达八年的过程中，我由一个混混沌沌的小孩子变成了一个青年人，知识增加了一些，对人生了解得也多了不少。对母亲当然仍然是不断想念的。但在暗中饮泣的次数少了，想的是一些切切实实的问题和办法。我梦想，再过两年，我大学一毕业，由于出身一个名牌大学，抢一只饭碗是不成问题的。到了那时候，自己手头有了钱，我将首先把母亲迎至济南。她才四十来岁，今后享福的日子多着哩。

可是我这一个奇妙如意的美梦竟被一张“母病速归”的电报打了个支离破碎。我现在坐在火车上，心惊肉跳，忐忑难安。哈姆莱特问的是 to be or not to be，我问的是母亲是病了，还是走了。我没有法子求签占卜，可我又偏想知道个究竟，我于是自己想出了一套占卜的办法。我闭上眼睛，如果一睁眼我能看到一根电线杆，那母亲就是病了；如果看不到，就是走了。当时火车速度极慢，从北京到济南要走十四五个小时。就在这样长的时间内，我闭眼又睁眼反复了不知多少次。有时能看到电线杆，则心中一喜；有时又看不到，心中则一惧。到头来也没能得出一个肯定的结果。我到了济南。

到了家中，我才知道，母亲不是病了，而是走了。这消息对我真如五雷轰顶，我昏迷了半晌，躺在床上哭了一天，水米不曾沾牙。悔恨像大毒蛇直刺入我的心窝。在长达八年的时间内，难道你就不能在任何一个暑假内抽出几天时间回家看一看母亲吗？二妹在前几年也从家乡来到了济南，家中只剩下母亲一个人，孤苦伶仃，形单影只，而且又缺吃少喝，她日子是怎么过的呀！你的良心和理智哪里去了？你连想都不想一下吗？你还能算得上是一个人吗？我痛悔自责，找不到一点儿能原谅自己的地方。我一度曾想到自杀，追随母亲于地下。但是，母亲还没有埋葬，不能立即实行。在极度痛苦中我胡乱诌了一副挽联：

一别竟八载，多少次倚闾怅望，眼泪和血流，迢迢玉宇，高处寒否？

为母子一场，只留得面影迷离，入梦浑难辨，茫茫苍天，此恨曷极！

对仗谈不上，只不过想聊表我的心情而已。

叔父婶母看着苗头不对，怕真出现什么问题，派马家二舅陪我还乡奔丧。到了家里，母亲已经成殓，棺材就停放在屋子中间。只隔一层薄薄的棺材板，我竟不能再见母亲一面，我与她竟是人天悬隔矣。我此时如万箭钻心，痛苦难忍，想一头撞死在母亲棺材上，被别人死力拽住，昏迷了半天，才醒转过来。抬头看屋中的情况，真正是家徒四壁，除了几只破椅子和一只破箱子以外，什么都没有。在这样的环境中，母亲这八年的日子是怎样过的，不是一清二楚了吗？我又不禁悲从中来，痛哭了一场。

现在家中已经没了女主人，也就是说，没有了任何人。白天我到村内二大爷家里去吃饭，讨论母亲的安葬事宜。晚上则由二大爷亲自送我回家。那时村里不但没有电灯，连煤油灯也没有。家家都点豆油灯，用棉花条搓成灯捻，只不过是有点微弱的亮光而已。有人劝我，晚上就睡在二大爷家里，我执意不肯。让我再陪母亲住上几天吧。在茫茫百年中，我在母亲身边只住过六年多，现在仅仅剩下了几天，再不陪就真正抱恨终天了。于是，二大爷就亲自提一个小灯笼送我回家。此时，万籁俱寂，宇宙笼罩在一片黑暗中，只有天上的星星在眨眼，仿佛闪出一丝光芒。全村没有一点亮光，没有一点声音。透过大坑里芦苇的疏隙闪出一点水光。走近破篱笆门时，门旁地上有一团黑东西，细看才知道是一条老狗，静静地卧在那里。狗们有没有思想，我说不准，但感情的确是有的。这一条老狗几天来大概是陷入困惑中：天天喂我的女主人怎么忽然不见了？它白天到村里什么地方偷一点东西吃，立即回到家里来，静静地卧在篱笆门旁。见了我这个小伙子，它似乎感到我也是这家的主人，同女主人有点什么关系，因此见到了我并不咬我，有时候还摇摇尾巴，表示亲昵。那一天晚上我看到的就是这一条老狗。

我孤身一个人走进屋内，屋中停放着母亲的棺材。我躺在里面一间屋子里的大土炕上，炕上到处是跳蚤，它们勇猛地向我发动进攻。我本来就毫无睡意，跳蚤的干扰更加使我难以入睡了。我此时孤身一人陪伴着一具棺材。我是不是害怕呢？不的，一点也不。虽然是可怕的棺材，但里面躺的人却是我的母亲。她永远爱她的儿子，是人，是鬼，都决不会改变的。

正在这时候，在黑暗中外面走进来一个人，听声音是对门的宁大叔。在母亲生前，他帮助母亲种地，干一些重活，我对他真是感激不尽。他一进屋就高声说："你娘叫你哩！"我大吃一惊：母亲怎么会叫我呢？原来宁大婶撞客了，撞着的正是我母亲。我赶快起身，走到宁家。在平时这种事情我是绝对不会相信的。此时我却是心慌意乱了。只听从宁大婶嘴里叫了一声："喜子呀！娘想你啊！"我虽然头脑清醒，然而却泪流满面。娘的声音，我八年没有听到了。这一次如果是从母亲嘴里说出来的，那有多好啊！然而却是从宁大婶嘴里，但是听上去确实像母亲当年的声音。我信呢，还是不信呢？你不信能行吗？我糊里糊涂地如醉似痴地走了回来。在篱笆门口，地上黑黢黢的一团，是那一条忠诚的老狗。

我又躺在炕上，无论如何也睡不着了，两只眼睛望着黑暗，仿佛能感到自己的眼睛在发亮。我想了很多很多，八年来从来没有想到的事，现在全想到了。父亲死了以后，济南的经济资助几乎完全断绝，母亲就靠那半亩地维持生活，她能吃得饱吗？她一定是天天夜里躺在我现在躺的这一个土炕上想她的儿子，然而儿子却音信全无。她不识字，我写信也无用。听说她曾对人说过："如果我知道一去不回头的话，我无论如何也不会放他走的！"这一点我为什么过去一点儿也没有想到过呢？古人说：“树欲静而风不止，子欲养而亲不待。”现在这两句话正应在我的身上，我亲自感受到了；然而晚了，晚了，逝去的时光不能再追回了！“长夜漫漫何时旦?”我盼天赶快亮。然而，我立刻又想到，我只是一次度过这样痛苦的漫漫长夜，母亲却度过了将近三千次。这是多么可怕的一段时间啊！在长夜中，全村没有一点灯光，没有一点声音，黑暗仿佛凝结成为固体，只有一个人还瞪大了眼睛在玄想，想的是自己的儿子。伴随她的寂寥的只有一个动物，就是篱笆门外静卧的那一条老狗。想到这里，我无论如何也不敢再想下去了；如果再想下去的话，我不知道会出现什么样的情况。

母亲的丧事处理完，又是我离开故乡的时候了。临离开那一座破房子时，我一眼就看到那一条老狗仍然忠诚地趴在篱笆门口，见了我，它似乎预感到我要离开了，它站了起来，走到我跟前，在我腿上擦来擦去，对着我尾巴直摇。我一下子泪流满面，我知道这是我们的永别，我俯下身，抱住了它的头，亲了一口。我很想把它抱回济南，但那是绝对办不到的。我只好一步三回首地离开了那里，眼泪向肚子里流。

到现在这一幕已经过去了七十年。我总是不时想到这一条老狗。女主人没了，少主人也离开了，它每天到村内找点儿东西吃，究竟能够找多久呢？我相信，它决不会离开那个篱笆门口的，它会永远趴在那里的，尽管脑袋里也会充满了疑问。它究竟趴了多久，我不知道，也许最终是饿死的。我相信，就是饿死，它也会死在那个破篱笆门口，后面是大坑里透过苇丛闪出来的水光。

我从来不信什么轮回转生，但是，我现在宁愿信上一次。我已经九十岁了，来日苦短了。等到我离开这个世界以后，我会在天上或者地下什么地方与母亲相会，趴在她脚下的仍然是这一条老狗。

咪咪

我现在越来越不了解自己了。我原以为自己不是多愁善感的人，内心还是比较坚强的。现在才发现，这只是一个假象，我的感情其实脆弱得很。

八年以前，我养了一只小猫，取名咪咪。她大概是一只波斯混种的猫，全身白毛，毛又长又厚，冬天胖得滚圆。额头上有一块黑黄相间的花斑，尾巴则是黄的。总之，她长得非常逗人喜爱。因为我经常给她些鱼肉之类的东西吃，她就特别喜欢我。有几年的时间，她夜里睡在我的床上。每天晚上，只要我一铺开棉被，盖上毛毯，她就急不可待地跳上床去，躺在毯子上。我躺下不久，就听到她打呼噜——我们家乡话叫“念经”——的声音。半夜里，我在梦中往往突然感到脸上一阵冰凉，是小猫用舌头来舔我了，有时候还要往我被窝儿里钻。偶尔有一夜，她没有到我床上来，我顿感空荡寂寞，半天睡不着。等我半夜醒来，脚头上沉甸甸的，用手一摸：毛茸茸的一团，心里有说不出来的甜蜜感，再次入睡，如游天宫。早晨一起床，吃过早点，坐在书桌前看书写字。这时候咪咪决不再躺在床上，而是一定要跳上书桌，趴在台灯下面我的书上或稿纸上，有时候还要给我一个屁股，头朝里面。有时候还会摇摆尾巴，把我的书页和稿纸摇乱。过了一些时候，外面天色大亮，我就把咪咪和另外一只纯种

“国猫”名叫虎子的黑色斑纹的“土猫”放出门去，到湖边和土山下草坪上去吃点青草，就地打几个滚儿，然后跟在我身后散步。我上山，她们就上山；我走下来，她们也跟下来。猫跟人散步是极为罕见的，因此成为朗润园一景。这时候，几乎每天都碰到一位手提鸟笼遛鸟的老退休工人，我们一见面，就相对大笑一阵：“你在遛鸟，我在遛猫，我们各有所好啊！”我的每一天，往往就是在这种情况下开始的。其乐融融，自不在话下。

大概在一年多以前，有一天，咪咪忽然失踪了。我们全家都有点着急。我们左等，右等；左盼，右盼，望穿了眼睛，只是不见。在深夜，在凌晨，我走了出来，瞪大了双眼，尖起了双耳，希望能在朦胧中看到一团白色，希望能在万籁俱寂中听到一点声息。然而，一切都是枉然。这样过了三天三夜，一个下午咪咪回来了。雪白的毛上沾满了杂草，颜色变得灰土土的，完全一副狼狈不堪的样子。一头闯进门，直奔猫食碗，狼吞虎咽，大嚼一通。然后跳上壁橱，藏了起来，好半天不敢露面。从此，她似乎变了脾气，拉尿不知，有时候竟在桌子上撒尿和拉屎。她原来是一只规矩温顺的小猫咪，完全不是这样子的。我们都怀疑，她之所以失踪，是被坏人捉走了的，想逃跑，受到了虐待，甚至受到捶挞，好不容易，逃了回来，逃出了魔掌，生理上受到了剧烈的震动，才落了一身这样的坏毛病。

我们看了心里都很难受。一个纯洁无辜的小动物，竟被折磨成这个样子，谁能无动于衷呢？可是我又有什么办法？

我是最喜爱这个小东西的，心里更好像是结上了一个大疙瘩，然而却是爱莫能助，眼睁睁地看她在桌上的稿纸上撒尿。但是，我决不打她。我一向主张，对小孩子和小动物这些弱者，动手打就是犯罪。我常说，一个人如果自认还有一点力量、一点权威的话，应当向敌人和坏人施展，不管他们多强多大。向弱者发泄，算不上英雄汉。

然而事情发展却越来越坏，咪咪任意撒尿和拉屎的频率增强了，范围扩大了。在桌上，床下，澡盆中，地毯上，书上，纸上，只要从高处往下一跳，尿水必随之而来。我以耄耋衰躯，匍匐在床下桌下向纵深的暗处去清扫猫屎，钻出来以后，往往喘上半天粗气。我不但毫不气馁，而且大有乐此不疲之慨，心里乐滋滋的。我那年近九旬的老祖笑着说："你从来没有给女儿、儿子打扫过屎尿，也没有给孙子、孙女打扫过，现在却心甘情愿服侍这一只小猫！"我笑而不答。我不以为苦，反以为乐。这一点我自己也解释不清楚。

但是，事情发展得比以前更坏了。家人忍无可忍，主张把咪咪赶走。我觉得，让她出去野一野，也许会治好她的病，我同意了。于是在一个晚上把咪咪送出去，关在门外。我躺在床上，辗转反侧，再也睡不着。后来蒙眬睡去，做起梦来，梦到的不是别的什么，而是咪咪。第二天早晨，天还没有亮，我拿着电筒到楼外去找。我知道，她喜欢趴在对面居室的阳台上。拿手电一照，白白的一团，咪咪蜷伏在那里，见到了我咪噢叫个不停，仿佛有一肚子委屈要向我倾诉。我听了这种哀鸣，心酸泪流。如果猫能做梦的话，她梦到的必然是我。她现在大概怨我太狠心了，我只有默默承认，心里痛悔万分。我知道，咪咪的母亲刚刚死去，她自己当然完全不懂这一套，我却是懂得的。我青年丧母，留下了终天之恨。年近耄耋，一想到母亲，仍然泪流不止。现在竟把思母之情移到了咪咪身上。我心跳手颤，赶快拿来鱼饭，让咪咪饱餐一顿。但是，没有得到家人的同意，我仍然得把咪咪留在外面。而我又放心不下，经常出去看她。我住的朗润园小山重叠，林深树茂，应该说是猫的天堂。可是咪咪硬是不走，总卧在我住宅周围。我有时晚上打手电出来找她，在临湖的石头缝中往往能发现白色的东西，那是咪咪。见了我，她又咪噢直叫。她眼睛似乎有了病，老是泪汪汪的。她的泪也引起了我的泪，我们相对而泣。

我这样一个走遍天涯海角饱经沧桑的垂暮之年的老人，竟为这样一只小猫而失魂落魄，对别人来说，可能难以解释，但对我自己来说，却是很容易解释的。从报纸上看到，定居台湾的老友梁实秋先生，在临终前念念不忘的是他的猫。我读了大为欣慰，引为“同志”，这也可以说是“猫坛”佳话吧。我现在再也不硬充英雄好汉了，我俯首承认我是多愁善感的。咪咪这样一只小猫就戳穿了我这一只“纸老虎”。我了解到了自己的本来面目，并不感到有什么难堪。

现在，我正在香港讲学，住在中文大学会友楼中。此地背山面海，临窗一望，海天浑茫，水波不兴，青螺数点，帆影一片，风光异常美妙，园中有四时不谢之花，八节长春之草，兼又有主人盛情款待，我心中此时乐也。然而我却常有

“山川信美非吾土”之感，我怀念北京燕园中我的家人，我的朋友，我那堆满书案的稿子。我想到北国就要千里冰封、万里雪飘，“马后桃花马前雪，出关争得不回头?”我归心似箭，决不会“回头”。特别是当我想到咪咪时，我仿佛听到她的咪噢的哀鸣，心里颤抖不停，想立刻插翅回去。小猫吃不到我亲手给她的鱼肉，也许大惑不解：“我的主人哪里去了呢?”猫们不会理解人们的悲欢离合。我庆幸她不理解，否则更会痛苦了。好在我留港时间即将结束，我不久就能够见到我的家人，我的朋友。燕园中又多了一个我，咪咪会特别高兴的，她的病也许会好了。北望云天万里，我为咪咪祝福。

老猫

老猫虎子蜷曲在玻璃窗外窗台一个角落里，缩着脖子，眯着眼睛，浑身一片寂寞、凄清、孤独、无助的神情。

外面正下着小雨，雨丝一缕一缕地向下飘落，像是珍珠帘子。时令虽已是初秋，但是隔着雨帘，还能看到紧靠窗子的小土山上丛草依然碧绿，毫无要变黄的样子。在万绿丛中赫然露出一朵鲜艳的红花。古诗“万绿丛中一点红”，大概就是这般光景吧。这一朵小花如火似燃，照亮了浑茫的雨天。

我从小就喜爱小动物，同小动物在一起，别有一番滋味。它们天真无邪，率性而行；有吃抢吃，有喝抢喝；不会说谎，不会推诿；受到惩罚，忍痛挨打；一转眼间，照偷不误。同它们在一起，我心里感到怡然，坦然，安然，欣然。不像同人在一起那样，应对进退、谨小慎微，斟酌词句、保持距离，感到异常的别扭。

十四年前，我养的第一只猫，就是这个虎子。它刚到我家来的时候，比老鼠大不了多少，蜷曲在窄狭的窗台上，活动的空间好像富富有余。它并没有什么特点，只是一只最平常的狸猫，身上有虎皮斑纹，颜色不黑不黄，并不美观。但是它异于常猫的地方也有。它有两只炯炯有神的眼睛，两眼一睁，还真虎虎有虎气，因此起名叫虎子。它脾气也确实暴烈如虎。它从来不怕任何人。谁要想打它，不管是用鸡毛掸子，还是用竹竿，它从不回避，而是向前进攻，声色俱厉。得罪过它的人，它永世不忘。我的外孙打过它一次，从此结仇。只要他到我家来，隔着玻璃窗子，它一见人影，就做好准备，向前进攻，爪牙并举，吼声震耳。他没有办法，在家中走动，都要手持竹竿，以防万一，否则寸步难行。有一次，一位老同志来看我，他显然是非常喜欢猫的。一见虎子，嘴里连声说着："我身上有猫味，猫不会咬我的。"他伸手想去抚摩它，可万没有想到，我们的虎子不懂什么猫味，回头就是一口。这位老同志大惊失色。总之，到了后来，虎子无人不咬，只有我们家三个主人除外，它的"咬声"颇能耸人听闻了。

但是，要说这就是虎子的全面，那也是不正确的。除了暴烈咬人以外，它还有另外一面，这就是温柔敦厚的一面。我举一个小例子。虎子来我们家以后的第三年，我又要了一只小猫。这是一只混种的波斯猫，浑身雪白，毛很长，但在额头上有一小片黑黄相间的花纹。我们家人管这只猫叫洋猫，起名咪咪；虎子则被尊为土猫。这只猫的脾气同虎子完全相反：胆小、怕人，从来没有咬过人。只有在外面跑的时候，才露出一点儿野性。它只要有机会溜出大门，但见它长毛尾巴一摆，像一溜烟似的立即蹿入小山的树丛中，半天不回家。这两只猫并没有血缘关系。但是，不知道是由于什么原因，一进门，虎子就把咪咪看作是自己的亲生女儿。它自己本来没有什么奶，却坚决要给咪咪喂奶，把咪咪搂在怀里，让它咂自己的干奶头，它眯着眼睛，仿佛在享着天福。我在吃饭的时候，有时丢点儿鸡头骨、鱼刺，这等于猫们的燕窝、鱼翅。但是，虎子却只蹲在旁边，瞅着咪咪一只猫吃，从来不同它争食。有时还“咪噢”上两声，好像是在说：“吃吧，孩子！安安静静地吃吧！”有时候，不管是春夏还是秋冬，虎子会从西边的小山上逮一些小动物，麻雀、蚱蜢、蝉、蛐蛐之类，用嘴叼着，蹲在家门口，嘴里发出一种怪声。这是猫语，屋里的咪咪，不管是睡还是醒，耸耳一听，立即跑到门后，馋涎欲滴，等着吃母亲带来的佳肴，大快朵颐。我们家人看到这样母子亲爱的情景，都由衷的感动，一致把虎子称作“义猫”。有一年，小咪咪生了两个小猫。大概是初做母亲，没有经验，正如我们圣人所说的那样：“未有学养子而后嫁者也。”养子，人们能很快学会，而猫们则不行。咪咪丢下小猫不管，虎子却大忙特忙起来，觉不睡，饭不吃，日日夜夜把小猫搂在怀里。但小猫是要吃奶的，而奶正是虎子所缺的。于是小猫暴躁不安，虎子眉头一皱，计上心来，叼起小猫，到处追着咪咪，要它给小猫喂奶，还真像一个姥姥样子。但是小咪咪并不领情，依旧不给小猫喂奶。有几天的时间，虎子不吃不喝，瞪着两只闪闪发光的眼睛，嘴里叼着小猫，从这屋赶到那屋；一转眼又赶了回来。小猫大概真是受不了啦，便辞别了这个世界。

我看了这一出猫家庭里的悲剧又是喜剧，实在是爱莫能助，惋惜了很久。

我同虎子和咪咪都有深厚的感情。每天晚上，它们俩抢着到我床上去睡觉。在冬天，我在棉被上面特别铺上了一块布，供它们躺卧。我有时候半夜里醒来，神志一清醒，觉得有什么东西重重地压在我身上，一股暖气仿佛透过了两层棉被，扑到我的双腿上。我知道，小猫睡得正香，即使我的双腿由于僵卧时间过久，又酸又痛，但我总是强忍着，决不动一动双腿，免得惊了小猫的轻梦。它此时也许正梦着捉住了一只耗子。只要我的腿一动，它这耗子就吃不成了，岂非大煞风景吗？

这样过了几年，小咪咪大概有八九岁了。虎子比它大三岁，十一二岁的光景。依然威风凛凛，脾气暴烈如故，见人就咬，大有死不改悔的神气。而小咪咪则出我意料地露出了下世的光景，常常到处小便，桌子上，椅子上，沙发上，无处不便。如果到医院里去检查的话，大夫在列举的病情中一定会有这一条的：小便失禁。最让我心烦的是，它偏偏看上了我桌子上的稿纸。我正写着什么文章，然而它却根本不管这一套，跳上去，屁股往下一蹲，一泡猫尿流在上面，还闪着微弱的光。说我不急，那不是真的，我心里真急。但是，我谨遵我的一条戒律：决不打小猫一掌，在任何情况之下，也不打它。此时，我赶快把稿纸拿起来，抖掉上面的猫尿，等它自己干。心里又好气，又好笑，真是哭笑不得。家人对我的嘲笑，我置若罔闻，“全等秋风过耳边”。

我不信任何宗教，也不皈依任何神灵。但是，此时我却有点儿想迷信一下。我期望会有奇迹出现，让咪咪的病情好转。可世界上是没有什么奇迹的，咪咪的病一天一天地严重起来。它不想回家，喜欢在房外荷塘边上石头缝里待着，或者藏在小山的树木丛里。它再也不在夜里睡在我的被子上了。每当我半夜里醒来，觉得棉被上轻飘飘的，我惘然若有所失，甚至有点儿悲伤了。我每天凌晨起来，第一件事情就是拿着手电到房外塘边山上去找咪咪。它浑身雪白，是很容易找到的。在薄暗中，我眼前白白地一闪，我就知道是咪咪。见了我，“咪噢”一声，起身向我走来。我把它抱回家，给它东西吃，它似乎根本没有口味。我看了直想流泪。有一次我拖着疲惫的身子，走几里路，到海淀的肉店里去买猪肝和牛肉。拿回来，喂给咪咪，它一闻，似乎有点儿想吃的样子；但肉一沾唇，它立即又把头缩回去，闭上眼睛，不闻不问了。

有一天傍晚，我看咪咪神情很不妙，预感要发生什么事情。我唤它，它不肯进屋。我把它抱到篱笆以内，窗台下面。我端来两只碗，一只盛吃的，一只盛水。我拍了拍它的脑袋，它偎依着我，“咪噢”叫了两声，便闭上了眼睛。我放心进屋睡觉。第二天凌晨，我一睁眼，三步并作一步，手里拿着手电，到外面去看。哎呀不好！两碗全在，猫影顿杳。我心里非常难过，说不出是什么滋味。我手持手电找遍了塘边，山上，树后，草丛，深沟，石缝。有时候，眼前白光一闪。“是咪咪！”我狂喜。走近一看，是一张白纸。我嗒然若丧，心头仿佛被挖掉了点儿什么。“屋前屋后搜之遍，几处茫茫皆不见。”从此我就失掉了咪咪，它从我的生命中消逝了，永远永远地消逝了。我简直像是失掉了一个好友，一个亲人。至今回想起来，我内心里还颤抖不止。

在我心情最沉重的时候，有一些通达世事的好心人告诉我，猫们有一种特殊的本领，能知道自己什么时候寿终。到了此时此刻，它们决不待在主人家里，让主人看到死猫，感到心烦，或感到悲伤。它们总是逃了出去，到一个最僻静、最难找的角落里，地沟里，山洞里，树丛里，等候最后时刻的到来。因此，养猫的人大都在家里看不见死猫的尸体。只要自己的猫老了，病了，出去几天不回来，他们就知道，它已经离开了人世，不让举行遗体告别的仪式，永远永远不再回来了。

我听了以后，憬然若有所悟。我不是哲学家，也不是宗教家，但却读过不少哲学家和宗教家谈论生死大事的文章。这些文章多半有非常精辟的见解，闪耀着智慧的光芒，我也想努力从中学习一些有关生死的真理。结果却是毫无所得。那些文章中，除了说教以外，几乎没有什么有用的东西。大半都是老生常谈，不能解决什么实际问题，没能给我留下深刻的印象。现在看来，倒是猫们临终时的所作所为，即使仅仅是出于本能吧，却给了我很大的启发。人们难道就不应该向猫们学习这一点经验吗？有生必有死，这是自然规律，谁都逃不过。中国历史上赫赫有名的人物，秦皇、汉武，还有唐宗，想方设法．千方百计，想求长生不老。到头来仍然是竹篮子打水一场空，只落得黄土一抔，“西风残照汉家陵阙”，我辈平民百姓又何必煞费苦心呢？一个人早死几个小时，或者晚死几个小时，甚至几天，实在是无所谓的小事，决影响不了地球的转动，社会的前进。再退一步想，现在有些思想开明的人士，不想长生不老，不想在大地上再留黄土一抔，甚至开明到不要遗体告别，不要开追悼会。但是仍会给后人留下些麻烦：登报，发讣告，还要打电话四处通知，总得忙上一阵。何不学一学猫们呢？它们这样处理生死大事，干得何等干净利索呀！一点儿痕迹也不留，走了，走了，永远地走了，让这花花世界的人们不见猫尸，用不着落泪，照旧做着花花世界的梦。

我忽然联想到我多次看过的敦煌壁画上的西方净土变。所谓“净土”，指的就是我们常说的天堂、乐园，是许多宗教信徒烧香念佛，查经祷告，甚至实行苦行，折磨自己，梦寐以求想到达的地方。据说在那里可以享受天福，得到人世间万万得不到的快乐。我看了壁画上画的房子、街道、树木、花草，以及大人、小孩，林林总总，觉得十分热闹。可我觉得没有什么出奇之处。只有一件事给我留下了永不磨灭的印象，那就是，那里的人们都是笑口常开，没有一个人愁眉苦脸，他们的日子大概过得都很惬意。不像在我们人间有这样许多不如意的事情，有时候办点儿事，还要找后门，钻空子。在他们的商店里——净土里面还实行市场经济吗？他们还用得着商店吗？——售货员大概都很和气，不给人白眼，不训斥“上帝”，不扎堆闲侃，不给人钉子碰。这样的天堂乐园，我也真是心向往之的。但是给我印象最深，使我最为吃惊或者羡慕的还是他们对待要死的人的态度。那里的人，大概同人世间的猫们差不多，能预先知道自己寿终的时刻。到了此时，要死的老嬷嬷或者老头，健步如飞地走在前面，身后簇拥着自己的子子孙孙、至亲好友，个个喜笑颜开，全无悲戚的神态，仿佛是去参加什么喜事一般，一直把老人送进坟墓。后事如何，壁画不是电影，是不能动的。然而画到这个程度，以后的事尽在不言中。如果一定要画上填土封坟，反而似乎是多此一举了。我觉得，净土中的人们给我们人类争了光。他们这一手比猫们又漂亮多了。知道必死，而又兴高采烈，多么豁达！多么聪明！猫们能做得到吗？这证明，净土里的人们真正参透了人生奥秘，真正参透了自然规律。人为万物之灵，他们为我们人类在同猫们对比之下真真增了光！真不愧是净土！

上面我胡思乱想得太远了，还是回到我们人世间来吧。我坦白承认，我对人生的奥秘参透得还不够，我对自然规律参透得也还不够，我仍然十分怀念我的咪咪。我心里仿佛有一个空白，非填起来不行。我一定要找一只同咪咪一模一样的白色波斯猫。后来果然朋友又送来了一只，浑身长毛，洁白如雪，两只眼睛全是绿的，亮晶晶像两块绿宝石。为了纪念死去的咪咪，我仍然为它命名“咪咪”，见了它，就像见到老咪咪一样。过了大约又有一年的光景，友人又送了我一只据说是纯种的波斯猫，两只眼睛颜色不同，一黄一蓝。在太阳光下，黄的特别黄，蓝的特别蓝，像两颗黄蓝宝石，闪闪发光，竞妍争艳。这只猫特别调皮，简直是胆大无边，然而也因此就更特别可爱。这一下子又忙坏了虎子，它认为这两只小猫都是自己的亲生女儿，硬逼着它们吮吸自己那干瘪的奶头。只要它走出去，不知在什么地方弄到了小鸟、蚱蜢之类，就带回家来，给两只小猫吃。好久没有听到的“咪噢”唤小猫的声音，现在又听到了，我心里漾起了一丝丝甜意。这大大地减轻了我对老咪咪的怀念。

可是岁月不饶人，也不会饶猫的。这一只“土猫”虎子已经活到十四岁。据通达世情的人们说，猫的十四岁，就等于人的八九十岁。这样一来，我自己不是成了虎子的同龄“人”了吗？这个虎子却也真怪。有时候，颇现出一些老相。两只炯炯有神的眼睛里忽然被一层薄膜蒙了起来；嘴里流出了哈喇子，胡子上都沾得亮晶晶的。不大想往屋里来，日日夜夜趴在阳台上蜂窝煤堆上，不吃，不喝。我有了老咪咪的经验，知道它快不行了。我也跑到海淀，去买来牛肉和猪肝，想让它不要饿着肚子离开这个世界，我随时准备着：第二天早晨一睁眼，虎子不见了。结果虎子并没有这样干。我天天凌晨第一件事就是来看虎子，隔着窗子，依然黑糊糊的一团，卧在那里。我心里感到安慰。有时候，它也起来走动。我在本文开头时写的就是去年深秋一个下雨天我隔窗看到的虎子的情况。

到了今天，半年又过去了。虎子不但没有走，而且顽健胜昔，仍然是天天出去。有时候在晚上，窗外的布帘子的一角蓦地被掀了起来，一个丑角似的三花脸一闪。我便知道，这是虎子回来了，连忙开门，放它进来。大概同某一些老年人一样——不是所有的老年人——到了暮年就改恶向善，虎子的脾气大大地改变了，几乎再也不咬人了。我早晨摸黑起床，写作看书累了，常常到门外湖边山下去走一走。此时，我冷不防脚下忽然踢着了一团软乎乎的东西。这是虎子。它在夜里不知道在什么地方待了一夜，现在看到了我，一下子蹿了出来，用身子蹭我的腿，在我身前和身后转悠。它跟着我，亦步亦趋，我走到哪里，它就跟到哪里，寸步不离。我有时故意爬上小山，以为它不会跟来了，然而一回头，虎子正跟在身后。猫是从来不跟人散步的，只有狗才这样干。有时候碰到过路的人，他们见了这情景，都大为吃惊。“你看猫跟着主人散步哩！”他们说，露出满脸惊奇的神色。最近一个时期，虎子似乎更精力旺盛了。它返老还童了。有时候竟带一个它重孙辈的小公猫到我们家阳台上来。“今夜我们相识”，虎子用不着介绍就相识了。看样子，虎子一去不复返的日子遥遥无期了。我成了拥有三只猫的家庭的主人。

我养了十几年猫，前后共有四只。猫们向人们学习什么，我不通猫语，无法询问。我作为一个人却确实向猫学习了一些有用的东西。上面讲过的处理死亡的办法，就是一个例子。我自己毕竟年纪已经很大了，常常想到死的问题，鲁迅五十多岁就想到了，我真是瞠乎后矣。人生必有死，这是无法抵御的。而且我还认为，死也是好事情。如果世界上的人都不死，连我们的轩辕老祖和孔老夫子今天依然峨冠博带，坐着奔驰车，到天安门去遛弯儿，你想人类世界会成一个什么样子！人是百代的过客，总是要走过去的，这决不会影响地球的转动和人类社会的进步。每一代人都只是一场没有终点的长途接力赛的一环。前不见古人，后不见来者，是宇宙常规。人老了要死，像在净土里那样，应该算是一件喜事。老人跑完了自己的一棒，把棒交给后人，自己要休息了，这是正常的。不管快慢，他们总算跑完了一棒，总算对人类的进步作出了贡献，总算尽上了自己的天职。年老了要退休，这是身体精神状况所决定的，不是哪个人能改变的。老人们会不会感到寂寞呢？我认为，会的。但是我却觉得，这寂寞是顺乎自然的，从伦理的高度来看，甚至是应该的。我始终主张，老年人应该为青年人活着，而不是相反。青年人有接力棒在手，世界是他们的，未来是他们的，希望是他们的。吾辈老年人的天职是尽上自己仅存的精力，帮助他们前进，必要时要躺在地上，让他们踏着自己的身体前进，前进。如果由于害怕寂寞而学习《红楼梦》里的贾母，让一家人都围着自己转，这不但是办不到的，而且从人类前途利益来看是犯罪的行为。我说这些话，也许有人怀疑，我是不是碰到了什么不如意的事，才说出这样令某些人骇怪的话来。不，不，决不。我现在身体顽健，家庭和睦，在社会上广有朋友，每天照样读书、写作、会客、开会不辍。我没有不如意的事情，也没有感到寂寞。不过自己毕竟已逾耄耋之年，面前的路有限了，不免有时候胡思乱想。而且，我同猫们相处久了，觉得它们有些东西确实值得我们学习，我们这些万物之灵应该屈尊一下，学习学习。即使只学到猫们处理死亡大事这一手，我们的社会会减少多少麻烦呀！

“那么，你是不是准备学习呢？”我仿佛听到有人这样质问了。是的，我心里是想学习的。不过也还有些困难。我没有猫的本能，我不知道自己的大限何时来到。而且我还有点儿担心。如果我真正学习了猫，有一天忽然偷偷地溜出了家门，到一个旮旯里、树丛里、山洞里、河沟里，一头钻进去，藏了起来，这样一来，我们人类社会可不像猫社会那样平静，有些人必然认为这是特大新闻，指手画脚，嘁嘁喳喳。如果是在旧社会里或者在今天的香港等地的话，这必将成为头版头条的爆炸性新闻，不亚于当年的杨乃武和小白菜。我的亲属和朋友也必将派人出去寻找。派的人也许比寻找彭加木的人还要多。这是多么可怕的事呀！因此我就迟疑起来。至于最后究竟何去何从？我正在考虑、推敲、研究。

鳄鱼湖

人是不应该没有一点幻想的，即使是胡思乱想，甚至想入非非，也无大碍，总比没有要强。

要举例子嘛，那真是俯拾即是。古代的英雄们看到了皇帝老子的荣华富贵，口出大言“彼可取而代也”，或者“大丈夫当如是也”。我认为，这就是幻想。牛顿看到苹果落地而悟出了地心吸力，最初难道也不就是幻想吗？有幻想的英雄们，有的成功，有的失败，这叫做天命，新名词叫机遇。有幻想的科学家们则在人类科学史上占了光辉的位置。科学不能靠天命，靠的是人工。

我说这些空话，是想引出一个真人来，引出一件实事来。这个人就是泰国北榄鳄鱼湖动物园的园主杨海泉先生。

鳄鱼这玩意儿，凶狠丑陋，残忍狞恶，从内容到形式，从内心到外表，简直找不出一点美好的东西。除了皮可以为贵夫人、贵小姐制造小手提包，增加她们的娇媚和骄纵外，浑身上下简直一无可取。当年韩文公驱逐鳄鱼的时候，就称它们为“丑类”，说它们“睅然不安溪潭，据处食民畜、熊、豕、鹿、獐，以肥其身，以种其子孙”。到了今天，鳄鱼本性难移，毫无改悔之意，谁见了谁怕，谁见了谁厌；然而又无可奈何，只有怕而远之了。

然而唯独一个人不怕不厌，这个人就是杨海泉先生。他有幻想，有远见。幻想与远见相隔一毫米，有时候简直就是一码事。他独具慧眼，竟然在这个“丑类”身上看出了门道。他开始饲养起鳄鱼来。他的事业发展的过程，我并不清楚。大概也必然是经过了千辛万苦，三灾八难，他终于成功了。他成了蜚声寰宇的也许是唯一的一个鳄鱼大王，被授予了名誉科学博士学位。关于他的故事在世界上纷纷扬扬，流传不已。鳄鱼，还有人妖，成了泰国旅游的热点，大有“不看鳄鱼非好汉”之概了。

今天我来到了鳄鱼湖。天气晴朗，热浪不兴，是十分理想的旅游天气。我可决没有想到，杨先生竟在百忙中亲自出来接待我们。我同他一见面，心里就吃了一惊：站在我面前的难道就是杨海泉先生本人吗？这样一个传奇式的人物，即使不是三头六臂，硃齿獠牙，至少也应该有些特点。干脆说白了吧，我心中想象的杨先生应该粗一点，壮一点，甚至野一点。一个不是大学出身，不是科举出身，而又天天同吃人不眨眼的“丑类”打交道的人，没有上面说的三个“一点”，怎么能行呢？然而站在我面前的人，温文尔雅，谦虚热情，话说不多，诚恳却溢于言表，同我的想象大相径庭。然而，事实就是这个样子，我只有心悦诚服地接受了。

杨先生不但会见了我们，而且还亲自陪我们参观。这样一个世界知名的鳄鱼湖，又有这样理想的天气。园子里挤满了游人，黑眼黑发，碧眼黄发，耄耋老人，童稚少年，摩登女郎，淳朴村妇，交相辉映，满园喧腾，好一派热闹景象。我看，我们中国大陆来的人，心情都很好，在热带阳光的照晒下，满面春风。

我们先在一座大会议厅里看了本园概况和发展历史的影片，然后走出来参观。但是，偌大一个园子，简直如一部二十四史，不知从何处看起，幸亏园主就在我们眼前，还是听他调度吧。

他先带我们到一个完全出乎我意料的地方去：一个地上趴着一只猛虎的亭子里，我原以为是一个老虎标本，摆在那儿，供人照相用作背景的。因为这里并没有像其他动物园里那样有庞大的铁笼子，没有铁笼子怎么敢养老虎呢？然而，我仔细一看，地上趴的确确实实是一只活老虎，脖子上拴着铁链子。一个小男孩蹲在虎的背后，面对老虎的是几个拍照的小姑娘。我一看，倒抽了一口冷气；说老实话，双腿都有些发颤了。我看了看那几个泰国的男女小孩，又看了看园主，只见他们面色怡然，神情坦然，我也只好强压下紧张的情绪，走了进去。跨过一个铁槛杆，主人领我转到老虎背后，要与虎合影，我战战兢兢地跟在主人身后，同园主一起，摆好了照相的架势。园主示意我用手抚摩老虎的脖子。俗话说："老虎屁股摸不得。"老虎的屁股都摸不得，哪里还敢抚摩老虎的脖子呢？我曾在印度海得拉巴的动物园中摸过老虎的屁股，但那是老虎被锁在仅容一身的铁笼子里，人站在笼子外面，哆里哆嗦地摸上一把，自己就仿佛成了一个准英雄了。今天是同老虎在一起，中间没有铁栏杆，我的手实在不敢往下放。正在这关键时刻，也许是由于园主的示意，饲虎的小男孩用一根木棒捣了老虎一下，老虎大怒，猛张血盆大口，吼声震耳欲聋，好像是晴天的霹雳，吓得我浑身汗毛都竖了起来。此情此景，大概我一生只仅有这一次——然而这一次已经足够足够了。

此时，我真是五体投地地佩服园主，我佩服他的幻想，一个没有幻想的人，能想得出这样前无古人的绝招吗？

紧接着是参观真正的鳄鱼湖。鳄鱼被养在池塘中。池塘有大有小，有方有圆，没有一定的规格，看样子是利用迁就原来的地形，只稍稍加以整修。我们走过跨在湖上的骑湖楼，楼全是木结构，中间铺木板，两旁有栏杆。前后左右全是池塘，池塘养着多寡不等的鳄鱼。据主人告诉我们说，这样的池塘群还有十五个，水面面积之大可想而知。鳄鱼是按照种类，按照年龄分池饲养的。这样多的鳄鱼，水里的鱼早被吃光了，只能每天按时用鱼来饲养。我看鳄鱼条条肥壮，足证它们的饭食是不错的。池中的鳄鱼千姿百态，有的趴在岸边，有的游在水里。我们走过一个池塘，里面的鳄鱼，条条都长过一丈。行动迟缓，有的一动也不动，有的趴在太阳里，好像是在那里负暄，修身养性。主人说，这个池塘是专门饲养五六十岁以上的老年鳄鱼。在人类社会中，近些年来，中外都有一些人高喊什么老龄社会，大有惶惶不可终日之概。鳄鱼大概还没有进化到这个程度，不会关心什么老龄不老龄。然而这个鳄鱼湖的主人却为它们操心，给它们创建了这个舒适的干休所，它们可以在这里颐养天年了。至于变成了女士们的手提包，鳄鱼们是不会想到的。有一个问题我们参观的人都很关心，我想别的人也一样，这就是：这个鳄鱼湖究竟饲养了多少条鳄鱼。主人说是四万条。这真是一个惊人的数字。我想，在茫茫大地上，在任何地方，即使是鳄鱼最集中的地方，也决不会四万条聚集在一起的。

此时，我更是五体投地地佩服我们的园主，佩服他的幻想。一个没有幻想的人能够把四万条鳄鱼集中在一起成为人类的奇迹吗？

紧接着我们走上了林荫大道，浓荫匝地，暑意全消。蒙杨海泉先生照顾，因为我年纪最大，他特别调来了一辆只能坐两人的敞篷车，看样子是他专用的。我们俩坐上，开到了一个像体育馆似的地方。周围是看台，有木凳可坐。园主请中国客人坐在最前排。下面是鳄鱼的运动场。周围环水，中间有块陆地，有几条鳄鱼在上面睡觉，还有几条在水里露出脑袋来。走进来了两个男孩子，穿着颇为鲜艳的衣服。他们俩向周围看台上的泰外观众合十致敬，然后走到水中拉出几条大鳄鱼，是拽着尾巴拉的，都拉到环水的陆地上。一个男孩掀开一条鳄鱼的大嘴，不知道是念了一个什么咒，鳄鱼的嘴就大张着，上下颚并不并拢起来。没看清男孩是用什么东西，戳鳄鱼的什么地方，只听得乓的一声巨响，又乓的一声，不知道是从哪里发出来的声音。小男孩又把自己的脑袋伸入鳄鱼嘴中，在上下两排剑一般的巨齿中间，莞尔而笑。然后抽出脑袋，把鳄鱼举在手中，放在脖子上。又让鳄鱼趴在地上，他踏上它的背部。两个孩子把几条吃人不眨眼的鳄鱼耍弄得服服帖帖。有时候我们真替他们捏一把汗；然而两个孩子却怡然自得，光着脚丫，在水中和陆上来回奔波。

走出了鳄鱼馆，又来到了另一个也像体育场似的场所。周围也是看台，同样是坐满了全世界许多国家的旅游者。但这里是大象和杂技表演的场所，台下没有水，而是一片运动场似的地。场中有几个同样穿着彩衣的男女青年。他们先把一大堆玻璃瓶之类的东西砸碎，然后有一个男孩光着膀子，躺在碎玻璃碴子上，打滚，翻筋斗，耍出种种的花样。最后又有一个男孩踩在他身上。在他身子下面，碎玻璃仿佛变成了棉花或者羊毛或者鸭绒什么的，简直是柔软可爱。看了这些表演，对中国人来说，这简直是司空见惯；然而对碧眼黄发的人来说，却是颇为值得惊奇的。于是一阵阵的掌声就从周围的看台上响起了。接着进场的是几头大象，脖子上戴着花环，背上，毋宁说是鼻子上骑着一个男孩子。先绕场一周，向观众致敬，大象无法用泰国常见的方式，合十致敬，只能把鼻子高高举，表达一番敬意了。大象在小孩子的指挥下，表演了许多精彩的节目。然后又绕场走起来。我原以为这只是节目结束后例行的仪式，然而，我立刻就看到，看台上懂行的观众，掏出了硬币，投向场中，不管硬币多么小，大象都能用鼻子一一捡起，递到骑在鼻子上的小孩的手中。坐在前排的观众，掏出了纸币，塞到大象的嘴里——请注意，是嘴，不是鼻子——大象叼起来，仍然递到小孩子手中。我同园主坐在前排正中，大概男孩知道，园主正陪贵宾坐在那里，于是就用不知什么方法示意大象，大象摇晃着鼻子来到我们眼前。我一下子窘了起来，我口袋中既无硬币，也无纸币。聪明的主人立刻递给我几个硬币和几张纸币，这就给我解了围。我把纸币放在大象嘴中，又把硬币放到伸到我眼前的鼻子中，我的手碰到了大象柔软的鼻尖上的小口，一阵又软又滑又湿的感觉，从我的手指头尖上直透我的全身，有一种无法用言语形容舒适清凉的 ecstasy，我的全身仿佛在颤抖。

此时，我更真正是五体投地地佩服我们的园主，佩服他的幻想。一个没有幻想的人能够想出这样训练鳄鱼，这样训练大象吗?

我们的参观结束了，但是我的感触却没有结束，而且永远也不会结束。杨海泉先生养的虽然是极为丑陋凶狠的鳄鱼，然而他的目标却是：

> 绍述文化今鉴古——
> 卿云霭霭，邹鲁遗风。
> 作圣齐贤吾辈事，
> 民胞物与，人和政通。
> 世变沧桑俱往矣!
> 忠恕毋我，天下为公。
> 静、安、虑、得、勤观照，
> 辉煌禹甸，乐见群龙。
> 忠孝礼义仁为本，
> 发聋启聩新民丰。

杨先生的广阔的胸襟可见一斑了。他这一番奇迹般的伟大事业，已经给寰宇的炎黄子孙增添了光彩，已经给世界文化增添了光彩，已经给炎黄文化增添了光彩，已经给泰华文化增添了光彩。对于这一点我焉能漠然淡然没有感触呢？海泉先生虽然已经做出了这样的事业，但看上去他仍然是充满了青春活力的。他那令人吃惊的幻想能力已经呈现出极大的辉煌，但是看来还大有用武之地，还是前途无量的。我相信，等我下一次再来曼谷时，还会有更伟大更辉煌的奇迹在等候着我。这是我坚定不移的信念。

一只小猴

只有几秒钟，也许连几秒钟都不到，我抬眼瞥见了一只小猴，在泰国的旅游胜地帕塔亚，在华灯初上的黄昏时分，在车水马龙的大马路旁，在五光十色的霓虹灯照耀下，在黑发和黄发，黑眼睛和蓝眼睛交互混杂的人流中……

小猴真正是小，看模样，也不过几个月大。它睁大一双圆溜溜的眼睛，惊奇地瞅着这非我族类的人类的闹嚷喧腾的花花世界，心里不知作何感想。它被一个十几岁的小男孩子搂在怀中，脖子上拴着链子，链子的另一端就攥在小男孩手中。它左顾右盼，上蹿下跳，焦躁不安，瞬息不停。但小男孩却像如来佛的巨掌，猴子无论如何也逃脱不出去。

小男孩也焦躁不安，神情凄凉，他在费尽心血，向路人兜售这一只小猴。不管他怎样哀告，路人却像顽石一般，决不点头。黑头发不点头，黄头发也不点头。黑眼睛不眨眼。蓝眼睛也不眨眼，小男孩的神情更加凄凉了。

只有几秒钟，也许连几秒钟都不到，我把这一切都看在眼里，我的心蓦地猛烈地震动了一下：小猴的天真无邪的模样，小孩的焦急凄凉的神态，撞击着我的心。我回头注视着猴子和孩子，在霓虹灯照亮了的黑头发和黄头发的人流中，注视，再注视，一直到什么都看不见为止。

小猴和小孩的影子在我眼前消逝了，却沉重地落在我的心头。随之而来的是无穷无尽的问号：小猴是从哪里捉来的呢？是从深山老林里吗？它有没有妈妈呢？如果有，猴妈妈不想自己的孩子吗？小猴不想自己的妈妈吗？茂密不透阳光的森林同眼前的五光十色的人类的花花世界给小猴什么样的印象呢？小猴喜欢不喜欢这个拴住自己的小男孩呢？小男孩家里什么样呢？是否他父母在倚闾望子等小男孩卖掉了小猴买米下锅呢？小男孩卖不掉小猴心里想些什么呢？

我的思绪一转，立刻又引来了另外一系列的问号：小猴卖出去了没有呢？如果已经卖了出去，是黑头发黑眼睛的人买了去的呢？还是碧眼黄发的人买了去的？如果是后者的话，说不定明天一早，小猴就上了豪华的客机穿云越海而去。小猴有什么感觉呢？这样一来，小猴不用悬梁刺股拼命考"托福"就不费吹灰之力到了某些中国人眼中心中的天堂乐园。小猴翘不翘尾巴呢？它感不感到光荣呢？……

无穷无尽的问号萦绕在我的心头，我跟随着大伙儿来到了帕塔亚有名的海鲜餐厅，嘴里品尝着大个儿的新鲜的十分珍贵的龙虾，味道确实鲜美。但是我脑袋里想的是小猴，它那两只漆黑铿亮的圆圆的眼睛，在我眼前飘动。我们走进了世界著名的人妖歌舞厅，台上五彩缤纷，歌声嘹亮入云，舞姿轻盈曼妙，台下欢声雷动。但是我脑袋里想的是小猴。一直到深夜转回雍容华贵的大旅馆，我脑袋里想的仍然是小猴，那一只在不到几秒钟内瞥见的小猴。

小猴在我脑海里变成了一个永恒的问号。

贰

藤影荷声

园花寂寞红

楼前右边，前临池塘，背靠土山，有几间十分古老的平房，是清代保卫八大园的侍卫之类的人住的地方。整整四十年以来，一直住着一对老夫妇：女的是德国人，北大教员；男的是中国人，钢铁学院教授。我在德国时，已经认识了他们，算起来到今天已经将近六十年了，我们算是老朋友了。三十年前，我们的楼建成，我是第一个搬进来住的，从那以后，老朋友又成了邻居。有些往来，是必然的。逢年过节，互相拜访，感情是融洽的。

我每天到办公室去，总会看到这个个子不高的老人，蹲在门前临湖的小花园里，不是除草栽花，就是浇水施肥，再就是砍几竿门前屋后的竹子，扎成篱笆。嘴里叼着半支雪茄，笑眯眯的，忙忙碌碌，似乎乐在其内。

他种花很有一些特点。除了一些常见的花以外，他喜欢种外国种的唐菖蒲，还有颜色不同的名贵的月季。最难得的是一种特大的牵牛花，比平常的牵牛要大一倍，宛如小碗口一般。每年春天开花时，颇引起行人的注目。据说，此花来头不小。在北京，只有梅兰芳家里有，齐白石晚年以画牵牛花闻名全世，临摹的就是梅府上的牵牛花。

我是颇喜欢一点花的。但是我既少空闲，又无水平。买几盆名贵的花，总养不了多久，就呜呼哀哉。因此，为了满足自己的美感享受，我只能像北京人说的那样看“蹭”花，现在有这样神奇的牵牛花，绚丽夺目的月季和唐菖蒲，就摆在眼前，我焉得不“蹭”呢？每天下班或者开会回来，看到老友在侍弄花，我总是停下脚步，聊上几句，看一看花。花美，地方也美，湖光如镜，杨柳依依，说不尽的施旋风光，人在其中，顿觉尘世烦恼，一扫而光，仿佛遗世而独立了。

但是，世事往往有出人意料者。两个月前，我忽然听说，老友在夜里患了急病，不到几个小时，就离开了人间。我简直不敢相信，然而这又确是事实。我年届耄耋，阅历多矣，自谓已能做到“悲欢离合总无情”了。事实上并不是这样。我有情，有多得超过了需要的情，老友之死，我焉能无动于衷呢？“当时只道是寻常”这一句浅显而实深刻的词，又萦绕在我心中。

几天来，我每次走过那个小花园，眼前总仿佛看到老友的身影，嘴里叼着半根雪茄，笑眯眯的，蹲在那里，侍弄花草。这当然只是幻象。老友走了，永远永远地走了。我抬头看到那大朵的牵牛花和多姿多彩的月季花，她们失去了自己的主人，朵朵都低眉敛目，一脸寂寞相，好像“溅泪”的样子。她们似乎认出了我，知道我是她们主人的老友，知道我是她们的认真入迷的欣赏者，知道我是她们的知己。她们在微风中摇曳，仿佛向我点头，向我倾诉心中郁积的寂寞。

现在才只是夏末秋初。即使是寂寞吧，牵牛和月季仍然能够开花的。一旦秋风劲吹，落叶满山，牵牛和月季还能开下去吗？再过一些时候，冬天还会降临人间的。到了那时候，牵牛们和月季们只能被压在白皑皑的积雪下面的土里，做着春天的梦，连感到寂寞的机会都不会有了。

明年，春天总会重返大地的。春天总还是春天，她能让万物复苏，让万物再充满活力。但是，这小花园的月季和牵牛怎样呢？月季大概还能靠自己的力量长出芽来，也许还能开出几朵小花。然而护花的主人已不在人间。谁为她们施肥浇水呢？等待她们的不仅仅是寂寞，而是枯萎和死亡。至于牵牛花，没有主人播种，恐怕连幼芽也长不出来。她们将永远被埋在地中了。

我一想到这里，就不禁悲从中来。眼前包围着月季和牵牛的寂寞，也包围住了我。我不想再看到春天，我不想看到春天来时行将枯萎的月季，我不想看到连幼芽都冒不出来的牵牛。我虔心默祷上苍，不要再让春天降临人间了。如果非降临不可的话，也希望把我楼前池边的这一个小花园放过去，让这一块小小的地方永远保留夏末秋初的景象，就像现在这样。

石榴花

我喜爱石榴，但不是它的果，而是它的花。石榴花，红得锃亮，红得耀眼，同宇宙间任何红颜色，都不一样。古人诗“五月榴花照眼明”，著一“照”字，著一“明”字，而境界全出。谁读了这样的诗句，而不兴会淋漓的呢?

在中国，确有大片土地上栽种石榴的地方，比如陕西的秦始皇陵一带。从陵下一直到小山似的陵顶上，到处长满了一棵棵的石榴树，气势恢宏，绿意满天。可惜我到的时候，已经过了开花的季节。只见树上结满了个头极大的石榴，累累垂垂，盈树盈陵。可惜红花一朵也没有看到，实为莫大憾事。遥想旧历五月时节，花照眼明，满陵开成一片亮红，仿佛连天空都给染红了。那样的风光，现在只能意会神领了。

在我居住最久的两座城市里，在济南和北京，石榴却不是一种常见的植物。济南南关佛山街的老宅子，是一所典型的四合院。西屋是正房，房外南北两侧，各有一棵海棠花，早已高过了屋脊，恐怕已是百年旧树。春天满树繁花，引来了成群的蜜蜂，嗡嗡成一团。北屋门前左侧有一棵石榴树。石榴树本来就长不太高的，从来没有见过参天的石榴树。我们这一棵也不过丈八高，但树龄恐怕也有几十年了。每年夏初开花时，翠叶红花，把小院子照得一片亮红。

院子是个大杂院。我们家住北屋。南屋里住的是一家姓田的木匠。他有两个女儿，大的乳名叫小凤，小的叫小华。我决不迷信，但是我相信缘分，因为它确实存在，不相信是不行的。缘分的存在小华和我的关系就能证明。她那时还不到两岁，路走不全，话也说不全。可是独独喜欢我。每次见到我，即使是正在母亲的怀抱里，也必挣扎出母亲的怀抱，张开小手，让我来抱。按流传的办法，她应该叫我“大爷”；但是两字相连，她发不出音来，于是缩减为一个“爷”字。抱在我怀里，她满嘴“爷”、“爷”，乐不可支。

这时正是夏初季节，石榴花开得正欢。有一天，吃过午饭，我躺在石榴树下一张躺椅上睡午觉。大概是睡得十分香甜。“大梦谁先觉？平生我自知”，可惜，诸葛亮知道，我却不知道。不知道睡了多久，我蒙眬醒来。睁眼一看，一个不满三块豆腐干高的小玩意儿，正站在我的枕旁，一声不响，大气不出，静静地等我醒来。一见我睁开惺忪的眼睛，立即活跃起来，一头扎在我的怀中，要我抱她，嘴里“爷！爷！”喊个不停。不是别人，正是小华。我又惊又喜，连忙把她抱了起来。抬头看到透过层层绿叶正开得亮红的石榴花。

以后，我出了国。在欧洲待了十一年以后，又回到祖国来，住在北京大学中关园第一公寓的一个单元里。我床头壁上挂着著名画家溥心畬画的一个条幅，上面画的是疏疏朗朗的一枝石榴，有一个果和一枝花，那一枝花颇能流露出石榴花特有的照眼明的神采。旁边题着两句诗：“只为来时晚，开花不及春。”多么神妙的幻想！石榴原来不是中原的植物，大约是在汉代从中亚安国等国传进来的，所以又叫“安石榴”。这情况到了诗人笔下，就被诗意化了。因为来晚了，所以没有赶得上春天开花，而是在夏历五月。等到百花都凋谢以后，石榴才一枝独秀，散发出亮红的光芒。

我那时候很忙，难得有睡懒觉的时间。偶尔在星期天睡上一次。躺在床上，抬眼看到条幅上画的榴花，思古之幽情，不禁油然而发。并没有古到汉代，只古到了二十几年前在佛山街住的时候。当时北屋前的那一棵石榴树是确确实实的存在物，而今却杳如黄鹤早已不存在了。而眼前画中的石榴，虽不是真东西却实实在在地存在着。世事真如电光石火，倏忽变化万端。我尤其忆念不忘的是当年只会喊“爷”的小华子。隔了二十多年，恐怕她早已是绿叶成荫子满枝了。奈之何哉！奈之何哉！

整整四十年前，我移家燕园内的朗润园。门前有小片隙地，遂圈以篱笆，辟为小小的花园，栽种了一些花木。十几年前，一位同事送给我了一棵小石榴树，只有尺把高。我就把它栽在小花园里，绿叶滴翠，极惹人爱。我希望它第二年初夏能开出花来。但是，我失望了。又盼第三年，依然是失望。十几年下来，树已经长得很高，却仍然是只见绿叶，不见红花。我没有研究过植物学，但是听说，有的树木是有性别的。由树的性别，我忽然联想到了语言的性别。在现代语言中，法文名词有阴、阳二性；德文名词有阴、阳、中三性。古代梵文也有三性。在某些佛典中偶尔也有讲到语言的地方。一些译经的和尚把中性译为“黄的”，“黄的”者，太监也，非男非女之谓也。我惊叹这些和尚之幽默。却忽然想到，难道我们这一棵石榴树竟会是“黄的”吗？

然而，到了今年，奇迹却出现了。一天早晨，我站在阳台上看池塘中的新荷，我的眼前忽然一亮，“万绿丛中一点红”。我连忙擦了擦昏花的老眼，发现石榴树的绿叶丛中有一个亮红的小骨朵儿。我又惊又喜：我们的石榴树有喜了，它不是黄的了。我在大喜之余，遍告诸友。有人对我说：“你要走红运了！”我对张铁嘴、王半仙之流的讲运气的话，一向不信。但是，运气，同缘分一样，却是不能不信的。说白了是运气，说文了就是机遇。你能不相信机遇吗？

说老实话，今年确是有一些连做梦都想不到的怪事出现在我的身边。求全之毁，根本没有。不虞之誉却纷至沓来。难道我真交了好运了吗？我从来不认为自己有什么了不起。现在是收获得太多，而给予得太少，时有愧怍之感。我已经九十晋二，富贵于我真如浮云了。我只希望能壮壮实实地再活上一些年，再做一点对人有益的事情，以减少自己的愧怍之感。我尤其希望，在明年此时，榴花能再照亮我的眼睛。

美人松

我看过黄山松，我看过泰山松，我也看过华山松。自以为天下之松尽收眼中矣。现在到了延边，却忽然从地里冒出来了一个美人松。

我年虽老迈，而见识实短。根据我学习过的美学概念，松树雄奇伟岸，刚劲粗犷，铁根盘地，虬枝撑天，应该归入阳刚之美。而美人则娇柔妩媚，婀娜多姿，应该归入阴柔之美。顾名思义，美人松是把这两种美结合起来的。两种截然相反的东西，竟能结合在一起，这将是一种什么样子呢？

我就这样怀着满腹疑团，登上了驶往长白山去的汽车。一路之上，我急不可待，频频向本地的朋友发问：什么是美人松呀？美人松是什么样子呀？路旁的哪一棵树是美人松呀？我好像已经返老还童，倒转回去了七十年，成了一个充满了好奇心的顽童。

汽车驶出延吉已经一百七十多公里，我们停下休息，在此午餐。这个地方叫二道白河，是一个不大的小镇。完全出我意料，在我们的餐馆对面，只隔着一条马路，有一小片树林，四周用铁栏围住，足见身份特异。我一打听，司机师傅漫应之曰："这就是美人松林，是全国，当然也就是全世界唯一的一片美人松聚族而居的地方，是全国的保护重点区。"他是"司空见惯浑无事"，而我则瞪大了眼睛，惊诧不已：

原来这就是美人松呀！

我的疲意和饿意，顿时一扫而空：我走近了铁栏杆，把全身的神经都集中到了双眼上，原来已经昏花的老眼蓦地明亮起来，真仿佛能洞见秋毫。我看到眼前一片不大的美人松林，棵棵树的树干都是又细又长，一点儿也没有平常松树树干上那种鳞甲般的粗皮，有的只是柔腻细嫩的没有一点儿疙瘩的皮，而且颜色还是粉红色的，真有点儿像二八妙龄女郎的腰肢，纤细苗条，婀娜多姿。每一棵树的树干都很高，仿佛都拼着命往上猛长，直刺白云青天。可是高高耸立在半空里的树顶，叶子都是不折不扣的松树的针叶，也都像钢丝一般，坚硬挺拔。这样一来，树干与树顶的对比显然极不调合。棵棵都仿佛成了戴着钢盔，手执长矛，亭亭玉立的美女，既刚劲，又柔弱；既挺拔，又婀娜，简直是人间奇迹，是天上神话，是童话中的侠女，是净土乐园中的婉婳将军……我瞪大了眼睛，失神落魄，不知瞅了多久。我瞠目结舌，似乎要喘不过气来了。

因为我看到这些树实在都非常年轻，问了一下本地的主人，主人说：这些树有的是一二百年，有的三四百年，有的年龄更老，老到说不出年代。反正几十年来，他们看到这里的美人松总是一个样子，似乎她们真是长生多术，还童有方。他们天天坐对美人松，虽然也觉得奇怪，但毕竟习以为常。但是，对我这样初来乍到的人来说，却只有惊诧了。

美人松既然这样神奇，极富于幻想力的当地老百姓中，就流传起来了一段民间传说：当年，在抗日战争最艰苦的时期，杨靖宇将军率领着抗日联军，与顽敌周旋在长白山深山密林中。在一次战略转移中，一位女护士背着一个伤病员，来到了一片苍秀挺拔的松树林中，不幸与敌人遭遇。敌我人数悬殊，护士急中生智，把伤病员藏在一个杂树荫蔽的石洞中，自己则向相反的方向跑去。敌人把她包围起来，她躲在一棵松树后面，向敌人射击。敌人一个个在她的神枪之下倒地身亡。最后她的子弹打光了，自己也受伤流血。她倚在一棵高耸笔直的松树后面，流尽了自己最后一滴血。从此以后血染的松树树干就变成了粉红色……

这个传说难道不是十分壮烈又异常优美吗？难道还不能剧烈地拨动每一个人的心弦吗？

然而对一个稍微细心的人来说，其中的矛盾却是太显而易见了。美人松的粉红色的树皮，百年、千年、万年以前，早已成为定局。哪里可能是在五六十年前才变成了红色的呢？编这一段故事的老百姓的心情，是完全可以理解的。我也宁愿相信这个民间传说。但是，我在上面提到的那个不大不小的矛盾，实在是太明显了；即使相信了，心也难安，而理也难得。

我苦思苦想，排解不开，在恍惚迷离中，时间忽然倒转回去了数千年，数万年，说不清多少年。我进入了一场幻觉，看到了长白山下百里松海的大大小小的、老老少少的松树们聚集在一起开会。一棵万年古松当了主席，议题只有一个，就是向长白山土地抗议：为什么他们这一批顶撑青天碧染宇宙的松树，只能在长白山脚下生长，连半山都不允许去呢？这未免太不公平，太不合理了。于是悻悻然，愤愤然，群情激昂，决议立即上山。数百万棵松树，形成大军，以排山倒海之势，所向无前之威，棵棵奋勇登山，一时喧声直达三十三天。此时山神土地勃然大怒，咒起了狂风暴雨，打向松树大军。大军不敌，顷刻溃败，弃甲曳兵，逃回山下。从此乐天知命，安居乐业，莽莽苍苍，百里松海，一直绿到今天。

众松中的美人松，除了登山泄愤的目的以外，还有一点儿个人的打算。她们同天池龙宫的三太子据说是有宿缘的。她们乘此机会，奋勇登山，想一结秦晋之好，实现万年宿缘。然而，众松溃退，她们哪里有力量只身挺住呢？于是紧随众松，退到山下，有几棵跑得慢的，就留在了长白山下百里松海之中，错杂地住在那里。树数不多但却占全部美人松大部分的，一气跑了下去，跑到了离开长白山已经一百多公里的二道白河，煞住了脚，住在这里。她们又急，又气，又惭，又怒，身子一下子就变成了粉红色……

我正处在幻觉中，猛然有一阵清风拂过美人松林，簌簌作响，我立即惊醒过来。睁眼望着这一些真正把阴柔之美与阳刚之美融合得天衣无缝的秀丽苗条的美人松，不知道应该作何感想。美人松在风中点着头，仿佛对我微笑。

海棠花

早晨到研究所去的路上，抬头看到人家的园子里正开着海棠花，缤纷烂漫地开成一团。这使我想到自己故乡院子里的那两棵海棠花，现在想也正是开花的时候了。

我虽然喜欢海棠花，但却似乎与海棠花无缘。自家院子里虽然就有两棵，枝干都非常粗大，最高的枝子竟高过房顶，秋后叶子落光了的时候，看到尖尖的顶枝直刺着蔚蓝悠远的天空，自己的幻想也仿佛跟着爬上去，常默默地看上半天；但是要到记忆里去搜寻开花时的情景，却只能搜到很少几个断片。搬过家来以前，曾在春天到原来住在这里的亲戚家里去讨过几次折枝，当时看了那开得团团滚滚的花朵，很羡慕过一番。但这已经是很久很久以前的事情，现在回忆起来都有点儿渺茫了。

家搬过来以后，自己似乎只在家里待过一个春天。当时开花时的情景，现在已想不真切。记得有一个晚上同几个同伴在家南边一个高崖上游玩，向北看，看到一片屋顶，其中纵横穿插着一条条的空隙，是街道。虽然也可以幻想出一片海浪，但究竟单调得很。可是在这一片单调的房顶中却蓦地看到一树繁花的尖顶，绚烂得像是西天的晚霞。当时我真有说不出的高兴，其中还夹杂着一点儿渴望，渴望自己能够走到这树下去看上一看。于是我就按着这一条条的空隙数起来，终于发现，那就是自己家里那两棵海棠树。我立刻跑下崖头，回到家里，站在海棠树下，一直站到淡红的花团渐渐消逝到黄昏里去，只朦胧留下一片淡白。

但是这样的情景只有过一次，其余的春天我都是在北京度过的。北京是古老的都城，尽有许多机会可以作赏花的韵事，但是自己却很少有这福气。我只到中山公园去看过芍药，到颐和园去看过一次木兰。此外，就是同一个老朋友在大毒日头下面跑过许多条窄窄的灰土街道到崇效寺去看过一次牡丹；又因为去得太晚了，只看到满地残英。至于海棠，不但是很少看到，连因海棠而出名的寺院似乎也没有听说过。北京的春天是非常短的，短到几乎没有。最初还是残冬，可是接连吹上几天大风，再一看树木都长出了嫩绿的叶子，天气陡然暖了起来，已经是夏天了。

夏天一来，我就又回到故乡去。院子里的两棵海棠已经密密层层地盖满了大叶子，很难令人回忆起这上面曾经开过团团滚滚的花。长昼无聊，我躺在铺在屋里面地上的席子上睡觉，醒来往往觉得一枕清凉，非常舒服。抬头看到窗纸上历历乱乱地布满了叶影。我间或也坐在窗前看点儿书，满窗浓绿，不时有一只绿色的虫子在上面慢慢地爬过去，令我幻想深山大泽中的行人。蜗牛爬过的痕迹就像是山间林中的蜿蜒的小路。就这样，自己可以看上半天。晚上吃过饭后，就搬了椅子坐在海棠树下乘凉，从叶子的空隙处看到灰色的天空，上面嵌着一颗一颗的星。结在海棠树下檐边中间的蜘蛛网，借了星星的微光，把影子投在天幕上。一切都是这样静。这时候，自己往往什么都不想，只让睡意轻轻地压上眉头。等到果真睡去半夜里再醒来的时候，往往听到海棠叶子窸窸窣窣地直响，知道外面下雨了。

似乎这样的夏天也没有能过几个。六年前的秋天，当海棠树的叶子渐渐地转成淡黄的时候，我离开故乡，来到了德国。一转眼，在这个小城里，就住了这么久。我们天天在过日子，却往往不知道日子是怎样过的。以前在一篇什么文章里读到这样一句话："我们从现在起要仔仔细细地过日子了。"当时颇有同感，觉得自己也应立刻从即时起仔仔细细地过日子了。但是过了一些时候，再一回想，仍然是有些捉摸不住，不知道日子是怎样过去的。到了德国，更是如此。我本来是下定了决心用苦行者的精神到德国来念书的，所以每天除了钻书本以外，很少想到别的事情。可是现实的情况又不允许我这样做。而且祖国又时来入梦，使我这万里外的游子心情不能平静。就这样，在幻想和现实之间，在祖国和异域之间，我的思想在挣扎着。不知道怎样一来，一下子就过了六年。

哥廷根是有名的花城。来到这里的第一个春天，这里花之多，就让我吃惊。雪刚融化，就有白色的小花从地里钻出来。以后，天气逐渐转暖，一转眼，家家园子里都挤满了花。红的、黄的、蓝的、白的，大大小小，五颜六色，锦似的一片，都不知道是什么时候开放的。山上树林子里，更有整树的白花。我常常一个人在暮春五月到山上去散步，暖烘烘的香气飘拂在我的四周。人同香气仿佛融而为一，忘记了花，也忘记了自己，直到黄昏才慢慢回家。但是我却似乎一直没注意到这里也有海棠花。原因是，我最初只看到满眼繁花，多半是叫不出名字。“看花苦为译秦名”，我也就不译了。因而也就不分什么花什么花，只是眼花缭乱而已。

但是，真像一个奇迹似的，今天早晨我竟在人家园子里看到盛开的海棠花。我的心一动，仿佛刚睡了一大觉醒来似的，蓦地发现，自己在这个异域的小城里住了六年了。乡思浓浓地压上心头，无法排解。

我前面说，我同海棠花无缘。现在我不知道应该怎样说好了，乡思并不是很舒服的事情。但是在这垂尽的五月天，当自己心里填满了忧愁的时候，有这么一团十分浓烈的乡思压在心头，令人感到痛苦。同时我却又爱惜这一点儿乡思，欣赏这一点儿乡思。它使我想到：我是一个有故乡和祖国的人。故乡和祖国虽然远在天边，但是现在它们却近在眼前。我离开它们的时间愈远，它们却离我愈近。我的祖国正在苦难中，我是多么想看到它呀！把祖国召唤到我眼前来的，似乎就是海棠花，我应该感激它才是。

想来想去，我自己也糊涂了。晚上回家的路上，我又走过那个园子去看海棠花。它依旧同早晨一样，缤纷烂漫地开成一团，它似乎一点儿也不理会我的心情。我站在树下，待了半天，抬眼看到西天正亮着同海棠花一样红艳的晚霞。

五样松抒情

我对家乡的名胜古迹已经非常陌生了。我从来没有听说有什么五样松。在看到五样松前一秒钟，我在汽车上才第一次听到这名字。当时我们刚离开临清县城，汽车正在柏油马路上飞也似地行驶，司机突然把车刹住，回头问我们，愿不愿意看一看五样松。“五样松”，多奇怪的名称！我抬眼一看：在一片绿油油的棉花田中间，一棵古松巍然矗立在中间，黛色逼人，尖顶直刺入蔚蓝的天空。它仿佛正在向我们招手。我们这一群人都异口同声地答应，要去看一看这一棵从来没有听说过的奇松。我们的车立刻沿着田间小径开到古松下。

我看到古松，一下子就想到杜甫的《古柏行》中的名句：

> 孔明庙前有老柏，柯如青铜根如石；
> 霜皮溜雨四十围，黛色参天二千尺。

这棵古松是否有四十围，我没有去量。但是，一看就能知道，几个人也合抱不过来。它老得已经空了肚子。据说，农村的小孩子常常到它肚子里去打扑克。下雨的时候，就到里面去避雨，连放牧的羊也可以牵到里面去。这就可以想见，古松的肚子有多么大了。

天下的名松，我见过的不知道有多少了。泰山的五大夫松，黄山的迎客松、送客松、盘龙松、蒲团松、黑虎松、连理松，以及一大串著名的松树，我都亲眼看到过。翻开我国历代的地方志和名山志，几乎每一个地方，每一座名山，都有棵把有名的古松。古今很多文人写过不知多少篇有关松树的脍炙人口的绝妙文章，而许多画家更喜欢画松树。孔子还说过："岁寒，然后知松柏之后凋也。"对松树给了很高的评价。可见松树在古往今来的中国人心目中占有多么重要的地位。

但是，五样松这样的松树我却从来还没有听说过。我见到的那一些名松哪一棵也比不上它。我对生物学知识极少，一棵松树上长两种叶子，这个我是见到过的。三种、四种的就不但没有见过，而且也没有听说过。现在一棵树上竟长上五种不同的叶子，岂不是有点"骇人听闻"吗？

这棵古松之所以不寻常，还不仅仅在于它长着五种叶子，而且也在于它的年龄。据说，这一位老寿星已经活了有两千年。我没有根据相信这种说法，也没有根据不相信。如果真是这样的话，那么，中国有五千年的历史，它就占了五分之二。它站在这个地方，一动不动；但是，我相信，在这样漫长的时间内，它总在睁大了眼睛，注视着，观察着。不管春、夏、秋、冬，它的枝叶总是那样浓绿繁茂，它好像从来没有睡过觉。谁能数得清，它究竟亲眼看到了多少重大的历史事件、重要的历史人物呢？它一定看到过汉末的黄巾起义，起义士兵头上缠的黄巾同它那苍郁的绿色，相映成趣。它一定看到过胡马北来、晋室南渡的混乱情景。它一定看到过就在离开它不远的大运河里隋炀帝南下扬州使用宫女拉着走的龙舟，想必也是五彩缤纷，令人眼花缭乱。它一定看到过隋末群雄并起逐鹿中原的滚滚狼烟。它一定看到过在长达一千多年的时间内大运河中南来北往的上千上万的船只，里面坐着争名逐利的官员，或者上京赶考的举子，有的喜形于色，得意洋洋；有的愁眉苦脸，垂头丧气。它当然也一定看到过宋景诗起义和太平天国北伐，刀光火影，就闪亮在身旁。它一定看到过这，一定看到过那，它看到过的东西太多太多了，数也数不清。这个老寿星真是饱经沧桑，随着中国人民之乐而乐，随着中国人民之忧而忧，说它是中国历史的见证者，不是很恰当吗？

然而，正如每一个国家、每一个人一样，这一棵古松的经历也决不会是一帆风顺的。过去那样漫长的时间不去说它了，据本地的同志说，就在几年以前，松树肚子里忽然失了火。它的肚子本来已经空成了一个烟筒。现在火在里面一燃起，风助火势，火仗风威，再加上烟筒一抽，结果是火光熊熊，浓烟弥漫。人们赶了来，费了很大劲，也没有把火扑灭。后来什么人想出了一个办法，用湿泥巴在松树肚子里从下面往上糊，终于把火扑灭了。人们在松一口气之余，都非常担心：这个老寿星已届耄耋之年，它还能经受起这一场巨大的灾难吗？它的生命大概危在旦夕了。然而不然，它安然度过了这一场灾难。今天我们看到它，虽然火烧的痕迹赫然犹在，但它却仍然是枝叶繁茂，黛色逼人，巍然矗立在那里，尖顶直刺入蔚蓝的天空。

我觉得，它好像仍然睁大了眼睛，注视着、观察着。但是，它现在看到的东西，不但不同于古代，而且也不同于几年前。辽阔的鲁西北大平原，一向是一个穷苦的地方。解放前，每一次饥荒，就不知道有多少人下关东去逃荒，我们家里就有不少的人老死在东北。在解放后的“十年浩劫”期间，人们的日子也难过。地里当然也种庄稼；但都稀稀落落，很不带劲。熟在地里，收割得也很粗糙。人们大都懒洋洋地精神不振。农民几乎家家闹穷，看不到什么光明的前途。然而，现在却真是换了人间。农民陡然富了起来。棉田百里，结满了棉桃，白花花的一大片。白薯地里星罗棋布，玉米田接陌连阡。农民干劲，空前高涨。不管早晚，见缝插针。从前出工，要靠生产队长催，现在却是不催自干。棉桃掉在地里没人管的现象，再也见不到了。整个大平原，意气风发，一片欢腾。这些动人的情景，老寿星一定会看在眼里，在高兴之余，说不定也会感叹一番吧。

我的眼前一晃，我恍惚看到，这个老寿星长着五种不同叶子的枝子，猛然长了起来，长到我的眼睛看不到的地方：一个枝子直通到本县的首府临清，一个枝子直通到本地区的首府聊城，一个枝子直通到山东的首府济南，一个枝子直通到中国的首都北京，还剩下一个枝子，右边担着初升的太阳，左边担着初升的月亮，顶与泰山齐高，根与黄河并长。因此它才能历千年而不衰，经百代而常在。时光的流逝，季候的变换，夏日的炎阳，冬天的霜霰，在它身上当然留下了痕迹。然而不管是春秋，还是冬夏，它永远苍翠，一点没有变化。看到它的人，都会不自觉地挺直了腰板，无穷的精力在心里汹涌，傲然面对一切的挑战。

对着这样一位老寿星，我真是感慨万端，我的思想感情是无法描述的。但是，我们还要赶路。我们在树下只待了几分钟，最后只有恋恋不舍地离开了它。回头又瞥见它巍然矗立在那里，黛色逼人，尖顶直刺入蔚蓝的天空。

我将永远做松树的梦。

芝兰之室

我喜欢绿色的东西，我觉得，绿色是生命的颜色，即使是在冬天，我在屋里总要摆上几盆花草，如君子兰之类。旧历元旦前后，我一定要设法弄到几盆水仙，眼睛里看到的是翠绿的叶子，鼻子里闻到的是氤氲的幽香，我顾而乐之，心旷神怡。

今年当然不会是例外。友人送给我几盆水仙，摆在窗台上。下面是一张极大的书桌，把我同窗台隔开。大概是由于距离远了一点，我只见绿叶，不闻花香，颇以为憾。

今天早晨，我一走进书房，蓦地一阵浓烈的香气直透鼻官。我愣然一愣，一刹那间，我意识到，这是从水仙花那里流过来的。我坐下，照例爬我的格子。我在潜意识里感到，既然刚才能闻到花香，这就证明，花香是客观存在着的，而且还不会是瞬间的而是长时间的存在。可是，事实上，在那愣然一愣之后，水仙花香神秘地消逝了，我鼻子再也闻不到什么了。

这是什么原因呢？

我又陷入了想入非非中。

中国古代《孔子家语》中就有几句话："与善人居，如入芝兰之室，久而不闻其香，即与之化矣。"我在这里关心的不是"化"与"不化"的问题，而是"久而不闻其香"。

刚才水仙花给我的感受，就正是“久而不闻其香”。可见这样的感受，古人早已经有了。

我常幻想，造化小儿喜欢要点“小”——也许是“大”——聪明，给人们开点小玩笑。他（它？她?）给你以本能，让你舌头知味，鼻子知香。但是，又不让你长久地享受，只给你一瞬间，然后复归于平淡，甚至消逝。比如那一位“老佛爷”慈禧，在宫中时，瞅见燕窝、鱼翅、猴头、熊掌，一定是大皱其眉头。然而，八国的“老外”来到北京，她仓皇西逃，路上吃到棒子面的窝头，味道简直赛过龙肝凤髓，认为是从未尝过的美味。她回到北京宫中以后，想再吃这样的窝头，可普天之下再也找不到了。

造化小儿就是使用这样的手法，来实施一种平衡的策略，使美味佳肴与粗茶淡饭，使帝后显宦与平头老百姓，等等，等等，都成为相对的东西，都受时间与地点的约束。否则，如果美味对一个人来说永远美，那么帝后显宦们的美食享受不是太长了吗？在芸芸众生中间不是太不平衡了吗？

对鼻官来说，水仙花还有芝兰的香气也只能作如是观，一瞬间，你获得了令人吃惊的美感享受；又一瞬间，香气虽然仍是客观存在，你的鼻子却再也闻不到了。

造化小儿玩的就是这一套把戏。

从南极带来的植物

小友兼老友唐老鸭（师曾）自南极归来。在北大为我举行九十岁华诞庆祝会的那一天，他来到了北大，身份是记者。全身披挂，什么照相机，录像机，这机，那机，我叫不出名堂来的一些机，看上去至少有几十斤重，活灵活现地重现海湾战争孤身采访时的雄风。一见了我，在忙着拍摄之余，从裤兜里掏出来一个信封，里面装着什么东西，郑重地递了给我。信封上写着几行字：

祝季老寿比南山

南极长城站的植物，每一百年长一毫米，此植物已有六千岁。

唐老鸭敬上

这几行字真让我大吃一惊，手里的分量立刻重了起来。打开信封，里面装着一株长在仿佛是一块铁上面的“小草”。当时祝寿会正要开始，大厅里挤满了几百人，熙来攘往，拥拥挤挤，我没有时间和心情去仔细观察这一株小草。

夜里回到家里，时间已晚，没有时间和精力把这一株“仙草”拿出来仔细玩赏。第二天早晨才拿了出来。初看之下，觉得没有什么稀奇之处，这不就是一棵平常的“草”

嘛，同我们这里遍地长满了的野草从外表上来看差别并不大。但是，当我擦了擦昏花的老眼再仔细看时，它却不像是一株野草，而像是一棵树，具体而微的树，有干有枝。枝子上长着一些黑色的圆果。我眼睛一花，原来以为是小草的东西，蓦地变成了参天大树，树上搭满鸟巢。树扎根的石块或铁块一下子变成了一座大山，巍峨雄奇。但是，当我用手一摸时，植物似乎又变成了矿物，是柔软的能屈能折的矿物。试想这一棵什么物从南极到中国，飞越千山万水，而一枝叶条也没有断，至今在我的手中也是一丝不断，这不是矿物又是什么呢？

我面对这一棵什么物，脑海里疑团丛生。

是草吗？不是。

是树吗？也不是。

是植物吗？不像。

是矿物吗？也不像。

它究竟是什么东西呢？我说不清楚。我只能认为它是从南极万古冰原中带来的一个奇迹。既然唐老鸭称之为植物，我们就算它是植物吧。我也想创造两个新名词：像植物一般的矿物，或者像矿物一般的植物。英国人有一个常用的短语：at one's wits' end，“到了一个人智慧的尽头”，我现在真走到了我的智慧的尽头了。

在这样智穷力尽的情况下，我面对这一个从南极来的奇迹，不禁浮想联翩。首先是它那六千年的寿命。在天文学上，在考古学上，在人类生活中，六千是一个很小的数目，没有什么值得大惊小怪的地方。但是，在人类有了文化以后的历史上，在国家出现的历史上，它却是一个很大的数目。中国满打满算也不过说有五千年的历史。连那一位玄之又玄的老祖宗黄帝，据一般词典的记载，也不过说他约生在公元前26世纪，距今还不满五千年。连世界上国家产生比较早的国家，比如埃及和印度，除了神话传说以外，也达不到六千年。我想，我们可以说，在这一株“植物”开始长的时候，人类还没有国家。说是“宇宙洪荒”，也许是太过了一点儿。但是，人类的国家，同它比较起来，说是瞠乎后矣，大概是可以的。

想到这一切，我面对这一株不起眼儿的“植物”，难道还能不惊诧得瞠目结舌吗？

再想到人类的寿龄和中国朝代的长短，更使我的心进一步地震动不已。古人诗说：“人生不满百，常怀千岁忧。”在过去，人们总是互相祝愿“长命百岁”。对人生来说，百岁是长极长极了的。然而南极这一株“植物”在一百年内只长一毫米。中国历史上最长的朝代是周代，约有八百年之久。在这八百年中，人间发生了多么大的变动呀。春秋和战国都包括在这个期间。百家争鸣，何等热闹。云谲波诡，何等奇妙。然而，南极这一株“植物”却在万古冰原中，沉默着，忍耐着，只长了约八毫米。周代以后，秦始皇登场，修筑了令全世界惊奇的长城。接着登场的是赫赫有名的汉祖、唐宗等等一批人物，半生征战，铁马金戈，杀人盈野，血流成河。一直到了清代末叶，帝制取消，军阀混战，最终是建成了中华人民共和国。两千多年的历史，千头万绪的史实，五彩缤纷，错综复杂，头绪无数，气象万千，现在大学里讲起中国通史，至少要讲上一学年，还只能讲一个轮廓。倘若细讲起来，还需要断代史，以及文学、哲学、经济、艺术、宗教、民族等等的历史。至于历史人物，则有的成龙，有的成蛇；有的流芳千古，有的遗臭万年，成了人们茶余酒后谈古论今的对象。在这两千多年的漫长悠久的岁月中，赤县神州的花花世界里演出了多少幕悲剧、喜剧、闹剧；然而，这一株南极的“植物”却沉默着、忍耐着只长了两厘米多一点儿。多么艰难的成长呀！

想到这一切，我面对这一株不起眼儿的“植物”难道还能不惊诧得瞠目结舌吗？

我们的汉语中有“目击者”一个词儿，意思是“亲眼看到的人”。我现在想杜撰一个新名词儿“准目击者”，意思是“有可能亲眼看到的人或物”。“物”分动植两种，动物一般是有眼睛的，有眼就能看到。但是，植物并没有眼睛，怎么还能“击”（看到）呢？我在这里只是用了一个诗意的说法，请大家千万不要“胶柱鼓瑟”地或者“刻舟求剑”地去推敲，就说是植物也能看见吧。孔子是中国的圣人，是万世之表，万人景仰。到了今天，除了他那峨冠博带的画像之外，人类或任何动物决不会有孔子的目击者。植物呢，我想，连四川青城山上的那一株老寿星银杏树，或者陕西黄帝陵内那一些十几个人合抱不过来的古柏，也不会是孔子的目击者。然而，我们这一株南极的“植物”却是有这个资格的，孔子诞生的时候它已经三千多岁了。对它来说，孔子是后辈又后辈了。如果它当时能来到中国，“目击”孔子不是轻而易举的事情吗？

我不是生物学家，没有能力了解，这一株“植物”究竟是什么东西，我也没有向唐老鸭问清楚：在南极有多少像这样的“植物”？如果有多种的话，它们是不是都是六千岁？如果不是的话，它们中最老的有几千岁？这样的“植物”还会不会再长？这样一系列的问题萦绕在我的脑海中。我感兴趣的问题是，我眼前的这一株“植物”，身高六厘米，寿高六千岁。如果它或它那些留在南极的伙伴还继续长的话，再过六千年，也不过高一分米二厘米，仍然是一株不起眼儿的可怜兮兮的“植物”，难登大雅之堂。然而，今后的六千年却大大地不同于过去六千年了。就拿过去一百年来看吧，科技发展，日新月异，过去连想都不敢想的事情，现在做到了；过去认为是幻想的东西，现在是现实了。人类在太空可以任意飞行，连嫦娥的家也登门拜访到了。到了今天，更是分新秒异，谁也不敢说，新的科技将会把我们带向何方。一百年尚且如此，谁还敢想象六千年呢？到了那时候人类是否已经异化为非人类，至少是同现在的人类迥然不同的人类，谁又敢说呢？

想到这一切，念天地之悠悠，后不见来者，我面对这一株不起眼儿的“植物”，只能惊诧得瞠目结舌了。

一朵红色石竹花

一朵红色石竹花把我的回忆引到万里外的德意志民主共和国去。

这一朵花在衣箱中已经放了好多年，同一条蓝领巾在一起。花瓣已经枯萎，但是红色未褪，清香犹存。看到它还能令人依稀想见当年风姿。

看到它也能令我想到当年那一个面颊同红色石竹花一样红的，脖子上系着蓝领巾的德国少先队员。

我同她会面完全是偶然的，我们正在参观德累斯顿的少年宫。因为是在早晨，这一座宫殿的小主人都还没有来。我们走在里面，能清晰地听到自己说话的声音，甚至呼吸的声音。自己的脚步声在里面往复回荡，仿佛走在深山幽谷中。

然而，在寂静中，我却蓦地听到了仿佛从极远极远的地方隐隐约约地传来了小孩子们说话的声音。虽然听起来像是隔着一重山，但是它毕竟打破了这令人窒息的沉寂，带来了一点生气，我颇有空谷足音之感，心里无端兴奋起来了。

说话的声音越来越清晰，我们终于在一个大厅里碰了头：原来是一群系着蓝领巾的德国少先队员，由一个教员领着，来参观这一座少年宫。她们看来岁数都不大，最大的也不过十一二岁。每个人都有一双又圆又大的眼睛，双颊红艳得像院子里盛开的红石竹花，说话叽叽喳喳，活像是一群黎明时分迎着朝阳唱歌的活泼的小鸟。

她们看到了我们，声音突然沉默了，都瞪大了眼睛，注视着我们。教员看到情况不对头，赶快出来解围。他告诉我们：这些女孩子都是离城比较远的一个乡村里的小学生，今天趁假期进城来参观。在过去，他常常对她们谈到新中国和中国人民；她们都热爱新中国和中国人民。但是，真正见到中国人，今天还是第一次哩。

我听了觉得很有意思，就笑着跟她们打招呼。语言相通显然产生了很大的作用，解除了她们的拘束。她们又快活起来，叽叽喳喳，又像是一群黎明时分的小鸟了。

我问她们问题，她们都争着回答。有一个女孩子，个儿比较高，梳着两条短辫子，碧眼金发，高鼻皓齿，一笑腮上就出现两个酒窝。她似乎特别高兴。我就问她：

“你知道中国离这里多远吗？”

“知道。比我们村离德累斯顿还远哩。”说着还用手比画了一下。

“你知道中国在什么地方吗？”

“在东方。老师说，要爬一座山，过一条河；再爬一座山，再过一条河。走呀，走呀，走到最后，就到了中国。”

我听着不禁笑了起来，就对她说：“中国的小孩子都愿意同德国的小孩子做朋友。你们刚才说，中国离开德国很远，其实是很近的。因为我们的心挨在一起。”

小女孩们听了，显然活跃起来。那一个高个的女孩子在自己脖子下面摸索了一阵，还没有等我来得及注意，一条德国少先队员戴的蓝领巾已经套在我的脖子上了。

我掏出日记本，请她写一写自己的名字。她毫不迟疑，提笔就写道：

> 我们向中国的儿童们和少先队员们致敬。我们感到同他们紧密地联系在一起，世界上没有任何力量可以把我们分开。
>
> 迦尔门·艾香德

这样小的年纪，写出了这样的话，我真正被感动了。我答应她，一定把她这一片美意转达给中国的儿童们和少先队员们，就同她握手告别。

我们又参观了几间屋子，正走出门口要上车的时候，忽然听到有人喊我，我回头一看，是小迦尔门。她手里举着一朵鲜艳的红石竹花，匆匆忙忙地塞到我手里，转身就跑了。

这一朵小小的花拿在我手里，我仔细观察了它一下：花瓣重叠，颜色鲜红，衬上青枝绿叶，宛如美玉雕成。我陡然觉得它重了起来，它仿佛把成千上万的德国少先队员的隆情厚谊都集中起来，世界上没有任何秤能衡量出它的重量。我郑重地把它同那一条蓝领巾包在一起，带上了飞机，飞越万里，带回国来。

它陪我过了一段兴奋愉快的生活，转瞬就是六七年。今天又在无意中找到了它，勾引起我这一段回忆。屈指算来，小迦尔门大概已经是十七八岁的少女了。可能已经在工厂里或农村里工作，也可能已经入了大学了。她还记得不记得我们那一次的偶然的会面呢？我相信，她同我一样，是不会忘记的，而且我还相信，总有一天，我们还会见面。

叁

春宵轻梦

寂寞

寂寞像大毒蛇，盘住了我整个的心，我自己也奇怪：几天前喧腾的笑声现在还萦绕在耳际，我竟然给寂寞克服了吗？

但是，克服了，是真的，奇怪又有什么用呢？笑声虽然萦绕在耳际，早已恍如梦中的追忆了，我只有一颗心，空虚寂寞的心被安放在一个长方形的小屋里。我看四壁，四壁冰冷像石板，书架上一行行排列着的书，都像一行行的石块，床上棉被和大衣的折纹也都变成雕刻家手下的作品了，死寂，一切死寂，更死寂的却是我的心，——我到了庞培（Pompeii）了么？不，我自己证明没有，隔了窗子，我还可以看见袅动的烟缕，虽然还在袅动，但是又是怎样地微弱呢，——我到了西敏斯大寺（Westminster Abbey）了么？我自己又证明没有，我看不到阴森的长廊，看不到诗人的墓圹，我只是被装在一个长方形的小屋里，四周圈着冰冷的石板似的墙壁，我究竟在什么地方呢？桌子上那两盆草的曼长嫩绿的枝条，反射在镜子里的影子，我透过玻璃杯看到的淡淡的影子；反射在电镀过的小钟座上的影子，在平常总轻轻地笼罩上一层绿雾，不是很美丽有生气的吗？为什么也变成浮雕般呆僵不动呢？——一切完了，一切都给寂寞吞噬了，寂寞凝定在墙上挂的相片上，凝定在屋角的蜘蛛网上，凝定在镜子里我自己的影子上……

一切都真的给寂寞吞噬了吗？不，还有我自己，我试着抬一抬胳膊，还能抬得起，我摆了摆头，镜子里的影子也还随着动，我自己问：是谁把我放在这里的呢？是我自己，现在我才发现，就是自己，我能逃……

我能逃，然而，寂寞又跟上我了呀！在平常我们跑着百米抢书的图书馆，不是很热闹的吗？现在为什么也这样冷清呢？我从这头看到那头，像看到一个朦胧的残梦，淡黄的阳光从窗子里穿进来造成一条光的路，又射在光滑的桌面上，不耀眼，不辉腾，只是死死地贴在桌上，像——像什么呢？我不愿意说，像乡间黑漆棺材上贴的金边，寥寥的几个看书的，错落地散坐着，使我想起到月明夜天空的星子，但也都石像似的坐着，不响也不动，是人么？不是，我左右看全不像；像木乃伊？又不像，因为我闻不到木乃伊应该有的那种香味；像死尸？有点，但也不全像，——我看到他们僵坐的姿势了；我看到他们一个个的翻着的死白的眼了，我现在知道他们像什么，像鱼市里的死鱼，一堆堆地排列着，鼓着肚皮，翻着白眼，可怕！然而我能逃，然而寂寞又跟上了我，我向哪里逃呢？

到了世界的末日了吗？世界的末日，多可怕！以前我曾自己想象，自己是世界上最后的一个生物，因了这无谓的想象，我流过不知多少汗，但是现在却真教我尝到这个滋味了，天空倒挂着，像个盆，远处的西山，近处的楼台，都仿佛剪影似的贴在这灰白盆底上。小鸟缩着脖子站在土山上，不动，像博物馆里的标本，流水在冰下低缓地唱着丧歌，天空里破絮似的云片，看来像一贴贴的膏药，糊在我这寂寞的心上，枯枝丫杈着，看来像鱼刺，也刺着我这寂寞的心。

但是，我在身旁发现有人影在游动了，我知道，我自己不是世界上最后的生物，我在内心浮起一丝笑意，但是（又是但是）却怪没等这好意浮到脸上，我又看到我身旁的人也同样翻着死白的眼，像木乃伊？像僵尸？像鱼市上陈列的死鱼？谁耐心去管，战栗通过了我全身，我想逃，寂寞驱逐着我，我想逃，向哪里逃呢？——天哪！我不知道向哪里逃了。

夜来了，随了夜来的是更多的寂寞，当我从外面走回宿舍的时候，四周死一般沉寂，但总仿佛有窸窣的脚步声绕在我四围。说声，其实哪里有什么声呢？只是我觉得有什么东西跟着我而已，倘若在白天，我一定说这是影子；倘若睡着了，我一定说这是梦，究竟是什么呢？我知道，这是寂寞，从远处我看到压在黑暗的夜气下面的宿舍，以前不是每个窗子都射出温热的软光来么？但是，变了，一切变了，大半的窗子都黑黑的，闭着寥寥的几个窗子，无力地迸射出几条光线来，又都是怎样暗淡灰白呢？——不，这不是窗子里射出来的灯光，这是墓地里的鬼火，这是魔窟里发出的魔光，我是到了鬼影幢幢的世界里了，我自己也成了鬼影了。

我平卧在床上，让柔弱的灯光流在我身上，让寂寞在我四周跳动，静听着远处传来的跫跫的足音，隐隐地，细细弱弱到听不清，听不见了，这声音从哪里传来的呢？是从辽远又辽远的国土里呀！是从寂寞的大沙漠里呀！但是，又像比辽远的国土更辽远；我的小屋是坟墓，这声音是从墓外过路人的脚下踶出来的呀！离这里多远呢？想象不出，也不能想象，望吧！是一片茫茫的白海流布在中间，海里是什么呢？是寂寞。

隔了窗子，外面是死寂的夜，从蒙翳的玻璃里看出去，不见灯光；不见一切东西的清晰的轮廓，只是黑暗，在黑暗里的迷离的树影，丫杈着，刺着暗灰的天。在三个月前，这秃光的枯枝上，有过一串串的叶子，在萧瑟的秋风里打战，又罩上一层淡淡的黄雾。再往前，在五六个月以前吧，同样的这枯枝上织一丛丛的茂密的绿，在雨里凝成浓翠；在毒阳下闪着金光。倘若再往前推，在春天里，这枯枝上嵌着一颗颗火星似的红花，远处看，辉耀着，像火焰，——但是，一转眼，溜到现在，现在怎样了呢？变了，全变了，只剩了秃光的枯枝，刺着天空，把小小的温热的生命力蕴蓄在这枯枝的中心，外面披上这层刚劲的皮，忍受着北风的狂吹；忍受着白雪的凝固；忍受着寂寞的来袭，同我一样。它也该同我一样切盼着春的来临，切盼着寂寞的退走吧。春什么时候会来呢？寂寞什么时候会走呢？这漫漫的长长的夜，这漫漫的更长的冬……

晨趣

一抬头，跟前一片金光：朝阳正跳跃在书架顶上玻璃盒内日本玩偶藤娘身上，一身和服，花团锦簇，手里拿着淡紫色的藤萝花，都熠熠发光，而且闪烁不定。

我开始工作的时候，窗外暗夜正在向前走动。不知怎样一来，暗夜已逝，旭日东升。这阳光是从哪里流进来的呢?窗外一棵高大的梧桐树，枝叶繁茂，仿佛张开了一张绿色的网。再远一点，在湖边上是成排的垂柳。所有这一些都不利于阳光的穿透。然而阳光确实流进来了，就留在藤娘身上……

然而，一转瞬间，阳光忽然又不见了，藤娘身上，一片阴影。窗外，在梧桐树和垂柳的缝隙里，一块块蓝色的天空，成群的鸽子正盘旋飞翔在这样的天空里，黑影在蔚蓝上面画上了弧线。鸽影落在湖中，清晰可见，好像比天空里的更富有神韵，宛如镜花水月。

朝阳越升越高，透过浓密的枝叶，一直照到我的头上。我心中一动，阳光好像有了生命，它启迪着什么，它暗示着什么。我忽然想到印度大诗人泰戈尔，每天早上对着初升的太阳，静坐沉思，幻想与天地同体，与宇宙和一。我从来没达到这样的境界，我没有这一份福气。可是我也感到太阳的威力，心中思绪翻腾，仿佛也能洞察三界，透视万有了。

现在我正处在每天工作的第二阶段的开头上。紧张地工作了一个阶段以后，我现在想缓松一下，心里有了余裕，能够抬一抬头，向四周，特别是窗外观察一下。窗外风光如旧，但是四季不同：春花，秋月，夏雨，冬雪，情趣各异，动人则一。现在正是夏季，浓绿扑人眉宇，鸽影在天，湖光如镜。多少年来，当然都是这个样子。为什么过去我竟视而不见呢？今天，藤娘身上一点闪光，仿佛照透了我的心，让我抬起头来，以崭新的眼光，来衡量一切，眼前的东西既熟悉，又陌生，我仿佛搬到了一个新的地方，把我好奇的童心一下子都引逗起来了。我注视着藤娘，我的心却飞越茫茫大海，飞到了日本，怀念起赠送给我藤娘的室优千津子夫人和室优佑厚先生一家来。真挚的友情温暖着我的心……

窗外太阳升得更高了。梧桐树椭圆的叶子和垂柳的尖长的叶子，交织在一起，椭圆与细长相映成趣。最上一层阳光照在上面，一片嫩黄；下一层则处在背阴处，一片黑绿。远处的塔影，屹立不动。天空里的鸽影仍然在划着或长或短、或远或近的弧线。再把眼光收回来，则看到里面窗台上摆着的几盆君子兰，深绿肥大的叶子。给我心中增添了绿色的力量。

多么可爱的清晨，多么宁静的清晨！

此时我怡然自得，其乐陶陶。我真觉得，人生毕竟是非常可爱的，大地毕竟是非常可爱的。我有点不知老之已至了。我这个从来不写诗的人心中似乎也有了一点诗意。

此身合是诗人来
鸽影湖光入目明

我好像真正成为一个诗人了。

黄昏

黄昏是神秘的，只要人们能多活下去一天，在这一天的末尾，他们便有个黄昏。但是，年滚着年，月滚着月，他们活下去有数不清的天，也就有数不清的黄昏。我要问：有几个人觉到这黄昏的存在呢？

早晨，当残梦从枕边飞去的时候，他们醒转来，开始去走一天的路。他们走着，走着，走到正午，路陡然转了下去。仿佛只一溜，就溜到一天的末尾，当他们看到远处弥漫着白茫茫的烟，树梢上淡淡涂上了一层金黄色，一群群的暮鸦驮着日色飞回来的时候，仿佛有什么东西轻轻地压在他们的心头。他们知道：夜来了。他们静息地渴望着黄昏，渴望着梦的来临。不久，薄冥的夜色糊了他们的眼，也糊了他们的心。他们在低隘的小屋里忙乱着，把黄昏关在门外，倘若有人问：你看到黄昏了没有？黄昏真美啊，他们却茫然了。

他们怎能不茫然呢？当他们再从崖里探出头来寻找黄昏的时候，黄昏早随了白茫茫的烟的消失，树梢上金色的消失，鸦背上日色的消失而消失了。只剩下朦胧的夜。这黄昏，像一个春宵的轻梦，不知在什么时候漫了来，在他们心上一掠，又不知在什么时候去了。

黄昏走了。走到哪里去了呢？不，我先问：黄昏从哪里来的呢？这我说不清。又有谁说得清呢？我不能够抓住一把黄昏，问它到底。从东方么？东方是太阳出的地方。从西方么？西方不正亮着红霞么？从南方么？南方只充满了光和热，看来只有说从北方来的最适宜了。倘若我们想了开去，想到北方的极端，是北冰洋，我们可以在想象里描画出：白茫茫的天地，白茫茫的雪原，和白茫茫的冰山。再往北，在白茫茫的天边上，分不清哪是天，是地，是冰，是雪，只是朦胧的一片灰白。朦胧灰白的黄昏不正应当从这里蜕化出来么？

然而，蜕化出来了，却又扩散开去。漫过了大平原，大草原，留下了一层阴影；漫过了大森林，留下了一片阴郁的黑暗，漫过了小溪，把深灰色的暮色融入琤琮的水声里，水面在阒静里透着微明；漫过了山顶，留给它们星的光和月的光；漫过了小村，留下了苍茫的暮烟……给每个墙角扯下了一片，给每个蜘蛛网网住了一把。以后，又漫过了寂寞的沙漠，来到我们的国土里。我能想象：倘若我迎着黄昏站在沙漠里，我一定能看着黄昏从辽远的天边上跑了来，像——像什么呢？是不是应当像一阵灰蒙的白雾？或者像一片扩散的云影？跑了来，仍然只是留下一片阴影，又跑了去，来到我们的国土里，随了弥漫在远处的白茫茫的烟，随了树梢上的淡淡的金黄色，也随了暮鸦背上的日色，轻轻地落在人们的心头，又被人们关在门外了。

但是，在门外，它却不管人们关心不关心，寂寞地，冷落地，替他们安排好了一个幻变的又充满了诗意的童话般的世界，朦胧微明，正像反射在镜子里的影子，它给一切东西涂上银灰的梦的色彩。牛乳色的空气仿佛真牛乳似的凝结起来。但似乎又在软软地黏黏地浓浓地流动里。它带来了阒静，你听：一切静静的，像下着大雪的中夜。但是死寂么？却并不，再比现在沉默一点，也会变成坟墓般的死寂。仿佛一点也不多，一点也不少，幽美的轻适的阒静软软地黏黏地浓浓地压在人们的心头，灰的天空像一张薄幕；树木，房屋，烟纹，云缕，都像一张张的剪影，静静地贴在这幕上。这里，那里，点缀着晚霞的紫曛和小星的冷光。黄昏真像一首诗，一支歌，一篇童话；像一片月明楼上传来的悠扬的笛声，一声缭绕在长空里亮唳的鹤鸣；像陈了几十年的绍酒；像一切美到说不出来的东西。说不出来，只能去看；看之不足，只能意会；意会之不足，只能赞叹。——然而却终于给人们关在门外了。

给人们关在门外，是我这样说么？我要小心，因为所谓人们，不是一切人们，也绝不会是一切人们的。我在童年的时候，就常常待在天井里等候黄昏的来临。我这样说，并不是想表明我比别人强。意思很简单，就是：别人不去，也或者是不愿意去，这样做。我（自然也还有别人）适逢其会地常常这样做而已。常常在夏天里，我坐在很矮的小凳上，看墙角里渐渐暗了起来，四周的白墙也布上了一层淡淡的黑影。在幽暗里，夜来香的花香一阵阵地沁入我的心里。天空里飞着蝙蝠。檐角上的蜘蛛网，映着灰白的天空，在朦胧里，还可以数出网上的线条和粘在上面的蚊子和苍蝇的尸体。在不经意的时候蓦地再一抬头，暗灰的天空里已经嵌上闪着眼的小星了。在冬天，天井里满铺着白雪。我蜷伏在屋里。当我看到白的窗纸渐渐灰了起来，炉子里在白天里看不出颜色来的火焰渐渐红起来、亮起来的时候，我也会知道：这是黄昏了。我从风门的缝里望出去：灰白的天空，灰白的盖着雪的屋顶。半弯惨淡的凉月印在天上，虽然有点儿凄凉，但仍然掩不了黄昏的美丽。这时，连常常坐在天井里等着它来临的人也不得不蜷伏在屋里。只剩了灰蒙的雪色伴了它在冷清的门外，这幻变的朦胧的世界造给谁看呢？黄昏不觉得寂寞么？

但是寂寞也延长不多久。黄昏仍然要走的。李商隐的诗说："夕阳无限好，只是近黄昏。"诗人不正慨叹黄昏的不能久留吗？它也真的不能久留，一瞬眼，这黄昏，像一个轻梦，只在人们心上一掠，留下黑暗的夜，带着它的寂寞走了。

走了，真的走了。现在再让我问：黄昏走到哪里去了呢？这我不比知道它从哪里来的更清楚。我也不能抓住黄昏的尾巴，问它到底。但是，推想起来，从北方来的应该到南方去的罢。谁说不是到南方去的呢？我看到它怎样走的了。——漫过了南墙；漫过了南边那座小山，那片树林；漫过了美丽的南国。一直到辽旷的非洲。非洲有耸峭的峻岭；岭上有深邃的永古苍暗的大森林。再想下去，森林里有老虎。——老虎？黄昏来了，在白天里只呈露着淡绿的暗光的眼睛该亮起来了罢。像不像两盏灯呢？森林里还该有莽苍葳蕤的野草，比人高。草里有狮子，有大蚊子，有大蜘蛛，也该有蝙蝠，比平常的蝙蝠大。夕阳的余晖从树叶的稀薄处，透过了架在树枝上的蜘蛛网，漏了进来，一条条灿烂的金光，照耀得全林子里都发着棕红色，合了草底下毒蛇吐出来的毒气，幻成五色绚烂的彩雾。也该有萤火虫罢。现在一闪一闪地亮起来了。也该有花，但似乎不应该是夜来香或晚香玉。是什么呢？是一切毒艳的恶之花。在毒气里，不只应该产生恶之花吗？这花的香慢慢融入棕红色的空气里，融入绚烂的彩雾里。搅乱成一团，滚成一团暖烘烘的热气。然而，不久这热气就给微明的夜色消溶了。只剩一闪一闪的萤火虫，现在渐渐地更亮了。老虎的眼睛更像两盏灯了，在静默里瞅着暗灰的天空里才露面的星星。

然而，在这里，黄昏仍然要走的。再走到哪里去呢？这却真的没人知道了。——随了淡白的疏稀的冷月的清光爬上暗沉沉的天空里去么？随了眨着眼的小星爬上了天河么？压在蝙蝠的翅膀上钻进了屋檐么？随了西天的晕红消融在远山的后面么？这又有谁能明白地知道呢？我们知道的，只是：它走了，带了它的寂寞和美丽走了，像一丝微飔，像一个春宵的轻梦。

走了。——现在，现在我再有什么可问呢？等候明天么？明天来了，又明天，又明天。当人们看到远处弥漫着白茫茫的烟，树梢上淡淡涂上了一层金黄色，一群群的暮鸦驮着日色飞回来的时候，又仿佛有什么东西压在他们的心头，他们又渴望着梦的来临。把门关上了。关在内外的仍然是黄昏，当他们再伸头出来找的时候，黄昏早已走了。从北冰洋跑了来，一过路，到非洲森林里去了。再到，再到哪里，谁知道呢？然而，夜来了：漫漫的漆黑的夜，闪着星光和月光的夜，浮动着暗香的夜……只是夜，长长的夜，夜永远也不完，黄昏呢？——黄昏永远不存在在人们的心里的。只一掠，走了，像一个春宵的轻梦。

听雨

从一大早就下起雨来。下雨，本来不是什么稀罕事儿，但这是春雨，俗话说："春雨贵似油。"而且又在罕见的大旱之中，其珍贵就可想而知了。

"润物细无声"，春雨本来是声音极小极小的，小到了"无"的程度。但是，我现在坐在隔成了一间小房子的阳台上，顶上有块大铁皮。楼上滴下来的檐溜就打在这铁皮上，打出声音来，于是就不"细无声"了。按常理说，我坐在那里，同一种死文字拼命，本来应该需要极静极静的环境，极静极静的心情，才能安下心来，进入角色，来解读这天书般的玩意儿。这种雨敲铁皮的声音应该是极为讨厌的，是必欲去之而后快的。

然而，事实却正相反。我静静地坐在那里，听到头顶上的雨滴声，此时有声胜无声，我心里感到无量的喜悦，仿佛饮了仙露，吸了醍醐，大有飘飘欲仙之概了。这声音时慢时急，时高时低，时响时沉，时断时续，有时如金声玉振，有时如黄钟大吕，有时如大珠小珠落玉盘，有时如红珊白瑚沉海里，有时如弹素琴，有时如舞霹雳，有时如百鸟争鸣，有时如兔落鹘起，我浮想联翩，不能自已，心花怒放，风生笔底。死文字仿佛活了起来，我也仿佛又溢满了青春活力。我平生很少有这样的精神境界，更难为外人道也。

在中国，听雨本来是雅人的事。我虽然自认还不是完全的俗人，但能否就算是雅人，却还很难说。我大概是介乎雅俗之间的一种动物吧。中国古代诗词中，关于听雨的作品是颇有一些的。顺便说上一句：外国诗词中似乎少见。我的朋友章用回忆表弟的诗中有："频梦春池添秀句，每闻夜雨忆联床。"是颇有一点诗意的。连《红楼梦》中的林妹妹都喜欢李义山的"留得枯荷听雨声"之句。最有名的一首听雨的词当然是宋蒋捷的《虞美人》，词不长，我索性抄它一下：

少年听雨歌楼上，红烛昏罗帐。壮年听雨客舟中，江阔云低，断雁叫西风。而今听雨僧庐下，鬓已星星也。悲欢离合总无情，一任阶前，点滴到天明。

蒋捷听雨时的心情，是颇为复杂的。他是用听雨这一件事来概括自己的一生的，从少年、壮年一直到老年，达到了"悲欢离合总无情"的境界。但是，古今对老的概念，有相当大的悬殊。他是"鬓已星星也"，有一些白发，看来最老也不过五十岁左右。用今天的眼光看，他不过是介乎中老之间，用我自己比起来，我已经到了望九之年，鬓边早已不是"星星也"，顶上已是"童山濯濯"了。要讲达到"悲欢离合总无情"的境界，我比他有资格。我已经能够"纵浪大化中，不喜亦不惧"了。

可我为什么今天听雨竟也兴高采烈呢？这里面并没有多

少雅味，我在这里完全是一个“俗人”。我想到的主要是麦子，是那辽阔原野上的青春的麦苗。我生在乡下，虽然六岁就离开，谈不上干什么农活，但是我拾过麦子，捡过豆子，割过青草，劈过高粱叶。我血管里流的是农民的血，一直到今天垂暮之年，毕生对农民和农村怀着深厚的感情。农民最高希望是多打粮食。天一旱，就威胁着庄稼的成长。即使我长期住在城里，下雨一少，我就望云霓，自谓焦急之情，决不下于农民。北方春天，十年九旱。今年似乎又旱得邪行。我天天听天气预报，时时观察天上的云气。忧心如焚，徒唤奈何。在梦中也看到的是细雨蒙蒙。

今天早晨，我的梦竟实现了。我坐在这长宽不过几尺的阳台上，听到头顶上的雨声，不禁神驰千里，心旷神怡。在大大小小高高低低，有的方正有的歪斜的麦田里，每一个叶片都仿佛张开了小嘴，尽情地吮吸着甜甜的雨滴，有如天降甘露，本来有点黄萎的，现在变青了。本来是青的，现在更青了。宇宙间凭空添了一片温馨，一片祥和。

我的心又收了回来，收回到了燕园，收回到了我楼旁的小山上，收回到了门前的荷塘内。我最爱的二月兰正在开着花。它们拼命从泥土中挣扎出来，顶住了干旱，无可奈何地开出了红色的白色的小花，颜色如故，而鲜亮无踪，看了给人以孤苦伶仃的感觉。在荷塘中，冬眠刚醒的荷花，正准备力量向水面冲击。水当然是不缺的。但是，细雨滴在水面上，画成了一个个的小圆圈，方逝方生，方生方逝。这本来是人类中的诗人所欣赏的东西，小荷花看了也高兴起来，劲头更大了，肯定会很快地钻出水面。

我的心又收近了一层，收到了这个阳台上，收到了自己的腔子里，头顶上叮当如故，我的心情怡悦有加。但我时时担心，它会突然停下来。我潜心默祷，祝愿雨声长久响下去，响下去，永远也不停。

雾

浓雾又升起来了。

近几天以来，我早晨起床后第一件事就是推开窗子，欣赏外面的大雾。

我从来没有喜欢过雾。为什么现在忽然喜欢起来了呢？这其中有一点因缘。前天在飞机上，当飞临西藏上空时，机组人员说，加德满都现在正弥漫着浓雾，能见度只有一百米，飞机降落怕有困难，加德满都方面让我们飞得慢一点。我当时一方面有点担心，害怕如果浓雾不消，我们将降落何方？另一方面，我还有点好奇：加德满都也会有浓雾吗？但是，浓雾还是消了，我们的飞机按时降落在尼泊尔首都机场，场上阳光普照。

因此，我就对雾产生了好奇心和兴趣。

抵达加德满都的第二天凌晨，我一起床，推开窗子：外面是大雾弥天。昨天下午我们从加德满都的大街上看到城北面崇山峻岭，层峦叠嶂，个个都戴着一顶顶的白帽子，这些都是万古雪峰，在阳光下闪出了耀眼的银光。这是我生平第一次看到这种景象，我简直像小孩子一般地喜悦。现在大雾遮蔽了一切，连那些万古雪峰也隐没不见，一点影子也不给留下。旅馆后面的那几棵参天古树，在平常时候，高枝直刺入晴空，现在只留下淡淡的黑影，衬着白色的大雾，宛如一张中国古代的画。昨天抵达旅馆下车时，我看到一个尼泊尔妇女背着一筐红砖，倒在一大堆砖上。现在我看到一个男子，手里拿着一堆红红的东西。我以为他拿的也是红砖，但是当他走得近了一点时，我才发现那一堆红红的东西簌簌抖动，原来是一束束红色的鲜花。我不禁自己笑了起来。

正当我失神落魄地自己暗笑的时候，忽然听到不知从哪里传来了咕咕的叫声。浓雾虽然遮蔽了形象，但是却遮蔽不住声音。我知道，这是鸽子的声音。当我倾耳细听时，又不知从哪里传来了阵阵的犬吠声。这都是我意想不到的情景。我万万没有想到，我在加德满都学会了喜欢的两种动物：鸽子和狗，竟同时都在浓雾中出现了。难道浓雾竟成了我在这个美丽的山城里学会欣赏的第三件东西吗？

世界上，喜欢雾的人似乎是并不多的。英国伦敦的大雾是颇有一点名气的。有一些作家写散文、写小说来描绘伦敦的雾，我们读起来觉得韵味无穷。对于尼泊尔文学我所知甚少，我不知道，是否也有尼泊尔作家专门写加德满都的雾。但是，不管是在伦敦，还是在加德满都，明目张胆大声赞美浓雾的人，恐怕是不会多的，其中原因我不甚了了，我也没有那种闲情逸致去钻研探讨。我现在在这高山王国的首都来对浓雾大唱赞歌，也颇出自己的意料。过去我不但没有赞美过雾，而且也没有认真去观察过雾。我眼前是由赞美而达到观察，由观察而加深了赞美。雾能把一切东西：美的、丑的、可爱的、不可爱的，一塌瓜子都给罩上一层或厚或薄的轻纱，让清楚的东西模糊起来，从而带来了另外一种美，一种在光天化日之下看不到的美，一种朦胧的美，一种模糊的美。

一些时候以前，当我第一次听到模糊数学这个名词的时候，我曾说过几句怪话：数学比任何科学都更要求清晰，要求准确，怎么还能有什么模糊数学呢？后来我读了一些介绍文章，逐渐了解了模糊数学的内容。我一反从前的想法，觉得模糊数学真是一个了不起的发现。在人类社会中，在日常生活中，在社会科学和自然科学中，有着大量模糊的东西。无论如何也无法否认这些东西的模糊性。承认这个事实，对研究学术和制订政策等等都是有好处的。

在大自然中怎样呢？在大自然中模糊不清的东西更多。连审美观念也不例外。有很多东西，在很多时候，朦胧模糊的东西反而更显得美。月下观景，雾中看花，不是别有一番情趣在心头吗？在这里，观赏者有更多的自由，自己让自己的幻想插上翅膀，上天下地，纵横六合，神驰于无何有之乡，情注于自己制造的幻象之中；你想它是什么样子，它立刻就成了什么样子，比那些一清见底、纤毫不遗的东西要好得多。而且绝对一清见底、纤毫不遗的东西，在大自然中是根本不存在的。

我的幻想飞腾，忽然想到了这一切。我自诧是神来之笔，我简直陶醉在这些幻象中了。这时窗外的雾仍然稠密厚重，它似乎了解了我的心情，感激我对它的赞扬。它无法说话，只是呈现出更加美妙更加神秘的面貌，弥漫于天地之间。

火车上观日出

在晨光熹微中，我走出了卧铺车厢，走到了列车的走廊上。猛一抬头，我的全身连我的内心立刻激烈地震动了一下：东方正有一抹胭脂似的像月牙一般的红通通的东西腾涌出来。这是即将升起的朝阳，我心里想。

我年逾古稀，平生看日出多矣。有的是我有意去寻求的，比如泰山观日。整整五十年前，当时我还是一个青年小伙子，正在济南一个中学里教书。在旧历八月中秋，我约了两个朋友，从济南乘火车到泰安。当天下午我们就上了山。我只有二十三岁，正是精力旺盛的时候，我大跨步走过斗母宫、快活三里、五大夫松，一气登上了南天门，丝毫也没有感到什么吃力，什么惊险。此时正是暮色四垂，阴影布上群山的时候，四顾寂无一人，万古的沉寂压在我们身上。在一个鸡毛小店里住了一夜。第二天，摸黑起来，披上店里的棉被，登上玉皇顶。此时东天逐渐苍白，我瞪大了眼睛，连眨眼都不敢，盼望奇迹的出现。可是左等右等，我等待的奇迹太阳只是不露面。等到东天布满了一片红霞时，再仔细一看，朝阳已经像一个红色的血球，徘徊于片片的白云中，原来太阳早已经出来了。

从那以后，过了四十多年，到了八十年代初，我第一次上了“归来不看岳”的黄山。在北海住了三天。我曾同小泓摸黑起床，赶到一座小山顶上，那里已经黑压压地挤满了人。我们好不容易挤了上去，在人堆里争取了一块容身之地，静下心来，翘首东望，恭候日出。东天原来是灰蒙蒙一片，只是比西方、南方、北方稍微显得白了亮了一点。但是，一转瞬间，亮度逐渐增高，由淡白转成了淡红，再由淡红转成了浓红，一片霞光照亮东天。再一转瞬，一芽红痕突然涌出，红痕慢慢向上扩大，由一点到一线，由一线到一片，一轮又圆又红的球终于跳出来了。

就这样，我在泰山和黄山这两个在全中国甚至全世界都以能观日出而声名远扬的名山上，看到了日出。是我自己处心积虑一意追求而得来的。

我现在是在火车上，既非泰山，也非黄山。我做梦也没有想到会同观赏日出联系起来，我一点寻求的意思也没有。然而，仿佛眼前出现了奇迹：摆在我眼前的是不折不扣的日出。我内心的震惊不是完全很自然的吗？

这样的日出，从来没有听人说观赏过，连听人谈到过都没有。它同以前处心积虑一意追求看到的不一样，完完全全地不一样。不管在泰山，还是在黄山，我都是静止不动的。太阳虽然动，也只是在一个地方动，她安详自在，慢条斯理，威严端重，不慌不忙。她在我眼中是崇高的化身，是威仪的重现。正像印度大诗人泰戈尔每天早晨对着朝阳沉思默祷那样，太阳在我眼中也是神圣不可侵犯的。

然而现在却是另一番景象。火车风驰电掣，顷刻数里，一刻也不停。而太阳也是一刻也不停，穷追不舍。她仿佛是率领着白云、朝霞、沧海、苍穹，仿佛率领着她那些如云的随从，追赶着火车，追赶着火车上的我，过山，过水，过森林，过小村。有时候我甚至看到她鬓云凌乱，衣冠不整。原来的端庄威严，安详自在，一点影子都没有了。是她在处心积虑，一意追求，追求着火车上的我，一定要我观看她的出现。此时我的心情简直是用任何语言也形容不出来了。

太阳一方面穷追不舍，一方面自己在不停地变幻。最初我只看到在淡红色的云堆中慢慢地涌出了一点红色月牙似的东西。月牙逐渐扩大，扩大，扩大，最初的颜色像是朱砂，眼睛能够直视。但是，随着体积的逐渐扩大，朱砂逐渐变为金黄，光芒越来越亮，到了最后，辉光焜耀，谁要是再想看她，她的光芒就要刺他的眼睛了。等到太阳高高升起的时候，她在天空里俯视大地，俯视火车，俯视火车中的我，她又恢复了她那端庄威严，安详自在的神态，虽然是仍然跟着火车走，却再也没有那种仓促急忙的样子。

这短短的车上观日出的经历，对我来说，简直像是一次神秘的天启。它让我暂时离开了尘世，离开了火车，甚至离开了我自己。我体会到变中有不变，不变中又有变；我体会到变化与速度的交互融合，交互影响。这种体会，我是无法说清楚的。等我回到车厢内的时候，人们还在熟睡未醒。我仿佛怀着独得之秘，静静地坐在那里，回想刚才的一切，余味尤甘。一团焜耀的光辉还留在我的心中。

大觉寺

我为什么对大觉寺情有独钟呢？这问题提得很自然，但又显得颇为突兀。我似乎能答复，又似乎还不能。

将近七十年前，当我在清华园读书的时候，北京的古寺名刹，我都是知道的，什么潭柘寺、戒台寺、碧云寺、卧佛寺等等，我都清楚，当时既无公共汽车，连自行车都极少见。我曾同一些伙伴“细雨骑驴登香山”。雨中山清水秀，除了密林深处间或有小鸟的啁啾声外，几乎是万籁俱寂。我决非像陆放翁那样的诗人，但是，此时此地心中却溢美了诗意。“此中有真意，欲辨已忘言”，实不足为外人道也。

可是，大觉寺这个古刹，我却是没有听说过的。它对我完全是陌生的。原因大概是，这一座千年古刹在当时已经凋零颓败，再没有参观旅游的价值，被人们弃若敝屣了。

时间一下子跳过了五十年，我已届古稀之年，可以说是一个地地道道的老人了，可是我偏一点儿老的感觉都没有，有时候还会忽发少狂。此时，大觉寺已经名传遐迩，那一棵有三百年树龄的“玉兰之王”就生长在大觉寺中，每年春天花发时总会吸引众多的游人前去观赏。

80 年代初的一个春天，听说玉兰之王正在繁花怒放，我于是同大泓和二泓骑自行车，长驱三四十公里，到大觉寺去随喜。走在半路上，想停车休息一会儿，我的双腿已经麻木，几乎下不了车。幸亏了有两个孩子的扶掖，才勉强再登上了车，鼓起余勇，一鼓作气，终于达到了大觉寺。

人们，其中包括一些学者们，常说：第一个印象是最准确、最清晰，因而也就是最符合实际情况、最可靠的印象。我对大觉寺的第一个印象怎样呢？山门虽不新，但也没有给人以寥落颓败之感，想必是在过去五十年中修缮过一次，所以才有现在这个情况。这一天来的人多如过江之鲫，到处人声喧阗，古寺的沉寂完全被打破。好不容易挤进了寺门，只见殿阁庄严，花木葳蕤。丁香、藤萝已经开过，只剩下绿叶肥大。最引人注目的是那几棵千年古松柏，树身如苍龙盘曲，尖顶直刺入蔚蓝的晴空，使人看了，精神立刻为之一振。我们先看了北玉兰院的几棵玉兰，花开得正茂密。最后转到南玉兰院，看那一棵玉兰之王。躯干极粗，但是主干已锯掉，只剩下旁枝，至少已有上百年的历史；但是比起三百余年的主干，仍然如小巫见大巫。此时玉兰花正在怒放，花开得茂密压枝。与之相对的是一棵树龄比较小一点儿的紫玉兰。两棵树一白一紫，相映成趣。大地的无限活力仿佛都随着花朵喷涌出来。无论谁看了，都会感到生命力的无穷无尽；都会感到人间的可爱，人间净土就在眼前；都会油然产生凌云的壮志。我们也都兴会淋漓，又走上后山，看了水泉。然后出寺野餐，又骑上自行车，回到了燕园，留下了终生难忘的记忆。

时间又一下子跳了将近二十年。我已经到了望九之年，垂垂老矣。两年前，我忽然接到一份请柬，要我到大觉寺去为明慧茶院开院典礼剪彩。这使我有点惊愕：大觉寺怎么会同什么明慧茶院联系到一起呢？我准时去了，这是我第三次进大觉寺。此时此地，如果在江南正是“杂花生树，群莺乱飞”的季节，现在这里却只有杂花，而无群莺。寺内外已加修缮，特别是从南玉兰院一直到后面二面水泉楼一路几层院落，修饰得美轮美奂，金碧辉煌，雕梁画柱，熠熠闪光。简直是换了人间，今非昔比了。可惜丁香、玉兰已经开过花，只有那一架古藤萝仍然是繁花满枝，引得蜜蜂团团飞舞。

明慧茶院是怎么一回事呢？原来是北大中文系毕业生欧阳旭先生弃学从商，用现在的话来说就是“下了海”。欧阳英年岐嶷，经营有方，过了没有多久，经营就有可观的规模。但他毕竟是文化人，发财不忘文化。在众多经营之余，在海淀创办了国林风书店，其规模之大，可与风入松书店并驾齐驱。其藏书之精，又与万圣、风入松鼎足而三，为首都文化中心海淀增一异彩。据欧阳旭亲口告诉我，几年前，他同几个伙伴秋游，到了傍晚，在西山乱山丛中迷了路。“黄昏到寺蝙蝠飞”，他们碰巧走进了一座古寺，回不了城，就借住在那里。这就是大觉寺。夜里，他同管理寺庙的人剪烛夜话，偶然心血来潮，想在这座幽静僻远的古刹中创办点儿什么。三谈两谈，竟然谈妥，于是就出现了明慧茶院。难道这不就是佛家所说的因缘，俗语所说的机遇，哲学家所说的偶然性吗？

可是我心中有一个谜，至今仍处在解决与未解决之间。在宝刹大觉寺中可以兴办的事业是很多很多的，为什么欧阳旭独独钟情于茶呢？中国是茶的原产地，茶文化是中华文化不可分割的一个组成部分，中国饮茶的历史至少已有一两千年，而且茶文化传遍了世界，在日本独为繁荣，形成了闻名世界的日本茶道，也是日本文化不可分割的一部分。在欧洲，最著名的饮茶国家，喝的是红茶；在北非和中东，阿拉伯国家也喜欢饮茶，喝的是龙井，是绿茶。根据最近的世界饮料新动向，茶叶大有取代咖啡和可可之势，行将见中国的茶文化传遍世界，为人类造福，为中华添彩，发扬光大之日，就在眼前了。

谈到饮茶，必须有两个绝不可缺少的条件：一个是茶，一个是水。北方不产茶，至少是北京不能产茶，这是天意，谁也无力回天。至于水，北京是有的。但是山中有水，在北方实如凤毛麟角。有水斯有寺，有寺斯有名，这是北京的独特规律。山泉与普通河水迥乎不同，它来自高山深处，毫无污染，而且还含有许多对人体有益的微量元素，入口甘甜，如饮醍醐。再加上名茶一泡，天造地设，相得益彰。大觉寺就以泉水著称，一千余年前的辽代之所以在这里建寺，主要就是这里有甘泉。不管天多么旱，泉水总是从寺后最高处潺潺流出，永不衰竭。这是一个极为难得的条件。甘泉再佐以佳茗，则二美俱矣。这个好像摆在眼前现成的想法，为什么别人就从未想到过，只有等到 20 世纪末来了一个年轻小伙子欧阳旭才想到了而且立即付诸实施建立了明慧茶院呢？这里面难道还有什么十分深奥难测的奥义吗？

不管怎样，明慧茶院建立起来了。开幕的那一天，虽然没有能看到玉兰开花，但是，到的名人颇为不少，学术界和艺术界的一些著名人物，如欧阳中石、范曾等等，都光临了。大家在憩云轩观赏禅茶表演。几个被派到南方专门学习禅茶表演的年轻的女孩子，在挂在门上的绣有一个大大的“禅”字的帷幕前，在一张精心布置的桌子上，认真表演茶艺，伴奏的是佛乐，庄严肃穆，乐声低沉而清越。唐明皇当年听到了仙乐，“骊宫高处入青云，仙乐风飘处处闻”。此时我们听到的是佛乐，乐声回荡在憩云轩前苍松翠柏之间，回荡到下面玉兰之王所住的明德轩小院中，回荡到上面山泉流出处的楼阁间，佛乐弥漫了整个大觉寺，仿佛这里就是人间净土，地上桃源。我因为坐在第一张桌子旁，得天独厚，得以喝到第一杯禅茶，味道确同平常的不同，其余的嘉宾也都听了佛乐，喝了名茶，大家颇有点儿流连忘返之意。

从此北京西山增添了一个景点儿。

而我心中则增添了一个亮点儿。

我有时候无缘无故地就想到大觉寺，神驰那里的苍松翠柏、玉兰、藤萝。第二年，正当玉兰花开花的时候，我急不可待地第四次到了大觉寺。那时许多棵玉兰都在奋勇怒放。那一棵玉兰之王开得更是邪乎，满树繁花，累累垂垂，把树干树枝完全盖满，只见白花，不见青枝，全树几千朵花仿佛开成了一朵硕大无朋的白色大花，照亮了明德轩小院，照亮了整个大觉寺，照亮了宇宙。逼得旁边那一棵有名的鼠李寄柏干瘪无光。连同玉兰之王对生的那一棵紫玉兰也失去了光彩。我失去了描绘的能力，思想和语言都一样，嘴里只能连声赞叹：奈何！奈何！

过了不过个把月，我又一次来到了大觉寺，这次同来的有侯仁之、汤一介、乐黛云、李玉洁等人，我们第一次在这里过夜。侯仁之和我两个老头儿，被欧阳旭安排在明德轩所谓“总统套房”中。既曰“总统”，必然华贵。我是个上不得台盘的人。平生不想追求华贵。我曾在印度总统府里住过。在一间像篮球场那样大的房间里，一个卧榻端端正正摆在正中央。我躺在上面，四顾茫然，宛如孤舟大洋，海天渺茫，我一夜没有睡着。今天又要住总统套房，心里真有点儿嘀咕。此时玉兰已经绿叶满枝，不见花影，而对面的一棵太平花则正在疯狂怒放，照得满院生辉。晚饭后，我们几个人围坐在太平花下，上天下地，闲聊一番。寂静的古寺更加寂静，仿佛宇宙间只有我们几个人遗世而独立，身心愉快，毕生所无。走进总统套房，居然一夜酣睡，真如羲皇上人矣。

第二天，我照例四点起床，走出明德轩。此时晨曦未露，夜气犹存，微风不起，松涛无声。太平花似乎还没有睡醒，玉兰之王的绿叶也在凝定不动。古寺中一片寂静。只有屋脊上狂蹿乱跳的小松鼠，跑来跑去，络绎不绝，令人感到宇宙还在活着，并未寂灭。我一个人独立中庭，享受了生平第一个恬谧甜蜜的早晨，让我永世难忘。

从此以后，我心中的那个亮点儿更加明亮了。我常常想到大觉寺，只要有机会，我就到大觉寺来。能够谈得来的一些朋友，我也想方设法请他们到大觉寺来品茗，最好是能住上一夜，领略一下这一座古寺的静夜幽趣。连从台湾不远千里而来的台湾大学图书馆馆长林光美女士，尽管是戎马倥偬，南北奔波，我也请她到大觉寺来住了一夜。她是品茗专家，是内行，她对大觉寺泉水和名茶的赞扬，其意义应该说是与众不同的，现在她已经回到了台北，我相信，她带回去的一定是对大觉寺美好的回忆。

至于我自己为什么这样向往大觉寺呢？这要同我目前的生活情况谈起。近几年来，不知道是从哪里来的一片虚名，套在了我的头上，成了一圈光环，给我招惹来了剪不断理还乱的麻烦。这个会长，那个主编，这个顾问，那个理事，纷至沓来，究竟有多少这样的纸冠，我自己实在无法弄清，恐怕只有上帝知道了。我成了采访的对象，这个电台，那个电视台，这家报纸，那家杂志，又是采访录像，又是电话采访。一遇到什么庆典或什么纪念，我就成了药方中的甘草，万不能缺。还有无穷无尽的会议，个个都自称意义重大，非参加不行。每天下午，我就成了专家门诊的专家，客厅里招待一拨客人，另外一拨或多拨候诊者只好在别的屋里等候。采访者照相成了应有之义。做道具照相，我已习惯；但是，照相者几乎每次必高呼："笑一笑！"试问我一肚乱絮般的思绪，我能笑得起来吗？即使勉强一笑，脸上成什么模样，我自己是连想都不敢想的。校系两级领导，关心我的健康，在我门上贴上了谢绝会客的通知。然而知书识字的来访者却熟视无睹，依然想方设法闯进门来。听说北京某大学某一位名人，大概遇到了同我一样的遭遇，自己在门上大书：某某死了！但是，死了也不行，他们仍然闯进门来，要向遗体告别。

“十年浩劫”期间，我忽发牛劲儿，以卵击石，要同北大那位“老佛爷”决斗，结果全军覆没，被抄家，被批斗，被关进牛棚，好不容易捡回来了一条小命，却成了“不可接触者”。几年之内，我没接到一封来信，没有一个客人。走在校内，没有哪个人敢同我说上一句话。我自己知趣，凡上路，必茫然向前看，决不左顾右盼，也决不敢踩别人的影子，以免把灾殃传给别人。你说，这样心里能痛快吗？当然不能。有时候我一个人困居斗室，感前途之无望，悲未来之渺茫，只觉得凄凉，孤独，寂寞，无助，此中滋味，非同病者实难相怜也。

然而，物换斗移，时异世迁，我从一个“不可接触者”一变而为“极可接触者”，宛如从十八层地狱一下子跃上三十三天。最初有一阵喜悦，自是人之常情。然而，时隔不久，这喜悦就逐渐淡漠下来，代之而起的是无名的苦恼。“千秋万岁名，寂寞身后事”，我不想争名。我的收入足以维持我那水平不高的生活，我不想夺利。我现在要求最迫切的是还我清静，“不可接触者”是最容易得到清静的。

我现在希望得到的是一片人间净土，一个世外桃源。万没想到，我又于无意中得到了净土和桃源，这就是欧阳旭在大觉寺创办的明慧茶院。我每次从燕园驱车往大觉寺来，胸中的烦躁都与车行的距离适成反比，距离愈拉长，我的烦躁愈减少，等到一进大觉寺的山门，我的烦躁情绪一扫而光，四大皆空了。在这里，我看到了我的苍松、翠柏、丁香、藤萝、梨花、紫荆，特别是我的玉兰和太平花，它们都好像是对我合十致敬。还有屋脊上蹿跳的小松鼠，也好像对我微笑。我想到我前不久写的那一副对联：

屋脊狂蹿小松鼠

满院开满太平花

不禁心旷神怡，虽古代桃花源中人，也不得不羡慕我了。

大概从人类有了较大的城市之日起，城市就与大自然形成了对立面，形成了鲜明的对照。连一千多年前的陶渊明都曾高唱："久在樊笼里，复得返自然"，欢悦之情，跃然纸上。清代末年，德国汉学家福兰阁任德国驻清朝的外交官，经常"上山"。我从他儿子傅吾康嘴里经常听到"上山"这个词儿。上哪个山呢？我从来没有问过，反正他每次来北京，总有一半时间"上山"。最近我才知道，他们父子俩上的山就是大觉寺，德国人毕竟是热爱自然的民族。到了今天，城市越来越大，越来越热闹，红尘万丈，喧嚣无度，虽然不能每个人都有像我那样的烦躁，但烦躁总会有的，只不过程度高低不同而已。大家都会渴望拥抱大自然，都在不同程度上想找一个人间净土，世外桃源。可每一个并不能都找得到，这不能不说是一件憾事。

我是有福的，我找到了大觉寺明慧茶院，而且帮助我的朋友们认识这是一块人间净土，世外桃源，我的朋友们也都有福了。

我心中的那一个亮点儿将会愈来愈亮，愈亮。

山中逸趣

置身饥饿地狱中，上面又有建造地狱时还不可能有的飞机的轰炸，我的日子比地狱中的饿鬼还要苦上十倍。

然而，打一个比喻说，在英雄交响乐的激昂慷慨的乐声中，也不缺少像莫扎特的小夜曲似的情景。

哥廷根的山林就是小夜曲。

哥廷根的山不是怪石嶙峋的高山，这里土多于石，但是却又有山的气势。山顶上的俾斯麦塔高踞群山之巅，在云雾升腾时，在乱云中露出的塔顶，望之也颇有蓬莱仙山之概。

最引人入胜的不是山，而是林。这一片丛林究竟有多大，我住了十年也没能弄清楚，反正走几个小时也走不到尽头。林中主要是白杨和橡树，在中国常见的柳树、榆树、槐树等，似乎没有见过。更引人入胜的是林中的草地。德国冬天不冷，草几乎是全年碧绿。冬天雪很多，在白雪覆盖下，青草也没有睡觉，只要把上面的雪一扒拉，青翠欲滴的草立即显露出来。每到冬春之交时，有白色的小花，德国人管它叫“雪钟儿”，破雪而出，成为报春的象征。再过不久，春天就真地来到了大地上，林中到处开满了繁花，一片锦绣世界了。

到了夏天，雨季来临，哥廷根的雨非常多，从来没听说有什么旱情。本来已经碧绿的草和树木，现在被雨水一浇，更显得浓翠逼人。整个山林，连同其中的草地，都绿成一片，绿色仿佛塞满了寰中，涂满了天地，到处是绿，绿，绿，其他的颜色仿佛一下子都消逝了。雨中的山林，更别有一番风味。连绵不断的雨丝，同浓绿织在一起，形成一张神奇、迷茫的大网。我就常常孤身一人，不带什么伞，也不穿什么雨衣，在这一张覆盖天地的大网中，踽踽独行。除了周围的树木和脚底下的青草以外，仿佛什么东西都没有，我颇有佛祖释迦牟尼的感觉，“天上天下，唯我独尊”了。

一转入秋天，就到了哥廷根山林最美的季节。我曾在《忆章用》一文中描绘过哥城的秋色，受到了朋友的称赞，我索性抄在这里：

> 哥廷根的秋天是美的，美到神秘的境地，令人说不出，也根本想不到去说。有谁见过未来派的画没有？这小城东面的一片山林在秋天就是一幅未来派的画。你抬眼就看到一片耀眼的绚烂。只说黄色，就数不清有多少等级，从淡黄一直到接近棕色的深黄，参差地抹在一片秋林的梢上，里面杂了冬青树的浓绿，这里那里还点缀上一星星鲜红，给这惨淡的秋色涂上一片凄艳。

我想，看到上面这一段描绘，哥城的秋山景色就历历如在目前了。

一到冬天，山林经常为大雪所覆盖。由于温度不低，所以覆盖不会太久就融化了；又由于经常下雪，所以总是有雪覆盖着。上面的山林，一部分依然是绿的；雪下面的小草也仍旧碧绿。上下都有生命在运行着。哥廷根城的生命活力似乎从来没有停息过，即使是在冬天，情况也依然如此。等到冬天一转入春天，生命活力没有什么覆盖了，于是就彰明昭著地腾跃于天地之间了。

哥廷根的四时的情景就是这个样子。

从我来到哥城的第一天起，我就爱上了这山林。等到我堕入饥饿地狱，等到天上的飞机时时刻刻在散布死亡时，只要我一进入这山林，立刻在心中涌起一种安全感。山林确实不能把我的肚皮填饱，但是在饥饿时安全感又特别可贵。山林本身不懂什么饥饿，更用不着什么安全感。当全城人民饥肠辘辘，在英国飞机下心里忐忑不安的时候，山林却依旧郁郁葱葱，“依旧烟笼十里堤”。我真爱这样的山林，这里真成了我的世外桃源了。

我不知道有多少次，一个人到山林里来，也不知道有多少次，同中国留学生或德国朋友一起到山林里来。在我记忆中最难忘记的一次畅游，是同张维和陆士嘉在一起的。这一天，我们的兴致都特别高。我们边走，边谈，边玩，真正是忘路之远近。我们走呀，走呀，已经走到了我们往常走到的最远的界限，但在不知不觉之间就走越了过去，仍然一往直前。越走林越深，根本不见任何游人。路上的青苔越来越厚，是人迹少到的地方。周围一片寂静，只有我们的谈笑声在林中回荡，悠扬，遥远。远处在林深处听到柏叶上有窸窣的声音，抬眼一看，是几只受了惊的梅花鹿，瞪大了两只眼睛，看了我们一会，立即一溜烟似的逃到林子的更深处去了。我们最后走到了一个悬崖上，下临深谷，深谷的那一边仍然是无边无际的树林。我们无法走下去，也不想走下去，这里就是我们的天涯海角了。回头走的路上，遇到了雨。躲在大树下，避了一会儿雨。然而雨越下越大，我们只好再往前跑。出我们意料之外，竟然找到了一座木头凉亭，真是避雨的好地方。里面已经先坐着一个德国人。打了一声招呼，我们也就坐下，同是深林躲雨人，相逢何必曾相识。我们没有通名报姓，就上天下地胡谈一通，宛如故友相逢了。

这一次畅游始终留在我的记忆里，至今难忘。山中逸趣，当然不止这一桩。大大小小，琐琐碎碎的事情，还可以写出一大堆来。我现在一律免掉。我写这些东西的目的，是想说明，就是在那种极其困难的环境中，人生乐趣仍然是有的。在任何情况下，人生也决不会只有痛苦，这就是我悟出的禅机。

春归燕园

凌晨，在熹微的晨光中，我走到大图书馆前草坪附近去散步。我看到许多男女大孩子，有的耳朵上戴着耳机，手里拿着收音机和一本什么书；有的只在手里拿着一本书，都是凝神潜虑，目不斜视，嘴里喃喃地朗诵什么外语。初升的太阳在长满黄叶的银杏树顶上抹上了一缕淡红。我们这些早晨八九点钟的太阳，面对着那一轮真正的太阳。我只感觉到满眼金光，却分不清这金光究竟是从哪里来的了。

黄昏时分，在夕阳的残照中，我又走到大图书馆前草坪附近去散步。我看到的仍然是那一些男女大孩子。他们仍然戴着耳机，手里拿着收音机和书，嘴里喃喃地跟着念。夕阳的余晖从另外一个方向在银杏树顶上的黄叶上抹上了一缕淡红。此时，我们这些早晨八九点钟的太阳，同西山落日比起来，反而显得光芒万丈。

眼前的情景对我是多么熟悉然而又是多么陌生啊！

十多年以前，我曾在这风景如画的燕园里看到过类似的情景。当时我曾满怀激情地歌颂过春满燕园。虽然时序已经是春末夏初时节，但是在我的感觉中却仍然是三春盛时，繁花似锦。我曾幻想把这春天永远留在燕园内，“留得春光过四时”，让它成为一个永恒的春天。

然而我的幻想却落了空。跟着来的不是永恒的春天，而是三九严冬的天气。虽然大自然仍然岿然不动，星换斗移，每年一度，在冬天之后一定来一个春天，燕园仍然是一年一度百花争妍，万紫千红。然而对我们住在燕园里的人来说，却是“尽日寻春不见春”，宛如处在一片荒漠之中。不但没有什么永恒的春天，连刹那间春天的感觉也消逝得无影无踪了。当时我唯一的慰藉就是英国浪漫诗人雪莱的两句诗：

既然冬天到了，
春天还会远吗？

我坚决相信，春天还会来临的。

雪莱的话终于应验了，春天终于来临了。美丽的燕园又焕发出青春的光辉。我在这里终于又听到了琅琅的书声。而且在这琅琅的书声中我还听到了十多年前没有听到的东西，听到了一些崭新的东西。在这平凡的书声中我听到的难道不就是千军万马向四个现代化进军的脚步声吗？我听到的难道不就是向科学技术高峰艰苦而又乐观的攀登声吗？我听到的难道不就是那美好的理想的社会向前行进的开路声吗？我听到的难道不就是我们的青年一代内心深处的声音吗？不就是春天的声音吗？

眼前，就物候来说，不但已经不是春天，而且也已经不是夏天；眼前是西风劲吹、落叶辞树的深秋天气。“悲哉秋之为气也”，眼前是古代诗人高呼“悲哉”的时候。然而在这春之声大合唱中，在我们燕园里大图书馆前的草坪上，在黄叶丛中，在红树枝下，我看到的却是阳春艳景，姹紫嫣红。这些男女大孩子一下子就成了巨大的花朵，一霎时开满了校园。连黄叶树顶上似乎也开出了碗口大的山茶花和木棉花。红红的一片，把碧空都映得通红。至于那些“霜叶红于二月花”的霜叶，真的变成了红艳的鲜花。整个的燕园变成了一座花山，一片花海。

春天又回到燕园来了啊！

而且这个春天还不限于燕园，也不限于北京，不限于中国。它伸向四海，通向五洲，弥漫全球，辉映大千。我站在这个小小的燕园里，仿佛能与全世界呼吸相通。我仿佛能够看到富士山的雪峰，听到恒河里的涛声，闻到牛津的花香，摸到纽约的摩天高楼。书声动大地，春色满寰中，这一个无所不在的春天把我们连到一起来了。它还将不是一个短暂的春天。它将存在于繁花绽开的枝头，它将存在于映日接天的荷花上，它将存在于辽阔的万里霜天，它将存在于千里冰封、万里雪飘的严冬。一年四季，季季皆春。它是比春天更加春天的春天。它的踪迹将印在湖光塔影里，印在每一个人的心中。它将是一个真正的永恒的春天。

肆

馨爱市井

上海菜市场

上海尽有看不够数不清的高楼大厦，跑不完走不尽的大街小巷，满目琳琅的玻璃橱窗，车水马龙的繁华闹市；但是，我们的许多外国朋友却偏要去看一看早晨的菜市场。这是完全可以理解的。我们刚到上海的时候不是也想到菜市上去看一看吗？

那还是几年前的一个早晨，在太阳刚刚升起来的时候，踏着熹微的晨光，到一个离开旅馆不远的菜市场去。

到了邻近菜市场的地方，市场的气氛就逐渐浓了起来。熙熙攘攘的人群，摩肩擦背，来来往往。许多老大娘的菜篮子里装满了蔬菜海味鸡鸭鱼肉。有的篮子里活鱼在摇摆着尾巴，肥鸡在咯咯地叫着。老大娘带着一脸笑意，满怀愉快，走回家去。

一走进菜市场，仿佛走进了另一个世界。这里面五光十色，令人眼花缭乱。但是，仔细一看，所有的东西却又都摆得整整齐齐，有条不紊。菜摊子、肉摊子、鱼虾摊子、水果摊子，还有其他的许许多多的摊子，分门别类，秩序井然，又各有特点，互相辉映。你就看那蔬菜摊子吧。这里有各种不同的颜色：紫色的茄子、白色的萝卜、红色的西红柿、绿色的小白菜，纷然杂陈，交光互影。这里又有各种不同的线条：大冬瓜又圆又粗，豆荚又细又长，白菜的叶子又扁又宽。就这样，不同的颜色，不同的线条，紧密地摆在一起，于纷杂中见统一。我的眼一花，我觉得，眼前不是什么菜摊子，而是一幅出自名家手笔的彩色绚丽、线条鲜明的油画或水彩画。

不只菜摊子是这样，其他的摊子也莫不如此。卖鱼的摊子上，活鱼在水里游泳，十几斤重的大鲤鱼躺在案板上。卖鸡鸭的摊子上，鸡鸭在笼子里互相召唤。卖肉的摊子上，整片的猪肉、牛肉和羊肉挂在那里，还为穆斯林设了卖牛羊肉的专柜。

在其他的摊子上，鸡蛋和鸭蛋堆得像小山，一个个闪着耀眼的白光。咸肉和板鸭成排挂在架子上，肥得仿佛就要滴下油来。水果摊子更是琳琅满目。肥大的水蜜桃、大个儿的西瓜、又黄又圆的香瓜、白嫩的鲜藕，摆在一起，竞妍斗艳。我眼前仿佛看到葳蕤的果子园、十里荷香的池塘、翠叶离离的瓜地，难道这不是一幅美妙无比的图画吗？

说是图画，这只是一时的幻象。说真的，任何图画也比不上这一些摊子。图画里面的东西是死的、不能动的，这里的东西却随时在流动。原来摆在架子上的东西，一转眼已经到了老大娘的菜篮子里。她们站在摊子前面，眯细了眼睛，左挑右拣，直到选中了自己想买的东西为止。至于价钱，她们是不发愁的：因为东西都不贵。结果是皆大欢喜，在一片闹闹嚷嚷的声中，大家都买到了中意的东西。她们原来的空篮子不久就满了起来。当她们转回家去的时候，她们手中的篮子也像是一幅幅美丽的图画了。

我们的外国朋友是住在旅馆里的，什么东西都不缺少。但是他们看到这些美丽诱人的东西，一方面啧啧称赞，一方面又跃跃欲试，也都想买点什么。有人买了几个大香瓜，有人买了几斤西红柿，还有人买了一些豆腐干。这样就会使本来已经很丰富的餐桌更加丰富多彩。我们的外国朋友也皆大欢喜了。

黎明前的北京

前后加起来，我在北京已经住了四十多年，算是一个老北京了。北京的名胜古迹，北京的妙处，我应该说是了解的；其他老北京当然也了解。但是有一点，我相信绝大多数老北京并不了解，这就是黎明时分以前的北京。

多少年来，我养成了一个习惯：每天早晨四点在黎明以前起床工作。我不出去跑步或散步，而是一下床就干活儿。因此我对黎明前的北京的了解是在屋子里感觉到的。我从前在什么报上读过一篇文章，讲黎明时分天安门广场上的清洁工人。那情景必然是非常动人的，可惜我从未能见到，只是心向往之而已。

四十年前，我住在城里在明朝曾经是特务机关的东厂里面。几座深深的大院子，在最里面三个院子里只住着一个人。朋友们都说这地方阴森可怕，晚上很少有人敢来找我，我则怡然自得。每当夏夜，我起床以后，立刻就闻到院子里那些高大的马缨花树散发出来的阵阵幽香，这些香气破窗而入，我于此时神清气爽，乐不可支，连手中那一枝笨拙的笔也仿佛生了花。

几年以后，我搬到西郊来住，照例四点起床，坐在窗前工作。白天透过窗子能够看到北京展览馆那金光闪闪的高塔的尖顶，此时当然看不到了。但是，我知道，即使我看不见它，它仍然在那里挺然耸入天空，仿佛想带给人以希望，以上进的劲头。我仍然是乐不可支，心也仿佛飞上了高空。

过了十年，我又搬了家。这新居既没有马缨花，也看不到金色的塔顶。但是门前却有一片清碧的荷塘。刚搬来的几年，池塘里还有荷花。夏天早晨四点已经算是黎明时分。在薄暗中透过窗子可以看到接天莲叶，而荷花的香气也幽然袭来，我顾而乐之，大有超出马缨花和金色塔顶之上的意味了。

难道我欣赏黎明前的北京仅仅由于上述的原因吗？不是的。三十几年以来，我成了一个“开会迷”。说老实话，积三十年之经验，我真有点怕开会了。在白天，一整天说不定什么时候就会接到开会的通知。说一句过火的话，我简直是提心吊胆，心里不得安宁。即使不开会，这种惴惴不安的心情总摆脱不掉。只有在黎明以前，根据我的经验，没有哪里会来找你开会的。因此，我起床往桌子旁边一坐，仿佛有什么近似条件反射的东西立刻就起了作用，我心里安安静静，一下子进入角色，拿起笔来，“文思”（如果也算是文思的话）如泉水喷涌，记忆力也像刚磨过的刀子，锐不可当。当时，我真乐不可支，如果给我机会的话，我简直想手舞足蹈了。

因此，我爱北京，特别爱黎明前的北京。

我爱北京的小胡同

我爱北京的小胡同，北京的小胡同也爱我，我们已经结下了永恒的缘分。

六十多年前，我到北京来考大学，就下榻于西单大仓里面的一条小胡同中一个小公寓里。白天忙于到沙滩北大三院去应试。北大与清华各考三天，考得我焦头烂额，筋疲力尽。夜里回到公寓小屋里，还要忍受臭虫的围攻，特别可怕的是那些臭虫的空降部队，防不胜防。

但是，我们这一帮山东来的学生仍然能够苦中作乐。在黄昏时分，总要到西单一带去逛街。街灯并不辉煌，“无风三尺土，有雨一街泥”，也会令人不快。我们却甘之如饴。耳听铿锵清脆、悠扬有致的京腔，如闻仙乐。此时鼻管里会蓦然涌入一股幽香，是从路旁小花摊上的栀子花和茉莉花那里散发出来的。回到公寓，又能听到胡同里的叫卖声：“驴肉！驴肉！”“王致和臭豆腐！”其声悠扬、深邃，还含有一点凄清之意。这声音把我送入梦中，送到与臭虫搏斗的战场上。

将近五十年前，我在欧洲待了十多年以后，又回到了故都。这次是住在东城的一条小胡同里：翠花胡同，与南面的东厂胡同为邻。我住的地方后门在翠华胡同，前门则在东厂胡同，据说是明朝的特务机关东厂所在地，是折磨、囚禁、拷打、杀害所谓“犯人”的地方。冤死之人极多，他们的鬼魂据说常出来显灵。我是不相信什么鬼怪的。我感兴趣的不是什么鬼怪显灵，而是这一大所房子本身。它地跨两个胡同，其大可知。里面重楼复阁，四廊盘曲，院落错落，花园重叠，一个陌生人走近去，必然是如入迷宫，不辨东西。

然而，这样复杂的内容，无论是从前面的东厂胡同，还是从后面的翠花胡同，都是看不出来的。外面十分简单，里面十分复杂；外面十分平凡，里面十分神奇。这是北京城里许多小胡同共有的特点。

据说当年黎元洪大总统在这里住过。我住在这里的时候，北大校长胡适住在黎住过的房子中。我住的这个地方仅仅是这个院子的一个旮旯，在西北角上。但是这个旮旯并不小，是一个三进的院子，我第一次体会到“庭院深深深几许”的意境。我住在最深一层院子的东房中，院子里摆满了汉代的砖棺。这里本来就是北京的一所“凶宅”，再加上这些棺材，黄昏时分，总会让人感到鬼影幢幢，毛骨悚然，所以很少有人敢在晚上拜访我。我每日“与鬼为邻”，倒也过得很安静。

第二次进院子里有很多树，我最初没有注意是什么树。有一个夏日的夜晚，刚下过一阵雨，我走到树下，忽然闻到一股幽香。原来这些是马樱花树，树上正开着繁花，幽香就是从这里发出来的。

这一下子让我回忆起十几年前西单的栀子花和茉莉花的香气。当时我是一个十九岁的大孩子，现在成了中年人。相距近二十年的两个我，忽然融合到一起来了。

不管是六十多年，还是五十年，都成为过去了。现在北京的面貌天天在改变，层楼摩天，国道宽敞。然而那些可爱的小胡同，却日渐消逝，被摩天大楼吞噬掉了。看来在现实中小胡同的命运和地位都要日趋消沉，这是不可抵御的，也不一定就算是坏事。可是我仍然执著地关心我的小胡同。就让它们在我的心中占一个地位吧，永远，永远。

我爱北京的小胡同，北京的小胡同也爱我。

难忘那件军衣

我是多么爱那黄色的军衣啊！这黄色，正如我们国旗的红色一样，是世界上最美丽的颜色。我爱琥珀的黄色，它黄得透明，黄得发亮。我也爱花朵的黄色，它黄得娇艳，黄得鲜嫩。但是，我却更爱这军衣的黄色。它并不透明，也不发亮；它当然更不娇艳，更不鲜嫩。然而它是朴素的，像真理那样朴素；它是动人的，像真理那样动人。

我更喜欢想到一件小事。

1949年春的一天，中国人民解放军进了北京城。我冒着大风，到离开我的住处不远的东四牌楼去欢迎他们。这些人我从来没有见过面，但是他们的事迹我却是十分熟悉的。在“万家墨面没蒿莱”的黑暗的年代里，我曾经不知道有多少次从报纸的字里行间读到他们胜利的消息，因而感到无限的振奋。现在看到他们雄赳赳气昂昂地开进北京城，我仿佛是碰到了久别重逢的故人。我跟着群众鼓掌、喊口号。有时候内心激动，热泪盈眶。剧烈的风沙似乎被人们的热情压下去了，一点也显不出平常的那种威风来了。

当天下午，我到西城去看朋友，走到什刹海桥上，正巧有一个解放军在那里站岗。他背着背包，全副武装，军帽下一双浓眉，两只炯炯发光的眼睛。从远处我就看到他那一身厚墩墩的黄色军衣，已经不新了，但洗得干干净净。我陡然觉得这个士兵特别可爱，觉得他那一身黄色的棉军衣特别可爱。它仿佛象征着勇敢、纪律、忠诚、淳朴；它仿佛也象征着解放、安全、稳定。只要穿这样军衣的人在这里一站，各行各业的人就都有了保障，可以安心从事自己的工作，工厂的工人可以安心生产，拖拉机手可以安心耕地，学生可以安心上学，小孩子可以安心在摇篮里熟睡。只要他在这里一站，整个北京城，整个新中国就可以稳如泰山，那一群魑魅魍魉就会销声匿迹。我左思右想，一时万感集心，很想走上前去，用手摸一摸那一身黄色的军衣。我是多么爱那黄色的军衣啊！

当然，我没有真地走上前去摸，我仍然走我的路。可是，我又真舍不得那一个年轻的士兵。我回头看了又看，一直到我眼中只留下一个隐隐约约的黄色的影子。这影子就永远镌刻在我的心头。

曾经有好多年，每到“五一”和“十一”，我就在天安门前观礼台上看到人民解放军的官兵的代表们。在金水桥后面台上的是将军们，制服一片亮蓝色。在桥前面台上的是军官和士兵，制服一片草黄色。在这时候，天安门广场上，万紫千红，五彩缤纷，万头攒动，一片花海。在这样彩色如绘的炫目的花海里，亮蓝色和草黄色应该说并不突出。然而，在我眼里，这一片淳朴的亮蓝和草黄并没有给那些绚烂的颜色压住相形见绌，反而十分引人注目。这两种颜色仿佛给整个花海、整个广场增加了色彩与光辉，使它显得更美、更可爱。

若你身边恰好有军人，那么这一天，请向他（她）道去节日的祝福吧。

倘若没有，也请在心里为他们祝福，可爱可敬的军人弟兄姐妹们！

爽朗的笑声

据说，只有人是会笑的。我活在这个大地上几十年中，曾经笑过无数次，也曾看到别人笑过无数次。我从来没有琢磨过人会不会笑的问题，就好像太阳从东方出来，人们天天必须吃饭这样一些极其自然的、明明白白的、尽人皆知的、用不着去探讨的现象一样，无须再动脑筋去关心了。

然而，人是能够失掉笑的。

就连人能够失掉笑这个事实我以前也没有探讨过，不是用不着去探讨，而是没有想到去探讨，没有发现有探讨的必要；因为我从来还没有遇到过失掉了笑的人，没有想到过会有失掉了笑的人，好像没有遇到过鬼或者阴司地狱，没有想到过有鬼或者有阴司地狱那样。

人又怎能失掉笑呢?

我认识一位参加革命几十年的老干部。虽然他资格老，然而从来不摆老资格，不摆架子。我一向对老干部怀着说不出的、极其深厚的、出自内心的感情与敬佩。他们好像是我的一面镜子，可以照见自己的不足，激励自己前进。因此，我就很愿意接近他，愿意对他谈谈自己的思想。当然并不限于这些。我们有时简直是海阔天空，上下古今，文学艺术，哲学宗教，无所不谈。他给我留下了非常深刻的印象，特别是在闲谈时他的笑声更使我永生难忘。这不是会心的微笑，而是出自肺腑的爽朗的笑声。这笑声悠扬而清脆，温和而热情；它好像有极大的感染力，一听到它，顿觉满室生春，连一桌一椅都仿佛充满了生气，一花一草都仿佛洋溢出活力。有时候我甚至觉得这笑声冲破了高楼大厦，冲出了窗户和门，到处飘流回荡，响彻了整个燕园。

想当初当我听到这笑声的时候，我并没有觉得它怎样难能可贵，怎样不可缺少，就同日光空气一样，抬眼就可以看到，张嘴就可以吸入。又像春天的和风，秋日的细雨，只要有春天，有秋天，自然而然地就可以得到。中国古诗说："司空见惯浑闲事"，我一下子变成了古时候的司空了。

然而好景不长，天空里突然堆起了乌云，跟着来的是一场暴风骤雨。这一场暴风骤雨真是来得迅猛异常。不但我们自己没有经受过，而且也没有听说别人曾经经受过。我们都仿佛当头挨了一棒，直打得天旋地转，昏头昏脑。有一个时期，我们都失去了行动的自由，在一个阴森可怕的恐怕要超过"白公馆"和"渣滓洞"的地方住了一些时候。以后虽然恢复了自由，然而每个人的脑袋上还都戴着一大堆莫须有的帽子，天天过着如临深渊如履薄冰的日子，谨小慎微，瞻前顾后，唯恐言行有什么"越轨"之处，随时提防意外飞来的横祸。我们的处境真比旧社会的童养媳还要困难。我们每个人脑海里都有成百个问号，成千个疑团；然而问天天不语，问地地不应。我们只有沉默寡言，成为不折不扣的行尸走肉了。

在这期间，我也曾几次遇到过他，都是在路上。我看到他从远处走了过来，垂目低头，步履蹒跚。以前我看惯了的他那种矫健的步伐，轻捷的行姿，已经消逝得无影无踪了。我有时候下意识地迎上前去，好像是要做点什么；但是快到跟前的时候，最多也不过彼此相顾一下，立刻又低下了头，别转开脸，我们已经到了彼此不敢讲话，不能讲话的地步了。至于在这样的时刻他是怎样想的，我说不清楚。我心里只觉得一阵凄凉，眼泪立刻夺眶而出了。

有一次，我在校医院门前遇到了他。这一回不是孤身一人，而是有一个年老的妇女扶着他。他的身体似乎更不行了，路好像都走不全，腿好像都迈不开，脚好像都抬不起，颤巍巍地好不容易地向前挪动，费了好大劲儿才挪进了医院的大门，看样子是患了病。我一时冲动，很想鼓足了勇气走上前去探问一声。然而我不敢。那暴风骤雨的情景猛不丁地展现在我眼前，我那一点儿剩勇好像是微弱的爝火，经雨一打，立刻就熄灭了。我不敢保证，如果再有一次那样的暴风骤雨，是否我还能经受得住。我硬是压下了我那向前去探问的冲动，只是站在远处注视着他。我是多么关心他的身体啊！然而我无能为力，我只能站在一旁看。幸好他并没有注意到我，否则也会引起他内心的激动，这样的激动对他的身体肯定是没有好处的。我全神贯注地注视着他，看他走进了校医院的玻璃门，他的身影在里面直晃动，在挂号处停留了一会儿，又被搀扶到走廊里去，身影于是完全消逝，大概是到哪一个屋子门口去等候大夫呼唤了。

当时我虽然注视了他很久很久，但是在开头时并没有发现有什么特异的情况，对他的身体的关心占住了我整个的注意力。等到他的身影消逝以后，我猛然发现，他脸上一点笑容都没有，他成了一个不会笑的人，他已经把笑失掉，当然更不用说那爽朗的笑声了。我心里猛烈地一震，我自己的这一个平凡又伟大的发现使我吃惊。我从前只知道笑是人的本能；现在我又知道，人是连本能也会失掉的。我活了六十多年才发现了这样一个真理，然而这是一个多么残酷多么令人不寒而栗的真理啊！

我自己怎样呢？他在这里又在另外一种意义上成了我的一面镜子。拿这面镜子一照，我同他原来是一模一样，我脸上也是一点儿笑容都没有，我也成了一个不会笑的人，我也把笑失掉了。如果自己不拿这面镜子来照一照，这情况我是不会知道的。因为没有一个人会告诉我，没有一个人敢告诉我。像我这样的人，当时是没有几个人肯同我说话的。如果有大胆的人敢同我说上几句话，我反而感到不自然，感到受宠若惊。不时飞来的轻蔑的一瞥，意外遇到的大声的申斥，我倒安之若素，倒觉得很自然。我当时就像白天的猫头鹰，只要能避开人，我一定避开；只要有小路，我决不走大路；只要有房后的野径，我连小路也不走。只要有熟人迎面走来，我远远地就垂下了头。我只恨地上没有洞；如果有的话，我一定会钻了进去，最好一辈子也不出来。在这样的情况下，一个人能笑得起来吗？让他把笑保留住不失掉能办得到吗？我也只能同那一位老干部一样变成了一个不会笑的人了。

通过那几年的切身经历，我深深地感觉到，一个人如果失掉了笑，那就意味着，他同时也已经失掉了希望，失掉了生趣，失掉了一切。他活在世界上，在别人眼中，在他自己眼中，实际上成了一个多余的人，他只不过是行尸走肉，苟延残喘而已。什么清风，什么明月，什么春花，什么秋实，在别人眼中，当然都是非常可爱的；然而在他眼中，却什么快感也引不起来。他在这世界上如浮云，如幻影；世界对他也如浮云，如幻影。他自己就像一个幽灵，踽踽独行于遮天盖地的辽阔的寂寞中。他成了一个路人，一个“过客”，在默默地等候大限的来临。

真理毕竟要胜利，乌云决不会永在。经过了一番风雨，燕园里又出现了阳光，全中国也出现了阳光。记得是在一个座谈会上，我同这一位革命老前辈又见面了。他头发又白了很多，脸上皱纹也增添了不少，走路显得异常困难，说话声音很低。才几年的工夫，他好像老了二十年。我的心情很沉重，但是同时又很愉快。我发现他脸上又有了笑容，他又把笑找回来了。在谈到兴会淋漓的时候，他大笑起来，虽然声音较低，但毕竟是爽朗的笑声。这样的笑声我已经很久很久没有听到了。乍听之下，有如钧天妙乐，滋润着我的心灵，温暖着我的耳朵，怡悦着我的眼睛，激动着我的四肢。我觉得，这爽朗的笑声，就像骀荡的春风一样，又仿佛吹遍了整个燕园，响彻了整个燕园。我仿佛还听到它响彻了高山、密林、通都、大邑、工厂、农村、机关、学校，响彻了整个祖国大地，而且看样子还要永远响下去。

我现在不但在这位革命老前辈的脸上看到了已经失掉而又找回来的笑，而且在很多人的脸上都看到了笑容：老年人、中年人、青年人、妇女、儿童，无一例外。把笑失掉，是不容易的；把笑重新找回来，就更困难。我相信，一个在沧海中失掉了笑的人，决不能做任何的事情。我也相信，一个曾经沧海又把笑找回来的人，却能胜任任何的艰巨。一个很多人失掉了笑而只有一小撮人能笑的民族，决不能长久立于世界民族之林。只有能笑、会笑、敢笑，重新找回了笑的民族，才能创建宏伟的事业，才能在短期内实现四个现代化，才能阔步前进，建成社会主义，最终达到人类大同之域。

发现只有人是会笑的，是科学家。发现人也是能失掉笑的，是曾经沧海的人。两者都是伟大的发现。曾经沧海的人发现了这个真理，决不会垂头丧气，而是加倍地精神抖擞。我认识的那一位革命老前辈，在这里又成了我的一面镜子。我们都要感激那个沧海，它在另一方面教育了我们。我从小就喜欢读苏东坡的词句："人有悲欢离合，月有阴晴圆缺，此事古难全。但愿人长久，千里共婵娟。"我想改一下最后两句："但愿人长笑，千里共婵娟。"我愿意永远永远听到那爽朗的笑声。

一个影子似的孩子

有道是老马识途，又说姜是老的辣。意思无非是说，人老了，识多见广，没有没见过的东西。如今我已年逾古稀，足迹遍三大洲，见到的人无虑上千，上万，甚至上亿。但是我却从来没有见过这样一个影子似的孩子。

什么叫影子似的孩子呢？我来到庐山，在食堂里，坐定了以后，正在大嚼之际，蓦抬头，邻桌上已经坐着一个十几岁的西藏男孩，长着两只充满智慧的机灵的大眼睛，满脸秀气，坐在那里吃饭。我根本没有注意到他是什么时候进来的，没有一点声息，没有一点骚动。我正在心里纳闷，然而，一转眼间，邻桌上已经空无一人，没有一点声息，没有一点骚动，来去飘忽，活像一个影子。

最初几天，我们乘车出游，他同父母一样，从来不参加的。我心里奇怪：这样一个十几岁的男孩子，不知道闷在屋里干些什么？他难道就不寂寞吗？一直到了前几天，我们去游览花径、锦绣谷和仙人洞时，谁也没有注意到，车子上忽然多了一个人，他就是那个小男孩。他一句话也不说，没有一点声息，没有一点骚动，沉静地坐在那里，脸上浮现着甜蜜温顺的笑意，仍然像是一个影子。

从花径到仙人洞是有名的锦绣谷，长约一公里，左边崇山峻岭，右边幽谷深涧，岚翠欲滴，下临无地，目光所到之处，浓绿连天，是庐山的最胜处。道狭人多，拥挤不堪，我们这一队人马根本无法走在一起。小男孩同谁也不结伴，一个人踽踽独行。有时候，我想找他，但是万头攒动，宛如汹涌的人海，到哪里去找呢？但是，一转瞬间，他忽然出现在我们身旁。两只俊秀的大眼睛饱含笑意，一句话也不说，一点声息也没有。可是，又一转瞬，他又不知消逝到何方了。瞻之在前，忽然在后，飘忽浮动，让人猜也猜不透。等到我们在仙人洞外上车的时候，他又飘然而至，不声不响，活像是我们自己的影子。

又一次，我们游览龙宫洞，小男孩也去了。进了洞以后，光怪陆离，气象万千。我们走在半明半暗的洞穴里，目不暇接。忽然抬头，他就站在我身旁。可是一转眼又不见了。等我们游完了龙宫，乘坐过龙船以后，我想到这小男孩又不知道跑到哪里去了。但是，正要走出洞门，却见他一个人早已坐在石桌旁边，静静地在等候我们，满脸含笑，不声不响，又活像是我们的影子。

我有时候自己心里琢磨：这小男孩心里想些什么呢？前两天，我们正在吃饭的时候，忽然下了一阵庐山式的暴雨，白云就在门窗间飘出飘进，转瞬院子里积满了水，形成了小小的瀑布。我们的餐厅同寝室是分开来的。在大雨滂沱中，谁也回不了寝室，都站在那里着急，谁也没有注意到，这小男孩已经走出餐厅，回到寝室，抱来了许多把雨伞，还有几件雨衣，一句话也不说，递给别人，两只大眼睛满含笑意，默默无声，像是我们的影子。我心中和眼前豁然开朗：在这个不声不响影子似的孩子的心中，原来竟然蕴藏着这样令人感动的善良与温顺。我不禁对这个平淡无奇的孩子充满了敬意了。

我从来不敢倚老卖老，但在下意识中却隐约以见过大世面而自豪。不意在垂暮之年，竟又开了一次眼界，遇到了这样一个以前自己连做梦都不会想到的影子似的孩子。他并没有什么惊人之举，衣饰举动都淳朴得出奇，是一个非常平凡的小男孩。然而，从他身上，我们不是都可以学习到一些十分可贵的东西吗！

老人

当我才从故乡来到这个大城市的时候，他已经是个老人了。我现在还记得，当时是骑驴来的。骑了两天，就到了这个大城市。下了驴，又随着父亲走了许多路，一直走得自己莫名其妙，才走到一条古旧的黄土街，我们就转进一个有石头台阶颇带古味的大门里去，迎头是一棵大的枸杞树。因为当时年纪才八九岁，而且刚才走过的迷宫似的长长又曲折的街的影子还浮动在心头，所以一到屋里，眼前只一片花，没有看到一个人，定了定神，才看到了婶母。不久，就又在黑暗的角隅里，发现了这个老人，正在起劲地同父亲谈着话，灰白色的胡子在上下地颤动着。

他并没有什么特异的地方，但第一眼就在我心里印上了一个莫大的威胁。他给了我一个神秘的印象：白色稀疏的胡子，白色更稀疏的头发，夹着一张蝙蝠形的棕黑色的面孔，这样一个综合不是很能够引起一个八九岁的乡下孩子的恐怖的幻想吗？又因为初到一个生地方，晚上再也睡不宁恬，才卧下，就先想到故乡，想到故乡里的母亲。凄迷的梦萦绕在我的身旁，时时在黑暗里发见离奇的幻影。在这时候，这张蝙蝠形的面孔就浮动到我的眼前来，把我带到一个神秘的境地里去。在故乡里的时候，另外一些老人时常把神秘的故事讲给我听，现在我自己就仿佛走到那故事里面云，这有着蝙蝠形的脸的老人也就仿佛成了里面的主人了。

第二天绝早就起来，第一个遇到的偏又是这老人。我不敢再看他，我只呆呆地注视着那棵枸杞树，注视着细弱的枝条上才冒出的红星似的小芽，看熹微的晨光慢慢地照透那凌乱的枝条。小贩的叫卖声从墙外飘过来，但我不知道他们叫卖的什么。对我一切都充满了惊异。故乡里小村的影子，母亲的影子，时时浮掠在我的眼前。我一闭眼，仿佛自己还骑在驴背上，还能听到驴子项下的单调的铃声，看到从驴子头前伸展出去的长长又崎岖的仿佛再也走不到尽头的黄土路。在一瞬间这崎岖的再也走不到尽头的黄土路就把自己引到这陌生的地方来。在这陌生的地方，现在（一个初春的早晨）就又看到这样一个神秘的老人在枸杞树下面来来往往地做着事。

在老人，却似乎没有我这样的幻觉。他仿佛很高兴，见了我，先打一个招呼，接着就笑起来；但对我这又是怎样可怕的笑呢？鲇鱼须似的胡子向两旁咧了咧，眼与鼻子的距离被牵掣得更近了，中间耸起了几条皱纹。看起来却更像一个蝙蝠，而且像一个跃跃欲飞的蝙蝠了。我害怕，我不敢再看他，他也就拖了一片笑声消逝在枸杞树的下面，留给我的仍然是蝙蝠形的脸的影子，混了一串串的金星，在我眼前晃动着，一直追到我的梦里去。

平凡的日子就这样在不平凡中消磨下去。时间的消逝终于渐渐地把我与他之间的隔膜磨去了。我从别人嘴里知道了关于他的许多事情，知道他怎样在年轻的时候从城南山里的小村里飘流到这个大城市里来；怎样打着光棍在一种极勤苦艰难的情况下活到现在；现在已是一个白须的人了，然而情况却更加艰难下去；不得已就借住在我们房子后院的一间草棚里，做着泥瓦匠。有时候，也替我们做点儿杂事。我发现，在那微笑下面隐藏着一颗怎样为生活磨透的悲苦的心。就因了这小小的发现，我同他亲近起来。他邀我到他屋里去。他的屋其实并不像个屋，只是一座靠着墙的低矮的小棚。一进门，仿佛走进一个黑洞里去，有霉湿的气息钻进鼻孔里。四壁满布着烟熏的痕迹，顶上垂下蛛网，只有一个床和一张三条腿的桌子。当我正要抽身走出来的时候，我忽然在墙龛里发现了一个肥大的大泥娃娃。他看了我注视这泥娃娃的神情，就拿下来送给我。我不了解，为什么这位奇异的老人还有这样的童心。但这泥娃娃却给了我无量的欣慰，我渐渐地觉得这蝙蝠形的脸也可爱起来了。

闲下来的时候，我也常随着他去玩。他领我上过圩子墙，从这上面可以看到南面云似的一列黛黑的山峰，这山峰的顶上是我的幻想常飞的地方；他领我看过护城河，使我惊讶这河里水的清和草的绿。但最常去的地方却还是出大门不远的一个古老的庙里，庙不大，院子里却栽了不少的柏树，浓荫铺满了地，给人森冷幽渺的感觉。阴暗的大殿里列着几座神像，封满了蛛网和尘土，头上有燕子垒的窠。我现在始终不明白，这样一座只能引起成年人们苍茫怀古的情绪的破庙会对一个八九岁的孩子有那样大的诱惑力，一个八九岁的孩子能懂得什么怀古呢？他几乎每天要领我到那里去，我每次也很高兴地随他去。在柏树下面，他讲故事给我听，怎样一个放牛的小孩遇到一只狼，又怎样脱了险，一直讲到黄昏才走回来，但每次带回来的都是满腔的欢欣。就这样，时间也就在愉快中消磨过去。

这年的初夏，我们搬了一次家。随了这搬家而得到的是关于他的一些趣闻。正像其他孤独的人们一样，这老人的心，在他过去的生命里恐怕有一个很不短的期间，都在忍受着孤独的啮噬。男女间最根本最单纯的要求也常迫促着他。终于因了机缘的凑巧，他认识了一个有丈夫而不安于平凡的单调的中年女人。从第一次见面起，会有些什么样的事情在两人间进行着，人们可以用想象去填补，这中年女人不缺少会吐出玫瑰花般的话的嘴，也不缺少含有无量魔力的眼波，这老人为她发狂了。但不久，就听到别人说，一个夜间，两个人被做丈夫的堵到一个屋里，这老人，究竟因为曾做过泥瓦匠，终于从窗户里跳出来，又越过一重墙逃走了。

这以后，人们的谈话常常转到他身上去。我每次见了这蝙蝠形的脸的老人的时候，只是忍不住想笑。我想象不出来这位面孔仿佛很严肃的老人在星光下爬墙逃走的情形。这蝙蝠形的脸还像平常一样地布满了神秘吗？这灰白的胡子还像平常一样地撅着吗？但老人却仍然像平常那样沉静严肃；他仍然要我听他讲故事，怎样一个放牛的小孩遇到一个狼，又怎样脱了险。我再也无心听他讲故事，我只想脱口问了出来；但终于抑压下去，把这个秘密埋在自己的心里，暗暗地玩味着这个秘密给予我的快乐。

老人的情况却愈加狼狈了。以前他住的那座黑洞似的草棚，现在再也在里面住不下去，只好移到以前常领我去玩的那个古庙里去存身。庙里从来没见过和尚和道士的踪影，现在就只有他一个人孤伶地陪着那些头上垒着燕子窝的泥塑的佛像住着。自从他搬了去以后，经过了一个长长的夏天，我没能见到他。在一个夏末的黄昏里，我到庙里去看他。庙仍然同从前一样的衰颓，柏树仍然遮蔽着天空。一进门，四周立刻寂静了起来，仿佛已经走出了嚣喧的人间。我看到老人的背影在大殿的一个角隅里晃动，他回头看到是我，仿佛很高兴，立刻忙着搬了一条凳子，又忙着倒水。从他那迟钝的步伐上、伛偻的身躯上看来，这老人确实老了。他向我谈着他这几个月来的情况。我悠然地注视着渐渐暗下来的天空，看夜色织入柏树丛里，又布上了神像。神像的金色的脸在灰暗里闪着淡黄的光。我的心陡然冷了起来，我的四周有森森的鬼气，我自己仿佛走到一个神话的境界里去。但老人却很坦然，他把这些东西已经看惯了，他仍然絮絮地同我谈着话。我的眼前有种种的幻象，我幻想着，在中夜里，一个人睡在这样一个冷寂的古庙里，偶尔从梦中转来的时候，看到一线凄清的月光射到这金面的神像上，射到这朱齿獠牙手持巨斧的大鬼身上，心里会有什么样的感觉呢？我的心愈加冷了起来。

但老人却正在谈得高兴。他告诉我，怎样自己再也不能做泥瓦匠，怎样同街住的人常常送饭给他吃，怎样近来自己的身体处处都显出弱象；叹了几口气之后，结尾却说到自己还希望能壮壮实实地活几年。他说，昨天夜里做了个梦，梦见自己托着一个太阳。人们不是说，梦见托太阳是个好征兆吗？所以他很高兴，知道自己的身子就会慢慢地壮健起来。说这句话的时候，蝙蝠形的脸缩成一个奇异的微笑。从他的昏暗的眼里蓦地射出一道神秘的光，仿佛在前途还看到希望的幻影，还看到花。我为这奇迹惊住了。我不知道怎样回答他。抬头看外面已经全黑下来，我站起来预备走，当我走出庙门的时候，我好像从一个虚无缥缈的魔窟里走出来，我眼前时时闪动着老人眼里射出来的那一线充满了生命力的光。

看看闷人的夏天要转入淡远的凉秋去的时候，老人的情况更比以前艰苦起来，他得了病，一个长长的秋天就在病中度过去。病好了的时候，他变成了另一个人，身体伛偻得简直要折过去，随时嘴里都在哼哼着，面孔苍黑得像涂过了一层灰。除了哼哼和吐痰以外，他不再做别的事，只好在一种近于行乞的情况下把自己的生命延续下去。就这样过了年。第二年的夏天，听说我要到故都去，他特意走来看我。没进屋门，老远就听到哼哼的声音，坐下以后，在断断续续的哼声中好歹努着力迸出几句话来，接着又是成排的连珠似的咳嗽。蝙蝠形的脸缩成一个奇异的形状。我用一种带有怜悯的心情同他谈着话。我自己想，看样子生命在老人身上也不会存多久了。在谈话的空隙里，他低着头，眼光固定在地上。我蓦地又看到有同样神秘的光芒从他的眼里射了出来，他仿佛又在前途看到希望的幻影，看到花。我又惊奇了，但老人却仍然很镇定，坐了一会儿，又拖了自己孤伶的背影蹒跚地走回去。

到故都以后，我走到另一个世界里，许多新奇的事情占据了我的心，我早把老人埋在回忆的深黑的角隅里。第一次回家是在同一年的冬天。虽然只离开了半年，但我想，对老人的病躯，这已经是很够挣扎的一段长长的期间了。恐怕当时连这样思也不曾想过。我下意识地觉得老人已经死了，墓上的衰草正在严冬下做着春的梦。所以我也不问到关于他的消息。蓦地想起来的时候，心里只影子似地飘过一片淡淡的悲哀。但我到家后的第五天，正在屋里坐着看水仙花的时候，又听到窗外有哼哼的声音，开门进来的就是这老人。我的脑海里电光似的一闪，这对我简直像个奇迹，我惊愕得不知所措了。他坐下，又从断断续续的哼声中迸出几句套语来，接着仍然是成排的连珠似的咳嗽。比以前还要剧烈。当我问到他近来的情况的时候，他就告诉我，因为受本街流氓的排挤，他已经不能再在那个古庙里存身，就在那年的秋天，搬到一个靠近圩子墙的土洞里去，仍然有许多人送饭给他吃，我们家也是其中之一。叹了几口气之后，又说到虽然哼哼还没能去掉，但自己觉得身体却比以前好了，这也总算是个好现象，自己还希望能壮壮实实地再活几年，说完了，又拖着自己孤伶的背影蹒跚地走回去。

第二天的下午，我走去看他，走近圩子墙的时候，已经没了住的人家，只有一座座纵横排列着的坟，寻了半天，好歹在一个土崖下面寻到一个洞，给一扇秫秸编成的门挡住口。我轻轻地拽开门，扑鼻的一阵烟熏的带土味的气息，老人正在用干草就地铺成的床上躺着。见了我，似乎有点儿显得仓皇，要站起来，但我止住了他。我们就谈起话来。我从门缝里看到一片大大小小的坟顶。四周仿佛凝定了似的沉寂，我不由得幻想起来，在死寂的中夜里，当鬼火闪烁着蓝光的时候，这样一个垂死的老人，在这样一个地方，想到过去，看到现在，会有什么样的感想呢？这样一个土洞不正同坟墓一样吗？眼前闪动着种种的幻象，我的心里一闪，我立刻觉得自己现在就是在坟墓里，面前坐着的有蝙蝠形的脸和白须的老人就是一具僵尸，冷栗通过了我的全身。但我抬头看老人，他仍然同平常一样地镇定；而且在镇定中还加入了点儿悠然的意味。神秘的充满了生之力的光不时从眼里射出来。我的心乱了；我仿佛有什么东西急于了解而终于不了解似的，心里充满了疑惑；但又想不出究竟是什么。我不愿意再停留在这里，我顺着圩子墙颓然走回家里，在暗淡的灯光下，水仙花的芬芳的香气中，陷入了长长的不可捉摸的沉思。

不久，我又回到故都去。从这以后，第一次回家是在夏天，我以为老人早已死掉了；但却看到他眼里闪熠着的充满了生之力的神秘的光。第二次回家是在另一个夏天，我又以为老人早已死掉了；但他又出现了，而且哼哼也更剧烈了；然而我又看到他眼里闪熠着充满了生之力的神秘的光。每次都给我一个极大的惊奇，但过后也就消逝了。就这样，一直到去年秋天，我在故都的生活告了一个结束，又回到这个城市里来。老人早已躲出我记忆之外，因为我直觉地确定地相信，他再也不会活在人间了。我不但不向家里人问到他，连以前有的淡淡的悲哀也不浮在我的心里来。然而在一个秋末的黄昏里，又听到他的低咽而幽抑的哼哼声从窗外飘进来；在带点儿悲凉凄清的晚秋的沉寂里，哼哼声更显得阴郁，仿佛想把过去生命里的一切哀苦全从这哼声里喷泄出来。我的心颤栗起来。我真想不到在过去遇到的许多奇迹之外，还有今天这样一个奇迹。我有点儿怕见他，但他终于走进来。衣服上满是土，头发凌乱得像秋草；态度仍然很镇定；脸色却更显得苍老，黧黑；腰也更显得伛偻。见了我，勉强作出一个笑容，接着就是一阵咳嗽；咳嗽间断的时候，就用哼哼来把空缝补上；同时嘴里还努力说着话，也已是些呓语似的声音。他告诉我，他来的时候走几步就得坐下休息一会儿，走了有一点钟才走到这里，当我问到他的身体的时侯，他叹了口气，说，身体已经是不行了；昨天到庙里求了一个签，说他还能活几年，这使他非常高兴，他仍然希望能壮壮实实地再活几年，他不想死。我又看到有神秘的充满了生之力的光从他的昏暗的眼里射出来，他仿佛又在前途看到希望，看到花。我迷惑了，惘然地看着他拖着自己孤伶的背影走去。

从去年秋天到现在，在我的生命中是一个大的转变。我过的是同以前迥乎不同的生活。在学校里过了六天以后，照例要回到我不高兴回去的家里看看，因而也就常逢到老人。每见一次面，我总觉得老人的精神和身体都比上一次要坏些，哼哼也剧烈些。但我仍然一直见面见到现在，每次都看到他从眼里射出的神秘的光，这光，在我心里，连续地打着烙印。我并不愿意老人死，甚至连想到也会使我难过。但我却固执地觉得生命对他已经没了意义。从人生的路上跋涉着走到现在，过去是辛酸的，回望只见到灰白的一线微痕；现在又处在这样一个环境里；将来呢？只要一看到自己拖了孤伶的背影蹒跚地向前走着的时候，走向将来，不正是这样一个情景么？在将来能有什么呢？没有希望，没有花。但我抬头又看到我面前这位蝙蝠脸的老人，看到他低垂着注视着地面的眼光，充满了神秘的生命力，这眼光告诉我们，他永远不回头看，他只向前看，而且在前面他真的又看到闪烁的希望，灿烂的花。我迷惑了。对我，这蝙蝠脸是个谜，这从昏暗的眼里射出的神秘的光更是个谜。就在这两重谜里，这老人活在我的眼前，活在我的心里。谁知道这神秘的光会把他带到什么地方呢？

母与子

一想到故乡，就想到一个老妇人。我自己也觉得奇怪：干皱的面纹，霜白的乱发，眼睛因为流泪多了镶着红肿的边，嘴瘪了进去。这样一张面孔，看了不是很该令人不适意的吗？为什么它总霸占住我的心呢？但是再一想到，我是在怎样的一个环境里遇到了这老妇人，便立刻知道，她不但现在霸占住我的心，而且要永远地霸占住了。

现在回忆起来，还恍如眼前的事。——去年的初秋，因为母亲的死，我在火车里闷了一天，在长途汽车里又颠荡了一天以后，又回到八年没曾回过的故乡去。现在已经不能确切地记得是什么时候，只记得才到故乡的时候，树丛里还残留着一点浮翠；当我离开的时候就只有淡远的长天下一片凄凉的黄雾了。就在这浮翠里，我踏上印着自己童年游踪的土地。当我从远处看到自己在烟云笼罩下的小村的时候，想到死去的母亲就躺在这烟云里的某一个角落旦，我不能描写我的心情。像一团烈焰在心里烧着，又像严冬的厚冰积在心头。我迷惘地撞进了自己的家，在泪光里看着一切都在浮动。我更不能描写当我看到母亲的棺材时的心情。几次在梦里接受了母亲的微笑，现在微笑的人却已经睡在这木匣子里了。有谁有过同我一样的境遇的么？他大概知道我的心是怎样地绞痛了。我哭，我哭到一直不知道自己是在哭。渐渐地听到四周有嘈杂的人声围绕着我，似乎都在劝解我，都叫着我的乳名，自己听了，在冰冷的心里也似乎得到了点温热。又经过了许久，我才睁开眼。看到了许多以前熟悉现在都变了但也还能认得出来的面孔。除了自己家里的大娘婶子以外，我就看到了这个老妇人：干皱的面纹，霜白的乱发，眼睛因为流泪多了镶着红肿的边，嘴瘪了进去……

她就用这瘪了进去的嘴，一凹一凹地似乎对我说着什么话。我只听到絮絮地扯不断拉不断仿佛念咒似的低声，并没有听清她对我说的什么。等到阴影渐渐地从窗外爬进来，我从窗棂里看出去，小院里也织上了一层朦胧的暗色。我似乎比以前清楚了点，看到眼前仍然挤着许多人。在阴影里，每个人摆着一张阴暗苍白的面孔，却看不到这一凹一凹的嘴了。一打听，才知道，她就是同村的算起来比我长一辈的，应该叫做大娘之流的在我小时候也曾抱我玩过的一个老妇人。

以后，我过的是一个极端痛苦的日子。母亲的死使我对一切都灰心。以前也曾自己吹起过幻影：怎样在十几年的漂泊生活以后，回到故乡来，听到母亲的一声含有温热的呼唤，仿佛饮一杯甘露似地，给疲惫的心加一点生气，然后再冲到人世里去。现在这幻影终于证实了是个幻影。我现在是处在怎样一个环境里呢？——寂寞冷落的屋里，墙上满布着灰尘和蛛网。正中放着一个大而黑的木匣子。这匣子装走了我的母亲，也装走了我的希望和幻影。屋外是一个用黄土堆成的墙围绕着的天井。墙上已经有了几处倾地的缺口，上面长着乱草。从缺口里看出去是另一片黄土的墙，黄土的屋顶，黄土的街道，接连着枣林里的一片淡淡的还残留着点绿色的黄雾，枣林的上面是初秋阴沉的也有点黄色的长天。我的心也像这许多黄的东西一样的黄，也一样的阴沉。一个丢掉希望和幻影的人，不也正该丢掉生趣吗？

我的心，虽然像黄土一样的黄，却不能像黄土一样的安定。我被圈在这样一个小的天井里：天井的四周都栽满了树，榆树最多，也有桃树和梨树。每棵树上都有母亲亲自砍伐的痕迹。在给烟熏黑了的小厨房里，还有母亲没死前吃剩的半个茄子，半棵葱。吃饭用的碗筷，随时用的手巾，都印有母亲的手泽和口泽。在地上的每一块砖上，每一块土上，母亲在活着的时候每天不知道要踏过多少次。这活着，并不邈远，一点都不；只不过是十天前。十天算是怎样短的一个时间呢？然而不管怎样短，就在十天后的现在，我却只看到母亲躺在这黑匣子里。看不到，永远也看不到，母亲的身影再在榆树和桃树中间，在这砖上，在黄的墙，黄的枣林，黄的长天下游动了。

虽然白天和夜仍然交替着来，我却只觉到有夜。在白天，我有颗夜的心。在夜里，夜长，也黑，长得莫名其妙，黑得更莫名其妙；更黑的还是我的心。我枕着母亲枕过的枕头，想到母亲在这枕头上想到她儿子的时候不知道流过多少泪，现在却轮到我枕着这枕头流泪了。凄凉零乱的梦萦绕在我的四周，我睡不熟。在蒙眬里睁开眼睛，看到淡淡的月光从门缝里流进来，反射在黑漆的棺材上的清光。在黑影里，又浮起了母亲的凄冷的微笑。我的心在战栗，我渴望着天明。但夜更长，也更黑，这漫漫的长夜什么时候过去呢？我什么时候才能看到天光呢？

时间终于慢慢地走过去。——白天里悲痛袭击着我，夜间里黑暗压住了我的心。想到故都学校里的校舍和朋友，恍如回望云天里的仙阙，又像捉住了一个荒诞的古代的梦。眼前仍然是一片黄土色。每天接触到的仍然是一张张阴暗灰白的面子。他们虽然都用天真又单纯的话和举动来对我表示亲热，但他们哪能了解我这一腔的苦水呢？我感觉到寂寞。

就在这时候，这老妇人每天总到我家里来看我。仍然是干皱的面纹，霜白的乱发，眼睛镶着红肿的边，嘴瘪了进去。就用这瘪了进去的嘴一凹一凹地絮絮地说着话，以前我总以为她说的不过是同别人一样的劝解我的话，因为我并没曾听清她说的什么。现在听清了，才知道这一凹一凹的嘴里发出的并不是我想的那些话。她老向我问着外面的事情，尤其很关心地问着军队的事情，对于我母亲的死却一句也不提。我很觉得奇怪，我不明了她的用意。我在当时那种心情之下，有什么心绪同她闲扯呢？当她絮絮地扯不断拉不断地仿佛念咒似地说着话的时候，我仍然看到母亲的面影在各处飘，在榆树旁，在天井里，在墙角的阴影里。寂寞和悲哀仍然霸占住我的心。我有时也答应她一两句。她于是就絮絮地说下去，说，她怎样有一个儿子，她的独子，三年前因为在家里没饭吃，偷跑了出去当兵。去年只接到他的一封信，说是不久就要开到不知道哪里去打仗。到现在又一年没信了。

留下一个媳妇和一个孩子。（说着指了指偎在她身旁的一个肮脏的拖着鼻涕的小孩。）家里又穷，几年来年成又不好，媳妇时常哭……问我知道不知道他在什么地方。说着，在叹了几口气以后，晶莹的泪点顺着干皱的面纹流下来，流过一凹一凹的嘴，落到地上去了。我知道，悲哀怎样啃着这老妇人的心。本来需要安慰的我也只好反过头来，安慰她几句，看她领着她的孙子沿着黄土的路踽踽地走去的渐渐消失的背影。

接连着几天的过午，她总领着她孙子来看我。她这孙子实在不高明，肮脏又淘气。他死死地缠住她，但是她却一点都不急躁。看着她孙子的拖着鼻涕的面孔，微笑就浮在她这瘪了进去的嘴旁。拍着他，嘴里哼着催眠曲似的歌。我知道，这单纯的老妇人怎样在她孙子身上发见了她儿子。她仍然絮絮地问着我。关于外面军队里的事情。问我知道她儿子在什么地方不。我也很想在谈话间隔的时候，问她一问我母亲活着时的情形，好使我这八年不见面的渴望和悲哀的烈焰消熄一点儿。她却只“唔唔”两声支吾过去，仍然絮絮地扯不断拉不断地仿佛念咒似地自己低语着，说她儿子小的时候怎样淘气，有一次，他打碎一个碗，她打了他一掌，他哭得真凶呢。大了怎样不正经做活。说到高兴的地方，也有一丝微笑掠过这干皱的脸。最后，又问我知道她儿子在什么地方不。我发见了这老妇人出奇的固执。我只好再安慰她两句。在黄昏的微光里，送她出去。眼看着她领着她的孙子在黄土道上踽踽地凄凉地走去，暮色压在她的微驼的背上。

就这样，有几个寂寞的过午和黄昏就度过了。间或有一两天，这老妇人因为有事没来看我。我自己也受不住寂寞的袭击，常出去走走。紧靠着屋后是一个大坑，汪洋一片水，有外面的小湖那样大。是秋天，前面已经说过。坑里丛生着的芦草都顶着白茸茸的花。望过去，像一片银海。芦花的里面是水。从芦花稀处，也能看到深碧的水面。我曾整个过午坐在这水边的芦花丛里，看水面反射的静静的清光。间或有一两条小鱼冲出水面来唼喋着。一切都这样静。母亲的面影仍然浮动在我眼前。我想到童年时候怎样在这里洗澡；怎样在夏天里，太阳出来以前，水面还发着蓝黑色的时候，沿着坑边去摸鸭蛋；倘若摸到一个的话，拿给母亲看的时候，母亲的微笑怎样在当时的童稚的心灵里开成一朵花；怎样又因为淘气，被母亲在后面追打着，当自己被逼紧了跳下水去站在水里回头看岸上的母亲的时候，母亲却因了这过分顽皮的举动，笑了，自己也笑……然而这些美丽的回忆，却随了母亲给死吞噬了去，只剩了一把两把的眼泪。我要问，母亲怎么会死了？我究竟是什么东西？但一切都这样静。我眼前闪动着各种的幻影。芦花流着银光，水面上反射着青光，夕阳的残晖照在树梢上发着金光：这一切都混杂地搅动在我眼前，像一串串的金星，又像迸发的火花。里面仍然闪动着母亲的面影，也是一串串地，——我忘记了自己，忘记了一切，像浮在一个荒诞的神话里，踏着暮色走回家了。

有时候，我也走到场里去看看。豆子谷子都从田地里用牛车拖了来，堆成一个个小山似的垛。有的也摊开来在太阳里晒着。老牛拖着石碾在上面转，有节奏地摆动着头。驴子也摇着长耳朵在拖着车走。在正午的沉默旦，只听到豆荚在阳光下开裂时毕剥的响声，和柳树下老牛的喘气声。风从割净了庄稼的田地里吹了来，带着土的香味。一切都沉默。这时候，我又往往遇到这个老妇人，领着她的孙子，从远远的田地里顺着一条小路走了来，手里间或拿着几支玉蜀黍秸。霜白的发被风吹得轻微地颤动着。一见了我，立刻红肿的眼睛里也仿佛有了光辉，站住便同我说起话来。嘴一凹一凹地说过了几句话以后，立刻转到她的儿子身上。她自己又低着头絮絮地扯不断拉不断地仿佛念咒似地说起来。又说到她儿子小的时候怎样淘气。有一次他摔碎了一个碗，她打了他一掌，他哭得真凶呢。他大了又怎样不正经做活。说到高兴的地方，干皱的脸上仍然浮起微笑。接着又问到我外面军队上的情形，问我知道他在什么地方、见过他没有。她还要我保证，他不会被人打死的。我只好再安慰安慰她，说我可以带信给他，叫他家来看她。我看到她那一凹一凹的干瘪的嘴旁又浮起了微笑。旁边看的人，一听到她又说这一套，早走到柳荫下看牛去了。我打发她回家去，仍然让沉默笼罩着这正午的场。

这样也终于没能延长多久。在由一个乡间的阴阳先生按着什么天干地支找出的所谓“好日子”的一天，我从早晨就穿了白布袍子，听着一个人的暗示。他暗示我哭，我就伏在地上咧开嘴嚎啕地哭一阵，正哭得淋漓的时候，他忽然暗示我停止，我也只好立刻收了泪。在收了泪的时候，就又可以从泪光里看来来往往的各样的吊丧的人，也就嚎啕过几场，又被一个人牵着东走西走。跪下又站起，一直到自己莫名其妙，这才看到有几十个人去抬母亲的棺材了。——这里，我不愿意，实在是不可能，说出我看到母亲的棺材被人抬动时的心痛。以前母亲的棺材在屋里，虽然死仿佛离我很远，但只隔一层木板里面就躺着母亲。现在却被抬到深的永恒黑暗的洞里去了。我脑筋里有点糊涂。跟了棺材沿着坑走过了一段长长的路，到了墓地。又被拖着转了几个圈子……不知怎样脑筋里一闪，却已经给人拖到家里来了。又像我才到家时一样，渐渐听到四周有嘈杂的人声围绕着我，似乎又在说着同样的话。过了一会，我才听到有许多人都说着同样的话，里面杂着絮絮地扯不断拉不断的仿佛念咒似的低语。我听出是这老妇人的声音，但却听不清她说的什么，也看不到她那一凹一凹的嘴了。

在我清醒了以后，我看到的是一个变过的世界。尘封的屋里，没有了黑亮的木匣子。我觉得一切都空虚寂寞。屋外的天井里，残留在树上的一点浮翠也消失到不知哪儿去了。草已经都转成黄色，耸立在墙头上，在秋风里打颤。墙外一片黄土的墙更黄；黄土的屋顶，黄土的街道也更黄；尤其黄的是枣林里的一片黄雾，接连着更黄更黄的阴沉的秋的长天。但顶黄顶阴沉的却仍然是我的心。一个对一切都感到空虚和寂寞的人，不也正该丢掉希望和幻影吗？

又走近了我的行期。在空虚和寂寞的心上，加上了一点绵绵的离情。我想到就要离开自己漂泊的心所寄托的故乡，以后，闻不到土的香味，看不到母亲住过的屋子、母亲的墓，也踏不到母亲曾经踏过的地，自己心里说不出是什么味。在屋里觉得窒息，我只好出去走走。沿着屋后的大坑踱着。看银耀的芦花在过午的阳光里闪着光，看天上的流云，看流云倒在水里的影子。一切又都这样静。我看到这老妇人从穿过芦花丛的一条小路上走了来。霜白的乱发，衬着霜白的芦花，一片辉耀的银光。极目苍茫微明的云天在她身后伸展出去，在云天的尽头，还可以看到一点点的远村。这次没有领着她的孙子。神气也有点匆促，但掩不住干皱的面孔上的喜悦。手里拿着有一点红颜色的东西，递给我，是一封信。除了她儿子的信以外，她从没接到过别人的信。所以，她虽然不认字，也可以断定这是她儿子的信。因为村里人没有能念信的，于是赶来找我。她站在我面前，脸上充满了微笑；红肿的眼里也射出喜悦的光，瘪了进去的嘴仍然一凹一凹地动着，但却没有絮絮的念咒似的低语了。信封上的红线因为淋过雨扩成淡红色的水痕。看邮戳，却是半年前在河南南部一个做过战场的县城里寄出的。地址也没写对，所以经过许多时间的辗转。但也居然能落到这老妇人手里。我的空虚的心里，也因了这奇迹，有了点生气。拆开看，寄信人却不是她儿子，是另一个同村的跑去当兵的。大意说，她儿子已经阵亡了，请她找一个人去运回他的棺材。——我的手战栗起来。这不正给这老妇人一个致命的打击吗？我抬眼又看到她脸上抑压不住的微笑。我知道这老人是怎样切望得到一个好消息。我也知道，倘若我照实说出来，会有怎样一幅悲惨的景象展开在我眼前。我只好对她说，她儿子现在很好，已经升了官，不久就可以回家来看她。她喜欢得流下眼泪来。嘴一凹一凹地动着，她又扯不断拉不断地絮絮地对我说起来。不厌其详地说到她儿子各样的好处；怎样她昨天夜里还做了一个梦，梦着他回来。我看到这老妇人把信揣在怀里转身走去的渐渐消失的背影，我再能说什么话呢？

第二天，我便离开我故乡里的小村。临走，这老妇人又来送我。领着她的孙子，脸堆满了笑意。她不管别人在说什么话，总絮絮地扯不断拉不断地仿佛念咒似地自己低语着。不厌其详地说到她儿子的好处，怎样她昨天夜里还做了一个梦，梦见她儿子回来，她儿子已经升成了官了。嘴一凹一凹地急促地动着。我身旁的送行的人的脸色渐渐有点露出不耐烦，有的也就躲开了。我偷偷地把这信的内容告诉别人，叫他在我走了以后慢慢地转告给这老妇人，或者简直就不告诉她。因为，我想，好在她不会再有许多年的活头，让她抱住一个希望到坟墓里去罢。当我离开这小村的一刹那，我还看到这老妇人的眼睛里的喜悦的光辉，干皱的面孔上浮起的微笑……

不一会，回望自己的小村，早在云天苍茫之外，触目尽是长天下一片凄凉的黄雾了。

在颠簸的汽车里，在火车里，在驴车里，我仍然看到这圣洁的光辉，圣洁的微笑，那老妇人手里拿着的那封信。我知道，正像装走了母亲的大黑匣子装走了我的希望和幻影，这封信也装走了她的希望和幻影。我却又把这希望和幻影替她拴在上面，虽然不知道能拴得久不。

经过了萧瑟的深秋，经过了阴暗的冬，看死寂凝定在一切东西上。现在又来了春天。回想故乡的小村，正像在故乡里回想到故都一样，恍如回望云天里的仙阙，又像捉住了一个荒诞的古代的梦了。这个老妇人的面孔总在我眼前盘桓：干皱的面纹，霜白的乱发，眼睛因为流泪多了镶着红肿的边，嘴瘪了进去。又像看到她站在我面前，絮絮地扯不断拉不断地仿佛念咒似地低语着，嘴一凹一凹地在动。先仿佛听到她向我说，她儿子小的时候怎样淘气，怎样有一次他摔碎了一个碗，她打了他一巴掌，他哭。又仿佛看到她手里拿着一封雨水渍过的信，脸上堆满了微笑，说到她儿子的好处，怎样她做了一个梦，梦着他回来……然而，我却一直没接到故乡里的来信。我不知道别人告诉她她儿子已经死了没有，倘若她仍然不知道的话，她愿意把自己的喜悦说给别人；却没有人愿意听。没有我这样一个忠实的听者，她不感到寂寞吗？倘若她已经知道了，我能想象，大的晶莹的泪珠从干皱的面纹里流下来，她这瘪了进去的嘴一凹一凹地，她在哭，她又哭晕了过去……不知道她现在还活在人间没有？——我们同样都是被厄运踏在脚下的苦人，当悲哀正在啃着我的心的时候，我怎忍再看你那老泪浸透你的面孔呢？请你不要怨我骗你吧，我为你祝福！

两个乞丐

时间已经过去了七十多年，但是两个乞丐的影像总还生动地储存在我的记忆里，时间越久，越显得明晰。我说不出理由。

我小的时候，家里贫无立锥之地，没有办法，六岁就离开家乡和父母，到济南去投靠叔父。记得我到了不久，就搬了家，新家是在南关佛山街。此时我正上小学。在上学的路上，有时候会在南关一带，圩子门内外，城门内外，碰到一个老乞丐，是个老头，头发胡子全雪栏地白，蓬蓬松松，像是深秋的芦花。偏偏脸色有点发红。现在想来，这决不会是由于营养过度，体内积存的胆固醇表露到脸上来。他连肚子都填不饱，哪里会有什么佳肴美食可吃呢？这恐怕是一种什么病态。他双目失明，右手拿一根长竹竿，用来探路；左手拿一只破碗，当然是准备接受施舍的。他好像是无法找到施主的大门，没有法子，只有亮开嗓子，在长街上哀号。他那种动人心魄的哀号声，同嘈杂的市声搅混在一起，在车水马龙中，嘹亮清澈，好像上面的天空，下面的大地都在颤动。唤来的是几个小制钱和半块窝窝头。

像这样的乞丐，当年到处都有。最初并没有引起我的注意。可是久而久之，我对他注意了。我说不出理由。我忽然在内心里对他油然起了一点同情之感。我没有见到过祖父，我不知道祖父之爱是什么样子。别人的爱，我享受的也不多。母亲是十分爱我的，可惜我享受的时间太短太短了。我是一个孤寂的孩子。难道在我那幼稚孤寂的心灵里，在这个老丐身上顿时看到祖父的影子了吗？我喜欢在路上碰到他，我喜欢听他的哀号声。到了后来，我竟自己忍住饥饿，把每天从家里拿到的买早点用的几个小制钱，统统递到他的手里，才心安理得，算是了了一天的心事，否则就好像缺了点什么。当我的小手碰到他那粗黑得像树皮一般的手时，我心里说不出是什么滋味：怜悯、喜爱、同情、好奇混搅在一起，最终得到的是极大的欣慰。虽然饿着肚子，也觉得其乐无穷了。他从我的手里接过那几个还带着我的体温的小制钱时，难道不会感到极大的欣慰，觉得人世间还有那么一点温暖吗？

这样大概过了没有几年，我忽然听不到他的哀叫声了。我觉得生活中缺了点什么。我放学以后，手里仍然捏着几个沾满了手汗的制钱，沿着他常走动的那几条街巷，瞪大了眼睛看，伸长了耳朵听。好几天下来，既不闻声，也不见人。长街上依然车水马龙，这老丐却哪里去了呢？我感到凄凉，感到孤寂。好几天心神不安。从此这个老乞丐就从我眼里消逝，永远永远地消逝了。

差不多在同时，或者稍后一点，我又遇到了另一个老乞丐，仅有一点不同之处：这是一个老太婆。她的头发还没有全白，但蓬乱如秋后的杂草。面色黧黑，满是皱纹，一点也没有老头那样的红润。她右手持一根短棍。因为她也是双目失明，棍子是用来探路的。不知为什么，她能找到施主的家门。我第一次见到她，就是在我家的二门外面。她从不在大街上叫喊，而是在门口高喊："爷爷！奶奶！可怜可怜我吧！"也许是因为她到我们家来，从不会空手离开的，她对我们家产生了感情；所以，隔上一段时间，她总会来一次的。我们成了熟人。

据她自己说，她住在南圩子门外乱葬岗子上的一个破坟洞里。里面是否还有棺材，她没有说。反正她瞎着一双眼，即使有棺材，她也看不见。即使真有鬼，对她这个瞎子也是毫无办法的。多么狰狞恐怖的形象，她也是眼不见，心不怕。这是一种什么样的日子，我今天回想起来，都有点觉得毛骨悚然。

不知道为什么，她竟然还有闲情逸致来种扁豆。她不知从哪里弄了点扁豆种子，就栽在坟洞外面的空地上，不时浇点水。到了夏天，扁豆是不会关心主人是否是瞎子的，一到时候，它就开花结果。这个老乞丐把扁豆摘下来，装到一个破竹筐子里，拄上了拐棍，摸摸索索来到我家二门外面，照例地喊上几声。我连忙赶出来，看到扁豆，碧绿如翡翠，新鲜似带露，我一时吃惊得说不出话来。我当时还不到十岁，虽有感情，决不会有现在这样复杂、曲折。我不会想象，这个老婆子怎样在什么都看不到的情况下，刨土、下种、浇水、采摘。这真是一首绝妙好诗的题目。可是限于年龄，对这一些我都木然懵然。只觉得这件事颇有点不寻常而已。扁豆并不是什么名贵的东西，然而老乞丐心中有我们一家，从她手中接过来的扁豆便非常非常不寻常了。这一点我当时朦朦胧胧似乎感觉到了，这扁豆的滋味也随之大变。在我一生中，在那以前我从没有吃过那样好吃的扁豆，在那以后也从未有过。我于是真正喜欢上了这一个老年的乞丐。

然而好景不长，这样也没有过上几年。有一年夏天，正是扁豆开花结果的时候，我天天盼望在二门外面看到那个头发蓬乱鹑衣百结的老乞丐。然而却是天天失望，我又感到凄凉，感到孤寂，又是好几天心神不宁。从此这一个老太婆同上面说的那一个老头子一样，在我眼前消逝了，永远永远地消逝了。

到了今天，时间已经过去了七十多年。我的年龄恐怕早已超过了当年这两个乞丐的年龄。不知道是为什么我又突然想起了他俩。我说不出理由。不管我表面上多么冷，我内心里是充满了炽热的感情的。但是当时我涉世未久，或者还根本不算涉世，人间沧桑，世态炎凉，我一概不懂。我的感情是幼稚而淳朴的，没有后来那一些不切实际的非常浪漫的想法。两位老丐在绝对孤寂凄凉中离开人世的情景，我想都没有想过。在当年那种社会里，人的心都是非常硬的，几乎人人都有一副铁石心肠，否则你就无法活下去。老行幼效，我那时的心，不管有多少感情，大概比现在要硬多了。唯其因为我的心硬，我才能够活到今天的耄耋之年。事情不正是这样子吗？

我现在已经走到了快让别人回忆自己的时候了。这两个老丐在我回忆中保留的时间也不会太久了。今天即使还有像我当年那样心软情富的孩子，但是人间已经换过，再也不会有那样的乞丐供他们回忆了。在我以后，恐怕再也不会出现我这样的人了。我心甘情愿地成为有这样回忆的最后一个人。

伍

似水流年

回忆

回忆很不好说。究竟什么才算是回忆呢？我们时时刻刻沿了人生的路向前走着，时时刻刻有东西映入我们的眼里。——即如现在吧，我一抬头就可以看到清浅的水在水仙花盆里反射的冷光，漫在水里的石子的晕红和翠绿，茶杯里残茶在软柔的灯光下照出的几点金星。但是，一转眼，眼前的这一切，早跳入我的意想里，成轻烟，成细雾，成淡淡的影子，再看起来，想起来，说起来的话，就算是我的回忆了。

只说眼前这一步，只有这一点儿淡淡的影子，自然是迷离的。但是我自从踏到世界上来，走过不知多少的路。回望过去的茫茫里，有着我的足迹叠成的一条白线，一直引到现在，而且还要引上去。我走过都市的路，看尘烟缭绕在栉比的高屋的顶上。我走过乡村的路，看似水的流云笼罩着远村，看金海似的麦浪。我走过其他许许多多的路，看红的梅，白的雪，潋滟的流水，十里稷稷的松壑，死人的蜡黄的面色，小孩充满了生命力的踊跃。我在一条路上接触到种种的面影，熟悉的，不熟悉的。这一切的一切都在我走着的时候，蓦地成轻烟，成细雾，成淡淡的影子，储在我的回忆里。有的也就被埋在回忆的暗陬里，忘了。当我转向另一条路的时候，随时又有新的东西，另有一群面影凑集在我的眼前。蓦地又成轻烟，成细雾，成淡淡的影子，移入我的回忆里。自然也有的被埋在暗陬里，忘了。新的影子挤入来，又有旧的被挤到不知什么地方去幻灭，有的简直就被挤了出去。以后，当另一群更新的影子挤进来的时候，这新的也就追踪了旧的命运。就这样，挤出，挤进，一直到现在。我的回忆里残留着各样的影子、色彩，分不清先先后后，萦混成一团了。

我就带着这萦混的一团从过去的茫茫里走上来。现在抬头就可以看到水仙花盆里反射的水的冷光，水里石子的晕红和翠绿，残茶在灯下照出的几点金星。自然，前面已经说过，这些都要倏地变成影子，移入回忆里，移入这萦混的一团里，但是在未移入以前，这萦混的一团影子说不定就在我的脑里浮动起来，我就自然陷入回忆里去了——陷入回忆里去，其实是很不费力的事；我面对着当前的事物，不知怎的，迷离里忽然电光似的一掣，立刻有灰蒙蒙的一片展开在我的意想里，仿佛是空空的，没有什么，但随便我想到曾经见过的什么，立刻便有影子浮现出来。跟着来的还不止一个影子，两个，三个，多，更多了。影子在穿梭，在萦混。又仿佛电光似的一掣，我又顺着一条线回忆下去。——比如回忆到故乡里的秋吧。先仿佛看到满场里乱摊着的谷子，黄黄的。再看到左右摆动的老牛的头，飘浮着云烟的田野，屋后银白的一片秋芦。再沉一下心，还仿佛能听到老牛的喘气，柳树顶蝉的曳长了的鸣声，豆荚在日光下毕剥的炸裂声。蓦地，有如阴云漫过了田野，只在我的意想里一晃，在故乡里的这些秋的影子上面，又挤进来别的影子了——红的梅，白的雪，潋滟的流水，十里稷稷的松壑，死人的蜡黄的面色，小孩充满了生命力的踊跃。同时，老牛的影，芦花的影，田野的影，也站在我的心里的一个角隅里。这许多的影子掩映着，混起来。我再不能顺着刚才的那条线想下去。又有许多别的历乱的影子在我的意念里跳动，如电光火石，眩了我的眼睛。终于我一无所见，一无所忆。仍然展开了灰蒙蒙的一片，空空的，什么也没有。我的回忆也就停止了。

我的回忆停止了，但是决不能就这样停止下去。我仍然说，我们时时刻刻沿着人生的路向前走着，时时刻刻就有回忆萦绕着我们。——再说到现在吧。灯光平流到我面前的桌上，书页映出了参差的黑影。看到这黑影，我立刻想到在过去不知什么时候看过的远山的淡影。玻璃杯反射着清光。看了这清光，我立刻想到月明下千里的积雪。我正写着字，看了这一颗颗的字，也使我想到阶下的蚁群……倘若再沉一下心，我可以想到过去在某处见过这样的山的淡影。在另一个地方也见过这样的影子，纷纷的一团。于是想了开去，想到同这影子差不多的影子，纷纷的一团。于是又想了开去，仍然是纷纷的一团影子。但是同这山的淡影，同这书页映出的参差的黑影却没有一点儿关系了。这些影子还没幻灭的时候，又有别的影子隐现在它们后面，朦胧，暗淡，有着各样的色彩。再往里看，又有一层影子隐现在这些影子后面，更朦胧，更暗淡，色彩也更繁复……一层，一层，看上去，没有完。越远越暗淡了下去。到最后，只剩那么一点儿绰绰的形象。就这样，在我的回忆里，一层一层地，这许许多多的影子、色彩，分不清先先后后，又萦混成一团了。

我仍然带了这萦混的一团影走上去。倘若要问：这些影子都在什么地方呢？我却说不清了。往往是这样，一闭眼，先是暗冥冥的一片，再一看，里面就有影子。但再问：这暗冥冥的一片在什么地方呢？恐怕只有天知道吧。当我注视着一件东西发愣的时候，这些影子往往就叠在我眼前的东西上。在不经意的时候，我常把母亲的面影叠在茶杯上。把忘记在什么时候看到的一条长长的伸到水里去的小路叠在Holderlin的全集上，把一树灿烂的海棠花叠在盛着花的土盆上，把大明湖里的塔影叠在桌上铺着的晶莹的清玻璃上，把晚秋黄昏的一天暮鸦叠在墙角的蜘蛛网上，把夏天里烈日下的火红的花团叠在窗外草地上平铺着的白雪上……然而，只要一经意，这些影子立刻又水纹似的幻化开去。同了这茶杯的，这 Holderlin 全集的，这土盆的，这清玻璃的，这蜘蛛网的，这白雪的，影子，跳入我们的回忆里，在将来的不知什么时候，又要叠在另一些放在我眼前的东西上了。

将来还没有来，而且也不好说。但是，我们眼前的路不正引向将来去吗？我看过了清浅的水在水仙花盆里反射的冷光，映在水里的石子的晕红和翠绿，残茶在软柔的灯光下照出的那几点金星。也看过了茶杯、Holderlin 全集、土盆、清玻璃、蜘蛛网、白雪，第二天我自然看到另一些新的东西。第三天我自然看到另一些更新的东西。第四天，第五天……看到的东西多起来。这些东西都要倏地成轻烟，成细雾，成淡淡的影子，储在我的回忆里吧。这一团蒙混的影子，也要更蒙混了。等我不能再走，不能再看的时候，这一团也要随了我走应当走的最后的路。然而这时候，我却将一无所见，一无所忆。这一团影子幻失到什么地方去了呢？随了大明湖里的倒影飘散到迷茫里去了吗？随了远山的淡霭被吸入金色的黄昏里去了吗？说不清，而且也不必说。——反正我有过回忆了。我还希望什么呢？

我的童年

回忆起自己的童年来，眼前没有红，没有绿，是一片灰黄。

七十多年前的中国，刚刚推翻了清代的统治，神州大地，一片混乱，一片黑暗。我最早的关于政治的回忆，就是“朝廷”二字，当时的乡下人管当皇帝叫坐朝廷，于是“朝廷”二字就成了皇帝的别名。我总以为朝廷这种东西似乎不是人，而是有极大权力的玩意儿。乡下人一提到它，好像都肃然起敬。我当然更是如此。总之，当时皇威犹在，旧习未除，是大清帝国的继续，毫无万象更新之象。

我就是在这新旧交替的时刻，于 1911 年 8 月 6 日，生于山东省清平县（现改临清市）的一个小村庄——官庄。当时全中国的经济形势是南方富而山东（也包括北方其他省份）穷。专就山东论，是东部富而西部穷。我们县在山东西部又是最穷的县，我们村在穷县中是最穷的村，而我们家在全村中又是最穷的家。

我们家据说并不是一向如此。在我诞生前似乎也曾有过比较好的日子。可是我降生时祖父、祖母都已去世。我父亲的亲兄弟共有三人，最小的一个（大排行是第十一，我们把他叫十一叔）送给了别人，改了姓。我父亲同另外的一个弟弟（九叔）孤苦伶仃，相依为命，房无一间，地无一垄，两个无父无母的孤儿，活下去是什么滋味，活着是多么困难，概可想见。他们的堂伯父是一个举人，是方圆几十里最有学问的人物，做官做到一个什么县的教谕，也算是最大的官。他曾养育过我父亲和叔父，据说待他们很不错。可是家庭大，人多是非多；他们俩有几次饿得到枣林里去拣落到地上的干枣充饥，最后还被迫弃家（其实已经没了家）出走，兄弟俩逃到济南去谋生。“文化大革命”中我自己“跳出来”反对那一位臭名昭著的“第一张马列主义大字报”的作者，惹得她大发雌威，两次派人到我老家官庄去调查，一心一意要把我“打成”地主。老家的人告诉那几个“革命”小将，说如果开诉苦大会，季羡林是官庄的第一名诉苦者，他连贫农都不够。

我父亲和叔父到了济南以后，人地生疏，拉过洋车，扛过大件，当过警察，卖过苦力。叔父最终站住了脚。于是兄弟俩一商量，让我父亲回老家，叔父一个人留在济南挣钱，寄钱回家，供我的父亲过日子。

我出生以后，家境仍然是异常艰苦。一年吃白面的次数有限，平常只能吃红高粱面饼子；没有钱买盐，把盐碱地上的土扫起来，在锅煎煮水，腌咸菜，什么香油，根本见不到，一年到底，就吃这种咸菜。举人的太太，我管她叫奶奶，她很喜欢我。我三岁的时候，每天一睁眼，抬腿就往村里跑（我们家在村外），跑到奶奶跟前，只见她把手一卷，卷到肥大的袖子里面，手再伸出来的时候，就会有半个白面馒头拿在手中，递给我。我吃起来，仿佛是龙肝凤髓一般，我不知道天下还有比白面馒头更好吃的东西。这白面馒头是她的两个儿子（每家有几十亩地）特别孝敬她的。她喜欢我这个孙子，每天总省下半个，留给我吃。在长达几年的时间内，这是我每天最高的享受，最大的愉快。

大概到了四五岁的时候，对门住的宁大婶和宁大姑，每到夏秋收割庄稼的时候，总带我走出去老远到别人割过的地里去拾麦子或者豆子、谷子。一天辛勤之余，可以拣到一小篮麦穗或者谷穗。晚上回家，把篮子递给母亲，看样子她是非常欢喜的。有一年夏天，大概我拾的麦子比较多，她把麦粒磨成面粉，贴了一锅白面饼子。我大概是吃出味道来了，吃完了饭以后，我又偷了一块吃，让母亲看到了，赶着我要打。我当时是赤条条浑身一丝不挂，我逃到房后，往水坑里一跳。母亲没有法子下来捉我，我就站在水中把剩下的白面饼子尽情地享受了。

现在写这些事情还有什么意义呢？这些芝麻绿豆般的小事是不折不扣的身边琐事，使我终生受用不尽。它有时候能激励我前进，有时候能鼓舞我振作。我一直到今天对日常生活要求不高，对吃喝从不计较，难道同我小时候的这一些经历没有关系吗？我看到一些独生子女的父母那样溺爱子女，也颇不以为然。儿童是祖国的花朵，花朵当然要爱护；但爱护要得法，否则无异是坑害子女。

不记得是从什么时候起我开始学着认字，大概也总在四岁到六岁之间。我的老师是马景功先生。现在我无论如何也记不起有什么类似私塾之类的场所，也记不起有什么《百家姓》、《千字文》之类的书籍。我那一个家徒四壁的家就没有一本书，连带字的什么纸条子也没有见过。反正我总是认了几个字，否则哪里来的老师呢？马景功先生的存在是不能怀疑的。

虽然没有私塾，但是小伙伴是有的。我记得最清楚的有两个：一个叫杨狗，我前几年回家，才知道他的大名，他现在还活着，一字不识；另一个叫哑巴小（意思是哑巴的儿子），我到现在也没有弄清楚他姓甚名谁。我们三个天天在一起玩，洑水，打枣，捉知了，摸虾，不见不散，一天也不间断。后来听说哑巴小当了山大王，练就了一身蹿房越脊的惊人本领，能用手指抓住大庙的椽子，浑身悬空，围绕大殿走一周。有一次被捉住，是十冬腊月，赤身露体，浇上凉水，被捆起来，倒挂一夜，仍然能活着。据说他从来不到官庄来作案，“兔子不吃窝边草”，这是绿林英雄的义气。后来终于被捉杀掉。我每次想到这样一个光着屁股游玩的小伙伴竟成为这样一个“英雄”，就颇有骄傲之意。

我在故乡只待了六年，我能回忆起来的事情还多得很，但是我不想再写下去了。已经到了同我那一个一片灰黄的故乡告别的时候了。

我六岁那一年，是在春节前夕，公历可能已经是1917年，我离开父母，离开故乡，是叔父把我接到济南去的。叔父此时大概日子已经可以了。他兄弟俩只有我一个男孩子，想把我培养成人，将来能光大门楣，只有到济南去一条路。这可以说是我一生中最关键的一个转折点，否则我今天仍然会在故乡种地（如果我能活着的话）。这当然算是一件好事。但是好事也会有成为坏事的时候。“文化大革命”中间，我曾有几次想到：如果我叔父不把我从故乡接到济南的话，我总能过一个浑浑噩噩但却舒舒服服的日子，哪能被“革命家”打倒在地，身上踏上一千只脚还要永世不得翻身呢？呜呼，世事多变，人生易老，真叫做没有法子！

到了济南以后，过了一段难过的日子；一个六七岁的孩子离开母亲，他心里会是什么滋味，非有亲身经历者，实难体会。我曾有几次从梦里哭着醒来，尽管此时不但能吃上白面馒头，而且还能吃上肉；但是我宁愿再啃红高粱饼子吃苦咸菜。这种愿望当然只是一个幻想。我毫无办法，久而久之，也就习以为常了。

叔父望子成龙，对我的教育十分关心。先安排我在一个私塾里学习。老师是一个白胡子老头，面色严峻，令人见而生畏。每天入学，先向孔子牌位行礼，然后才是“赵钱孙李”。大约就在同时，叔父又把我送到一师附小去念书，这个地方在旧城墙里面，街名叫升官街，看上去很堂皇，实际上“官”者“棺”也，整条街都是做棺材的。此时五四运动大概已经起来了。校长是一师校长兼任，他是山东得风气之先的人物，在一个小学生眼里，他是一个大人物，轻易见不到面。想不到在十几年以后，我大学毕业到济南高中去教书的时候，我们俩竟成了同事，他是历史教员。我执弟子礼甚恭，他则再三逊谢。我当时觉得，人生真是变幻莫测啊！

因为校长是维新人物，我们的国文教材就改用了白话。

教科书里面有一段课文，叫做《阿拉伯的骆驼》。故事是大家熟知的，但当时对我却是陌生而又新鲜，我读起来感到非常有趣味，简直是爱不释手。然而这篇文章却惹了祸。有一天，叔父翻看我的课本，我只看到他蓦地勃然变色。“骆驼怎么能说人话呢？”他愤愤然了，“这个学校不能念下去了，要转学！”

于是我转了学。转学手续比现在要简单得多，只经过一次口试就行了。而且口试也非常简单，只出了几个字叫我们认，我记得字中间有一个“骡”字。我认出来了，于是定为高一（高小一年级）。另一个比我大两岁的亲戚没有认出来，于是定为初三（初小三年级）。为了一个字，我占了一年的便宜，这也算是轶事吧！

这个学校靠近南圩子墙，校园很空阔，树木很多。花草茂密，景色算是秀丽的。在用木架子支撑起来的一座柴门上面，悬着一块木匾，上面刻着四个大字：“循规蹈矩”。我当时并不懂这四个字的涵义，只觉得笔画多得好玩而已。我就天天从这个木匾下出出进进，上学，游戏。当时立匾者的用心到了后来我才了解，无非是想让小学生规规矩矩做好孩子而已。但是用了四个古怪的字，小孩子谁也不懂，结果形同虚设，多此一举。

我“循规蹈矩”了没有呢？大概是没有。我们有一个珠算教员，眼睛长得凸了出来，我们给他起了一个绰号，叫做shao qianr（济南话，意思是知了）。他对待学生特别蛮横。打算盘，错一个数，打一板子。打算盘错上十个八个数，甚至上百数，是很难避免的。我们都挨了不少的板子。不知是谁一嘀咕："我们架（小学生的行话，意思是赶走）他！"立刻得到大家的同意。我们这一群十岁左右的小孩也要"造反"了。大家商定：他上课时，我们把教桌弄翻，然后一起离开教室，躲在假山背后。我们自己认为这个锦囊妙计实在非常高明，如果成功了，这位教员将无颜见人，非卷铺盖回家不可。然而我们班上出了"叛徒"，虽然只有几个人，他们想拍老师的马屁，没有离开教室。这一来，大大长了老师的气焰，他知道自己还有"群众"，于是威风大振，把我们这一群不知天高地厚的"叛逆者"狠狠地用大竹板打手心打了一阵，我们每个人的手都肿得像发面馒头。然而没有一个人掉泪。我以后每次想到这一件事，觉得很可以写进我的"优胜纪略"中去。"革命无罪，造反有理"，如果当时就有那一位伟大的"革命家"创造了这两句口号，那该有多么好呀！

谈到学习，我记得在三年之内，我曾考过两个甲等第三（只有三名甲等），两个乙等第一，总起来看，属于上等，但是并不拔尖。实际上，我当时并不用功，玩的时候多，念书的时候少。我们班上考甲等第一的叫李玉和，年年都是第一。他比我大五六岁，好像已经很成熟了，死记硬背，刻苦努力，天天皱着眉头，不见笑容，也不同我们打闹。我从来就是少无大志，一点也不想争那个状元。但是我对我这一位老学长并无敬意，还有点瞧不起的意思，觉得他是非我族类。

我虽然对正课不感兴趣，但是也有我非常感兴趣的东西，那就是看小说。我叔父是古板人，把小说叫做"闲书"，闲书是不许我看的。在家里的时候，我书桌下面有一个盛白面的大缸，上面盖着一个用高粱秆编成的“盖垫”（济南话）。我坐在桌旁，桌上摆着《四书》，我看的却是《彭公案》、《济公传》、《西游记》、《三国演义》等等旧小说。《红楼梦》大概太深，我看不懂其中的奥妙，黛玉整天哭哭啼啼，为我所不喜，因此看不下去。其余的书都是看得津津有味。冷不防叔父走了进来，我就连忙掀起盖垫．把闲书往里一丢，嘴巴里念起“子曰”、“诗云”来。

到了学校里，用不着防备什么，一放学，就是我的天下。我往往躲到假山背后，或者一个盖房子的工地上，拿出闲书，狼吞虎咽似地大看起来。常常是忘记了时间，忘记了吃饭，有时候到了天黑，才摸回家去。我对小说中的绿林好汉非常熟悉，他们的姓名背得滚瓜烂熟，连他们用的兵器也如数家珍，比教科书熟悉多了。自己当然也希望成为那样的英雄。有一回，一个小朋友告诉我，把右手五个指头往大米缸里猛戳，一而再，再而三，一直到几百次，上千次。练上一段时间以后，再换上砂粒，用手猛戳，最终可以练成铁砂掌，五指一戳，能够戳断树木。我颇想有一个铁砂掌，信以为真，猛练起来，结果把指头戳破了，鲜血直流，知道自己与铁砂掌无缘，遂停止不练。

学习英文，也是从这个小学开始的。当时对我来说，外语是一种非常神奇的东西。我认为，方块字是天经地义，不用方块字，只弯弯曲曲像蚯蚓爬过的痕迹一样，居然能发出音来，还能有意思，简直是不可思议。越是神秘的东西，便越有吸引力。英文对于我就有极大的吸引力。我万没有想到望之如海市蜃楼般的可望而不可即的东西竟然唾手可得了。我现在已经记不清楚，学习的机会是怎么来的。大概是一位教员会点英文，他答应晚上教一点，可能还要收点学费。总之，一个业余英文学习班很快就组成了，参加的大概有十几个孩子。究竟学了多久，我已经记不清楚，时候好像不太长，学的东西也不太多，二十六个字母以后，学了一些单词。我当时有一个非常伤脑筋的问题：为什么“是”和“有”算是动词，它们一点也不动嘛。当时老师答不上来；到了中学，英文老师也答不上来。当年用“动词”来译英文的 verb 的人，大概不会想到他这个译名惹下的祸根吧。

每次回忆学习英文的情景时，我眼前总有一团零乱的花影，是绛紫色的芍药花。原来在校长办公室前的院子里有几个花畦，春天一到，芍药盛开，都是绛紫色的花朵。白天走过那里，紫花绿叶，极为分明。到了晚上，英文课结束后，再走过那个院子，紫花与绿叶化成一个颜色，朦朦胧胧的一堆一团，因为有白天的印象，所以还知道它们的颜色。但夜晚眼前却只能看到花影，鼻子似乎有点花香而已。这一幅情景伴随了我一生，只要是一想起学习英文，这一幅美妙无比的情景就浮现到眼前来，带给我无量的幸福与快乐。

然而时光像流水一般飞逝，转瞬三年已过，我小学该毕业了，我要告别这一个美丽的校园了。我十三岁那一年，考上了城里的正谊中学。我本来是想考鼎鼎大名的第一中学的，但是我左衡量，右衡量，总觉得自己这一块料分量不够，还是考与“烂育英”齐名的“破正谊”吧。我上面说到我幼无大志，这又是一个证明。正谊虽“破”，风景却美。背靠大明湖，万顷苇绿，十里荷香，不啻人间乐园。然而到了这里，我算是已经越过了童年，不管正谊的学习生活多么美妙，我也只好搁笔，且听下回分解了。

综观我的童年，从一片灰黄开始，到了正谊算是到达了一片浓绿的境界——我进步了。但这只是从表面上来看，从生活的内容上来看，依然是一片灰黄。即使到了济南，我的生活也难找出什么有声有色的东西。我从来没有什么玩具，自己把细铁条弄成一个圈，再弄个钩一推，就能跑起来，自己就非常高兴了。贫困、单调、死板，固执，是我当时生活的写照。接受外面信息，仅凭五官。什么电视机、收录机，连影都没有。我小时连电影也没有看过，其余概可想见了。

今天的儿童有福了。他们有多少花样翻新的玩具呀！他们有多少儿童乐园、儿童活动中心呀！他们饿了吃面包，渴了喝这可乐那可乐，还有牛奶、冰激凌；电影看厌了，看电视；广播听厌了，听收录机。信息从天空、海外，越过高山大川，纷纷蜂拥而来，他们才真是“儿童不出门，便知天下事”。可是他们偏偏不知道旧社会。就拿我来说，如果不认真回忆，我对旧社会的情景也逐渐淡漠，有时竟淡如云烟了。

今天我把自己的童年尽可能真实地描绘出来，不管还多么不全面，不管怎样挂一漏万，也不管我的笔墨多么拙笨，就是上面写出来的那一些，我们今天的儿童读了，不是也可以从中得到一点启发、从中悟出一些有用的东西来吗？

我的中学时代

我幼无大志，自谓不过是一只燕雀，不敢怀“鸿鹄之志”。小学毕业时是1923年，我十二岁。当时山东省立第一中学赫赫有名，为众人艳羡追逐的地方，我连报名的勇气都没有，只敢报考正谊中学，这所学校绰号不佳：“破正谊”，与“烂育英”相映成双。

可这个“破”学校入学考试居然敢考英文。我“瞎猫碰上了死耗子”，居然把英文考卷答得颇好。因此，我被录取为不是一年级新生，而是一年级半，只需念两年半初中即可毕业。

破正谊确实有点“破”，首先是教员水平不高。有一个教生物的教员把“玫瑰”读为 jiu kuci，可见一斑。但也并非全破。校长鞠思敏先生是山东教育界的老前辈，人品道德，有口皆碑；民族气节，远近传扬。他生活极为俭朴，布衣粗食，不改其乐。他立下了一条规定：每周一早晨上课前，召集全校学生，集合在操场上，听他讲话。他讲的都是为人处世、爱国爱乡的大道理，从不间断，在潜移默化中对学生会有良好的影响。

教员也不全是 jiu kuai 先生，其中也间有饱学之士。有一个姓杜的国文教员，年纪相当老了。由于肚子特大，同学们送他一个绰号“杜大肚子”，名字反隐而不彰了。他很有学问，对古文甚至显学都有很深的造诣。我曾胆大妄为，写过一篇类似骈体文的作文。他用端正的蝇头小楷，把作文改了一遍，给的批语是："欲作花样文章，非多记古典不可。"可怜我当时只有十三四岁，读书不多，腹笥瘠薄，哪里记得多少古典！

另外有一位英文教员，名叫郑又桥，是江浙一带的人，英文水平极高。他改学生的英文作文，往往不是根据学生的文章修改，而是自己另写一篇。这情况只出现在英文水平高的学生的作文簿中。他的用意大概是想给他们以简练揣摩的机会，以提高他们的水平，用心亦良苦矣。他平时常看的英文读本都难度不低，大半是《天方夜谭》、《莎氏乐府本事》、《泰西五十轶事》、《纳氏文法》等。

我从小学到初中，不是一个勤奋用功的学生，考试从来没有得过甲等第一名，大概都是在甲等第三四名或乙等第一二名之间。我也根本没有独占鳌头的欲望。到了正谊以后，此地的环境更给我提供了最佳游乐的场所。校址在大明湖南岸，校内清溪流贯，绿树成荫；校后就是"四面荷花三面柳，一城山色半城湖"的"湖"；岸边荷塘星罗棋布，芦苇青翠茂密；水中多鱼虾、青蛙，正是我戏乐的天堂。我家住南城，中午不回家吃饭，家里穷，每天只给铜元数枚，做午餐费。我以一个铜板买锅饼一块，一个铜板买一碗炸丸子或豆腐脑，站在担旁，仓促食之，然后奔到校后湖滨去钓虾，钓青蛙。虾是齐白石笔下的那一种，有两个长夹，但虾是水族的蠢材，我只需用苇秆挑逗，虾就张开一只夹，把苇秆夹住，任我将它提出水面，决不放松。钓青蛙也极容易，只需把做衣服用的针敲弯，抓一只苍蝇，穿在上面，向着蹲坐在荷叶上的青蛙，来回抖动，青蛙食性一起，跳起来猛吞针上的苍蝇，立即被我生擒活捉。我沉湎于这种游戏，其乐融融。至于考个甲等乙等，则于我如浮云了。

但是，叔父对我的要求却是很严格的。正谊有一位教高年级国文的教员，姓徐，对古文很有造诣。他在课余办了一个讲习班，专讲《左传》、《战国策》、《史记》一类的古籍，每月收几块钱的学费，学习时间是在下午四点下课以后。叔父要我也报了名。每天正课完毕以后，再上一两个小时的课，学习上面说的那一些古代典籍，现在已经记不清楚，究竟学习了多长的时间，好像时间不是太长。有多少收获，也说不清楚了。

当时，济南有一位颇有名气的冯鹏展先生，老家广东，流寓北方。英文水平很高，白天在几个中学里教英文，晚上在自己创办的尚实英文学社授课。他住在按察司街南口一座两进院的大房子里，学社就设在前院几间屋子里，另外还请了两位教员，一位是陈鹤巢先生，一位是纽威如先生，白天都有工作，晚上七至九时来学社上课。当时正流行diagram（图解）式的英文教学法，我们学习英文也使用这种方法，觉得颇为新鲜。学社每月收学费大洋三元，学生有几十人之多。我大概在这里学习了两三年，收获是有的。

就这样，虽然我自己在学习上并不勤奋，然而，为环境所迫，反正是够忙的。每天从学校回到家中，匆匆吃过晚饭，又赶回城里学英文。当时只有十三四岁，精力旺盛到超过需要。在一天奔波之余，每天晚九点下课后，还不赶紧回家，而是在灯火通明的十里长街上，看看商店的橱窗，慢腾腾地走回家。虽然囊中无钱，看了琳琅满目的商品，也能过一过眼瘾，饱一饱眼福。

叔父显然认为，这样对我的学习压力还不够大，必须再加点码。他亲自为我选了一些古文，讲宋明理学的居多，亲手用毛笔正楷抄成一本书，名之曰《课侄选文》。有空闲时，亲口给我讲授。他坐，我站，一站就是一两个小时。要说我真感兴趣，那是谎话。这些文章对我来说，远远比不上叔父称之为“闲书”的那一批《彭公案》、《济公传》等等有趣。我往往躲在被窝里用手电筒来偷看这些书。

我在正谊中学读了两年半书就毕业了。在这一段时间内，我懵懵懂懂，模模糊糊，在明白与不明白之间；主观上并不勤奋，客观上又非勤奋不可；从来不想争上游，实际上却从未沦为下游。最后离开了我的大虾和青蛙，我毕业了。

告别了我青少年时期的一个值得怀念的阶段，我步入了人生的一个新阶段。当年我十五岁，时间是1926年。

我和北大

北大创建于1898年，到明年整整一百年了，称之为“与世纪同龄”，是当之无愧的。我生于1911年，小北大十三岁，到明年也达到八十七岁高龄，称我为“世纪老人”，虽不中亦不远矣。说到我和北大的关系，在我活在世界上的八十七年中，竟有五十一年是在北大度过的，称我为“老北大”是再恰当不过的。

在北大五十余年中，我走过的并不是一条阳关大道。有光风霁月，也有阴霾漫天；有“山重水复疑无路”，也有“柳暗花明又一村”，而后者远远超过前者。在这里，我同普天下的老百姓，特别是其中的知识分子，是同呼吸、共命运的，不管怎样，不知道有什么无形的力量，把我同北大紧紧缚在一起，不管我在北大经历过多少艰难困苦，甚至一度曾走到死亡的边缘上，我仍然认为我这一生是幸福的。一个人只有一次生命，我不相信什么轮回转生。在我这仅有的可贵的一生中，从“春风得意马蹄疾”的少不更事的青年，一直到“高堂明镜悲白发”的耄耋之年，我从未离开过北大。追忆我的一生，怡悦之感，油然而生，“虽九死其犹未悔”。

有人会问：“你为什么会有这样的感觉呢?”这个问题是我必须答复的。

记得前几年，北大曾召开过几次座谈会，探讨的问题是：北大的传统究竟是什么？我个人始终认为，北大的优良传统是根深蒂固的爱国主义。有人主张，北大的优良传统是革命。其实真正的革命还不是为了爱国？不爱国，革命干吗呢？历史上那种“你方唱罢我登场”的“以暴易暴”的改朝换代，应该排除在“革命”之外。

在古代，几乎在所有的国家中，传承文化的责任都落在知识分子的肩上。不管工农的贡献多么大，但是传承文化却不是他们所能为。如果不这样认为，那不是实事求是的态度。传承文化的人的身份和称呼，因国而异。在欧洲中世纪，传承者多半是身着黑色长袍的神父，传承的地方是在教堂中。后来大学兴起，才接过了一些传承的责任。在印度古代，文化传承者是婆罗门，他们高踞四姓之首。东方一些佛教国家，古代文化的传承者是穿披黄色袈裟的佛教僧侣，传承地点是在寺庙里。中国古代文化的传承者是“士”。士、农、工、商是社会上主要阶层，而士则同印度的婆罗门一样高踞首位。传承的地方是太学、国子监和官办以及私人创办的书院。婆罗门和士的地位，都是他们自定的，这是不是有点过于狂妄自大呢？可能有的；但是，我认为，并不全是这样，而是由客观形势所决定的，不这样也是不行的。

婆罗门、神父、士等等都是知识分子，他们的本钱就是知识，而文化与知识又是分不开的。在世界各国文化传承者中，中国的士有其鲜明的特点。早在先秦，《论语》中就说过：“士不可以不弘毅，任重而道远。”士们俨然以天下为己任，天下安危系于一身。在几千年的历史上，中国知识分子的这个传统一直没变，后来发展成“天下兴亡，匹夫有责”。后来又继续发展，一直到了现代，始终未变。

不管历代注疏家怎样解释“弘毅”，怎样解释“任重道远”，我个人认为，中国知识分子所传承的文化中，其精髓有两个鲜明的特点，一个是我在上面详细论证的爱国主义；一个就是讲骨气，讲气节，换句话说也就是在帝王将相的非正义的行为面前不低头，另一方面，在外敌的斧钺前面不低头，“威武不能屈”。苏武和文天祥等等一大批优秀人物就是例证。这样一来，这两个特点实又有非常密切的联系了，其关键还是爱国主义。

如果我们改一个计算办法的话，那么，北大的历史就不是一百年，而是几千年。因为，北大最初的名称是京师大学堂，而京师大学堂的前身则是国子监。国子监是旧时代中国的最高学府，已有一千多年的历史，其前身又是太学，则历史更长了。从最古的太学起，中经国子监，一直到近代的大学，学生都有以天下为己任的抱负，这也是存在决定意识这个规律造成的，与其他国家的大学不太一样。在中国这样的大学中，首当其冲的是北京大学。在近代史上，历次反抗邪恶势力的运动，几乎都是从北大开始。这是历史事实，谁也否认不掉的。五四运动是其中最著名的一次。虽然名义上是提倡科学与民主，骨子里仍然是一场爱国运动。提倡科学与民主只能是手段，其目的仍然是振兴中华，这不是爱国运动又是什么呢？

我在北大这样一所肩负着传承中华民族的优秀文化的、

背后有悠久的爱国主义传统的学府，真正是如鱼得水，认为这才真正是我安身立命之地。我曾在一篇文章中写过：我身上的优点不多，唯爱国不敢后人。即使我将来变成了灰，我的每一个灰粒也都会是爱国的。这是我的肺腑之言。以我这样一个怀有深沉的爱国思想的人，竟能在有悠久爱国主义传统的北大几乎度过了我的一生，我除了有幸福之感外，还有什么呢？还能何所求呢？

当时只道是寻常

这是一句非常明白易懂的话，却道出了几乎人人都有的感觉。所谓“当时”者，指人生过去的某一个阶段。处在这个阶段中时，觉得过日子也不过如此，是很寻常的。过了十几二十年或者更长的时间，回头一看，当时实在有不寻常者在。因此有人，特别是老年人，喜欢在回忆中生活。

在中国，这种情况更比较突出，魏晋时代的人喜欢做羲皇上人。这是一种什么心理呢？“鸡犬之声相闻，而老死不相往来”，真就那么好吗？人类最初不会种地，只是采集植物，猎获动物，以此为生。生活是十分艰苦的。这样的生活有什么可向往的呢！

然而，根据我个人的经验，发思古之幽情，几乎是每个人都有的。到了今天，沧海桑田，世界有多少次巨大的变化。人们思古的情绪却依然没变。我举一个具体的例子。十几年前，我重访了我曾待过十年的德国哥廷根。我的老师瓦尔德施密特教授夫妇都还健在。但已今非昔比，房子捐给梵学研究所，汽车也已卖掉。他们只有一个独生子，二战中阵亡。此时老夫妇二人孤零零地住在一座十分豪华的养老院里。院里设备十分齐全，游泳池、网球场等等一应俱全。但是，这些设备对七八十岁、八九十岁的老人有什么用处呢？让老人们触目惊心的是，每隔一段时间就有某一个房号空了出来，主人见上帝去了。这对老人们的刺激之大是不言而喻的。我的来临大出教授的意料，他简直有点喜不自胜的意味。夫人摆出了当年我在哥廷根时常吃的点心。教授仿佛返老还童，回到了当年去了。他笑着说："让我们好好地过一过当年过的日子，说一说当年常说的话！"我含着眼泪离开了教授夫妇，嘴里说着连自己都不相信的话："过几年，我还会来看你们的。"

我的德国老师不会懂"当时只道是寻常"的隐含的意蕴，但是古今中外人士所共有的这种怀旧追忆的情绪却是有的。这种情绪通过我上面描述的情况完全流露出来了。

仔细分析起来，"当时"是很不相同的。国王有国王的"当时"，有钱人有有钱人的"当时"，平头老百姓有平头老百姓的"当时"。在李煜眼中，"当时"是车如流水马如龙，花月正春风游上林苑的"当时"。对此，他没有别的办法，只有哀叹"天上人间"了。

我不想对这个概念再进行过多的分析。本来是明明白白的一点真理，过多的分析反而会使它迷离模糊起来。我现在想对自己提出一个怪问题：你对我们的现在，也就是眼前这个现在，感觉到是寻常呢还是不寻常？这个"现在"，若干年后也会成为"当时"的。到了那时候，我们会不会说"当时只道是寻常"呢？现在无法预言。现在我住在医院中，享受极高的待遇。应该说，没有什么不满足的地方。但是，倘若扪心自问："你认为是寻常呢，还是不寻常？"我真有点说不出，也许只有到了若干年后，我才能说："当时只道是寻常。"

寸草心

小 引

我已至望九之年，在这漫长的生命中，亲属先我而去的，人数颇多。俗话说："死人生活在活人的记忆里。"先走的亲属当然就活在我的记忆里。越是年老，想到他们的次数越多。想得最厉害的偏偏是几位妇女。因为我是一个激烈的女权卫护者吗？不是的。那么究竟原因何在呢？我说不清。反正事实就是这样，我只能说是因缘和合了。

我在下面依次讲四位妇女。前三位属于"寸草心"的范畴，最后一位算是借了光。

大 奶 奶

我的上一辈，大排行，共十一位兄弟。老大、老二，我叫他们"大大爷"、"二大爷"，是同父同母所生。父亲是个举人，做过一任教谕，官阶未必入流，却是我们庄最高的功名，最大的官，因此家中颇为富有。兄弟俩分家，每人还各得地五六十亩。后来被划为富农。老三、老四、老五、老六、老八、老十，我从未见过，他们父母生身情况不清楚，因家贫遭灾，闯了关东，黄鹤一去不复归矣。老七、老九、老十一，是同父同母所生，老七是我父亲。从小父母双亡，我从来没有见过我的祖父母。贫无立锥之地，十一叔送给了别人，改了姓。九叔也万般无奈被迫背井离乡，流落济南，好歹算是在那里立定了脚跟。我六岁离家，投奔的就是九叔。

所谓“大奶奶”，就是举人的妻子。大大爷生过一个儿子，也就是说，大奶奶有过一个孙子。可惜在娶妻生子后就夭亡了。我从来没有见过他。因此，在我上一辈十一人中，男孩子只有我这一个独根独苗。在旧社会“不孝有三，无后为大”的环境中，我成了家中的宝贝，自是意中事。可能还有一些别的原因，在我六岁离家之前，我就成了大奶奶的心头肉，一天不见也不行。

我们家住在村外，大奶奶住在村内。有很长一段时间，我每天早晨一睁眼，滚下土炕，一溜烟就跑到村内，一头扑到大奶奶怀里。只见她把手缩进非常宽大的袖筒里，不知从什么地方拿出半块或一整个白面馒头，递给我。当时吃白面馒头叫做吃“白的”，全村能每天吃“白的”的人，屈指可数，大奶奶是其中一个，季家全家是唯一的一个。对我这个连“黄的”（指小米面和玉米面）都吃不到，只能凑合着吃“红的”（红高粱面）的小孩子，“白的”简直就像是龙肝凤髓，是我一天望眼欲穿地最希望享受到的。

按年龄推算起来，从能跑路到离开家，大约是从三岁到六岁，是我每天必见大奶奶的时期，也是我一生最难忘怀的一段生活。我的记忆中往往闪出一株大柳树的影子。大奶奶弥勒佛似的端坐在一把奇大的椅子上。她身躯胖大，据说食量很大。有一次，家人给她炖了一锅肉。她问家里的人：

“肉炖好了没有？给我盛一碗拿两个馒头来，我尝尝！”食量可见一斑。可惜我现在怎么样也挖不出吃肉的回忆。我不会没吃过的。大概我的最高愿望也不过是吃点“白的”，超过这个标准，对我就如云天渺茫，连回忆都没有了。

可是我终于离开了大奶奶，以古稀或耄耋的高龄，失掉我这块心头肉，大奶奶内心的悲伤，完全可以想象。“遥怜小儿女，未解忆长安。”我只有六岁，稍有点儿不安，转眼就忘了。等我第一次从济南回家的时候，是送大奶奶入土的。从此我就永远失掉了大奶奶。

大奶奶永远活在我的记忆中。

我的母亲

我是一个最爱母亲的人，却又是一个享受母爱最少的人。我六岁离开母亲，以后有两次短暂的会面，都是由于回家奔丧，最后一次是分离八年以后，又回家奔丧。这次奔的却是母亲的丧。回到老家，母亲已经躺在棺材里，连遗容都没能见上。从此，人天永隔，连回忆里母亲的面影都变得迷离模糊，连在梦中都见不到母亲的真面目了。这样的梦，我生平不知已有多少次。直到耄耋之年，我仍然频频梦到面目不清的母亲，总是老泪纵横，哭着醒来。对享受母亲的爱来说，我注定是一个永恒的悲剧人物了。奈之何哉！奈之何哉！

关于母亲，我已经写了很多，这里不想再重复。我只想写一件我决不相信其为真而又热切希望其为真的小事。

在清华大学念书时，母亲突然去世。我从北平赶回济南，又赶回清平，送母亲入土。我回到家里，看到的只是一个黑棺材，母亲的面容再也看不到了。有一天夜里，我正睡在里间的土炕上，一叔陪着我。中间隔一片枣树林的对门的宁大叔，径直走进屋内，绕过母亲的棺材，走到里屋炕前，把我叫醒，说他的老婆宁大婶“撞客”了——我们那里把鬼附人体叫做“撞客”——撞的客就是我母亲。我大吃一惊，一骨碌爬起来，跌跌撞撞，跟着宁大叔，穿过枣林，来到他家。宁大婶坐在炕上，闭着眼睛，嘴里却不停地说着话，不是她说话，而是我母亲。一见我（毋宁说是一“听到我”，因为她没有睁眼），就抓住我的手，说：“儿啊！你让娘想得好苦呀！离家八年，也不回来看看我。你知道，娘心里是什么滋味呀！”如此刺刺不休，说个不停。我仿佛当头挨了一棒，懵懵懂懂，不知所措。按理说，听到母亲的声音，我应当号啕大哭。然而，我没有，我似乎又清醒过来。我在潜意识中，连声问着自己：这是可能的吗？这是真事吗？我心里酸甜苦辣，搅成了一锅酱。我对“母亲”说：“娘啊！你不该来找宁大婶呀！你不该麻烦宁大婶呀！”我自己的声音传到我自己的耳朵里，一片空虚，一片淡漠。然而，我又不能不这样，我的那一点儿“科学”起了支配的作用。“母亲”连声说：“是啊！是啊！我要走了。”于是宁大婶睁开了眼睛，木然、愕然坐在土炕上。我回到自己家里，看到母亲的棺材，伏在土炕上，一直哭到天明。

我不能相信这是真的，但是希望它是真的。倚闾望子，望了八年，终于“看”到了自己心爱的独子，对母亲来说不也是一种安慰吗？但这是多么渺茫，多么神奇的一种安慰呀！

母亲永远活在我的记忆里。

我的婶母

这里指的是我九叔续弦的夫人。第一位夫人，虽然是把我抚养大的，我应当感谢她；但是，留给我的却不都是愉快的回忆。我写不出什么文章。

这一位续弦的婶母，是在1935年夏天我离开济南以后才同叔父结婚的，我并没见过她。到了德国写家信，虽然“敬禀者”的对象中也有“婶母”这个称呼，却对我来说是一个空洞的概念，一直到1947年，也就是说十二年以后，我从北平乘飞机回济南，才把概念同真人对上了号。

婶母（后来我们家里称她为“老祖”）是绝顶聪明的人，也是一个有个性有脾气的人。我初回到家，她是斜着眼睛看我的。这也难怪，结婚十几年了，忽然凭空冒出来了一个侄子。“他是什么人呢？好人？坏人？好不好对付？”她似乎有这样多的问号。这是人之常情，不能怪她。

我却对她非常尊敬。她不是个一般的人。在我离家十二年，我在欧洲经历了第二次世界大战，她在国内经历了日军占领和抗日战争。我是亲老、家贫、子幼，可是鞭长莫及。有五六年，音讯不通。上有老，下有小，叔父脾气又极暴烈，甚至有点乖戾，极难侍奉。有时候，经济没有来源，全靠她一个人支持。她摆过烟摊；到小市上去卖衣服家具；在日军刺刀下去领混合面；骑着马到济南南乡里去勘查田地，充当地牙子，赚点钱供家用；靠自己幼时所学的中医知识，给人看病。她以“少妻”的身份，对付难以对付的“老夫”。她的苦心至今还催我下泪。在这万分艰苦的情况下，她没让孙女和孙子失学，把他们抚养成人。总之，一句话，如果没有老祖，我们的家早就完了。我回到家里来也恐怕只能看到一座空房，妻离子散，叔父归天。

我自认还不是一个混人。我极重感情，决不忘恩。老祖的所作所为，我看到眼里，记在心中。回北平以后，给她写了一封长信，称她为“老季家的功臣”。听说. 她很高兴。见了自己的娘家人，详细通报。从此，她再也不斜着眼睛看我了，我们两人之间的关系十分融洽，互相尊重。我们全家都尊敬她，热爱她，“老祖”这一个朴素简明的称号，就能代表我们全家人的心。

叔父去世以后，老祖同我的妻子彭德华从济南迁来北京。我们一起生活了将近三十年，从没有半点龃龉，总是你尊我敬。自从我六岁到济南以后，六七十年来，我们家从来没有吵过架，这是极为难得的。我看进入吉尼斯世界纪录，也不为过。老祖到我们家以后，我们能这样和睦，主要归功于她和德华二人，我在其中起的作用，微乎其微。以八十多的高龄，老祖身体健康，精神愉快，操持家务，全都靠她。我们只请了做小时工的保姆。老祖天天背着一个大黑布包，出去采买食品菜蔬，成为朗润园的美谈。老祖是非常满意的，告诉自己的娘家人说：“这一家子都是很孝顺的。”可见她晚年心情之一斑。我个人也是非常满意的，我安享了二三十年的清福。老祖以九十岁的高龄离开人世。我想她是含笑离开的。

老祖永远活在我的记忆里。

我的妻子

我在上面说过：德华不应该属于“寸草心”的范畴。她借了光。人世间借光的事情也是常有的。

我因为是季家的独根独苗，身上负有传宗接代的重大任务，所以十八岁就结了婚。父母之命，媒妁之言，自不在话下。德华长我四岁。对我们家来说，她真正做到了“毫不利己，专门利人”，一辈子勤勤恳恳，有时候还要含辛茹苦。上有公婆，下有稚子幼女，丈夫十几年不在家。公公又极难侍候，家里又穷，经济朝不保夕。在这些年，她究竟受了多少苦，她只是偶尔对我流露一点，我实在说不清楚。

德华天资不是太高，只念过小学，大概能认千八百字。当我念小学的时候，我曾偷偷地看过许多旧小说，什么《西游记》、《封神演义》、《彭公案》、《施公案》、《济公传》、《七侠五义》、《小五义》等都看过。当时这些书对我来说是“禁书”，叔叔称之为“闲书”。看“闲书”是大罪状，是绝对不允许的。但是，不但我，连叔父的女儿秋妹都偷偷地看过不少。她把小说中常见的词儿“飞檐走壁”念成“飞胆（膽）走壁”，一时传为笑柄。可是，德华一辈子也没有看过任何一部小说，别的书更谈不上了。她没有给我写过一封信，她根本拿不起笔来。到了晚年，连早年能认的千八百字也都大半还给了老师，剩下的不太多了。因此，她对我一辈子搞的这一套玩意儿根本不知道是什么东西，有什么意义，她似乎从来也没有想知道过。在这方面，我们俩毫无共同的语言。

在文化方面，她就是这个样子。然而，在道德方面，她却是超一流的。上对公婆，她真正尽了孝道；下对子女，她真正做到了慈母应做的一切；中对丈夫，她绝对忠诚，绝对服从，绝对爱护。她是一个极为难得的孝顺媳妇，贤妻良母。她对待任何人都是忠厚诚恳，从来没有说过半句闲话。她不会撒谎，我敢保证，她一辈子没有说过半句谎话。如果中国将来要修“二十几史”，而其中又有什么“妇女列传”或“闺秀列传”的话，她应该榜上有名。

1962年，老祖同德华从济南搬到北京来，我过单身汉生活数十年，现在总算是有了一个家。这也是德华一生的黄金时期，也是我一生最幸福的时候。我们家里和睦相处，你尊我让，从来没有吵过嘴。有时候家人朋友团聚，食前方丈，杯盘满桌，烹饪往往由她们二人主厨。饭菜上桌，众人狼吞虎咽，她们俩却往往是坐在一旁，笑眯眯地看着我们吃，脸上流露出极为怡悦的表情。对这样的家庭，一切赞誉之词都是无用的，都会黯然失色的。

我活到了八十多，参透了人生真谛。人生无常，无法抗御。我在极端的快乐中，往往心头闪过一丝暗影：天下无不散的筵席。我们家这一出十分美满的戏，早晚会有煞戏的时候。果然，老祖先走了。去年德华又走了。她也已活到超过米寿，她可以瞑目了。

德华永远活在我的记忆里。

寻梦

夜里梦到母亲，我哭着醒来。醒来再想捉住这梦的时候，梦却早不知道飞到什么地方去了。

我瞪大了眼睛看着黑暗，一直看到只觉得自己的眼睛在发亮。眼前飞动着梦的碎片，但当我想到把这些梦的碎片捉起来凑成一个整个的时候，连碎片也不知道飞到什么地方去了。眼前剩下的就只有母亲依稀的面影……

在梦里向我走来的就是这面影。我只记得，当这面影才出现的时候，四周灰蒙蒙的，母亲仿佛从云堆里走下来，脸上的表情有点儿同平常不一样，像笑，又像哭，但终于向我走来了。

我是在什么地方呢？这连我自己也有点儿弄不清楚。最初我觉得自己是在现在住的屋子里。母亲就这样一推屋角上的小门，走了进来，橘黄色的电灯罩的穗子就罩在母亲头上。于是我又想了开去，想到哥廷根的全城：我每天去上课走过的两旁有惊人的粗的橡树的古旧的城墙，斑驳陆离的灰黑色的老教堂，教堂顶上的高得有点儿古怪的尖塔，尖塔上面的晴空。

然而，我的眼前一闪，立刻闪出一片芦苇。芦苇的稀薄处还隐隐约约地射出了水的清光。这是故乡里屋后面的大苇坑。于是我立刻感觉到，不但我自己是在这苇坑的边上，连母亲的面影也是在这苇坑的边上向我走来了。我又想到，当我童年还没有离开故乡的时候，每个夏天的早晨，天还没亮，我就起来，沿了这苇坑走去，很小心地向水里面看着。当我看到暗黑的水面下有什么东西在发着白亮的时候，我伸下手去一摸，是一只白而且大的鸭蛋。我写不出当时快乐的心情。这时再抬头看，往往可以看到对岸空地里的大杨树顶上正有一抹淡红的朝阳——两年前的一个秋天，母亲就静卧在这杨树的下面，永远地，永远地。现在又在靠近杨树的坑旁看到她生前八年没见面的儿子了。

但随了这苇坑闪出的却是一枝白色灯笼似的小花，而且就在母亲的手里。我真想不出故乡里什么地方有过这样的花。我终于又想了回来，想到哥廷根，想到现在住的屋子。屋子正中的桌子上两天前房东曾给摆上这样一瓶花。那么，母亲毕竟是到哥廷根来过了，梦里的我也毕竟在哥廷根见过母亲了。

想来想去，眼前的影子渐渐乱了起来。教堂尖塔的影子套上了故乡的大苇坑，在这不远的后面又现出一朵朵灯笼似的白花，在这一些的前面若隐若现的是母亲的面影。我终于也不知道究竟在什么地方看到母亲了。我努力压住思绪，使自己的心静了下来，窗外立刻传来潺潺的雨声，枕上也觉得微微有寒意。我起来拉开窗幔，一缕清光透进来。我向外怅望，希望发现母亲的足迹。但看到的却是每天看到的那一排窗户，现在都沉浸在静寂中，里面的梦该是甜蜜的吧！

但我的梦却早飞得连影都没有了，只在心头有一线白色的微痕，蜿蜒出去，从这异域的小城一直到故乡大杨树下母亲的墓边，还在暗暗地替母亲担着心：这样的雨夜怎能跋涉这样长的路来看自己的儿子呢？此外，眼前只是一片空，什么东西也看不到了。

天哪！连一个清清楚楚的梦都不给我吗？我怅望灰天，在泪光里，幻出母亲的面影。

怀念母亲

我一生有两个母亲：一个是生我的那个母亲；一个是我的祖国母亲。

我对这两个母亲怀着同样崇高的敬意和同样真挚的爱慕。

我六岁离开我的生母，到城里去住。中间曾回故乡两次，都是奔丧，只在母亲身边待了几天，仍然回到城里。最后一别八年，在我读大学二年级的时候，母亲弃养，只活了四十多岁。我痛哭了几年，食不下咽，寝不安席。我真想随母亲于地下。我的愿望没能实现。从此我就成了没有母亲的孤儿。一个缺少母爱的孩子，是灵魂不全的人。我怀着不全的灵魂，抱终天之恨。一想到母亲，就泪流不止，数十年如一日。如今到了德国，来到哥廷根这一座孤寂的小城，不知道是为什么，母亲频来入梦。

我的祖国母亲，我这是第一次离开她。离开的时间只有短短几个月，不知道是为什么，我这个母亲也频来入梦。

为了保存当时真实的感情，避免用今天的情感篡改当时的感情，我现在不加叙述，不作描绘，只从初到哥廷根的日记中摘抄几段：

1935年11月16日

不久外面就黑起来了。我觉得这黄昏的时候最有意思。我不开灯，只沉默地站在窗前，看暗夜渐渐织上天空，织上对面的屋顶。一切都沉在朦胧的薄暗中。我的心往往在沉静到不能再沉静的氛围里，活动起来。这活动是轻微的，我简直不知道有这样的活动。我想到故乡，故乡里的老朋友，心里有点酸酸的，有点凄凉。然而这凄凉却并不同普通的凄凉一样，是甜蜜的，浓浓的，有说不出的味道，浓浓地糊在心头。

11 月 18 日

从好几天以前，房东太太就向我说，她的儿子今天家来，从学校回家来，她高兴得不得了。……但儿子只是不来，她的神色有点沮丧。她又说，晚上还有一趟车，说不定他会来的。我看了她的神气，想到自己的在故乡地下卧着的母亲，我真想哭！我现在才知道，古今中外的母亲都是一样的！

11 月 20 日

我现在还真是想家，想故国，想故国里的朋友。我有时简直想得不能忍耐。

11 月 28 日

我仰在沙发上，听风声在窗外过路。风里夹着雨。天色阴得如黑夜。心里思潮起伏，又想起故国了。

12 月 6 日

近几天来，心情安定多了。以前我真觉得二年太长；同时，在这里无论衣食住行哪一方面都感到不舒服，所以这二年简直似乎无论如何也忍受不下来了。

从初到哥廷根的日记里，我暂时引用这几段。实际上，类似的地方还有不少，从这几段中也可见一斑了。总之，我不想在国外待。一想到我的母亲和祖国母亲，就心潮腾涌，惶惶不可终日，留在国外的念头连影儿都没有。几个月以后，在 1936 年 7 月 11 日，我写了一篇散文，题目叫《寻梦》。开头一段是：

夜里梦到母亲，我哭着醒来。醒来再想捉住这梦的时候，梦却早不知道飞到什么地方去了。

下面描绘在梦里见到母亲的情景。最后一段是：

天哪！连一个清清楚楚的梦都不给我吗？我怅望灰天，在泪光里，幻出母亲的面影。

我在国内的时候，只怀念，也只有可能怀念一个母亲。现在到国外来了，在我的怀念中就增添了一个祖国母亲。这种怀念，在初到哥廷根的时候，异常强烈。以后也没有断过。对这两位母亲的怀念，一直伴随着我度过了在德国的十年，在欧洲的十一年。

忆念荷姐

如果统领宇宙的造物主愿意展示他那宏大无比的法力的话，愿他让我那在济南的荷姐仍然活着，她只比我大两岁。

最近一个时期以来，经常想到荷姐。一转眼，她的面影就在我眼前晃动，莞尔而笑。在仪态上，她虽然比不了自己的胞姐小姐姐的花容月貌；但是光艳动人，她还是当之无愧的。

话头一开，就要回到七八十年前去。当时我们家同荷姐家同住一个大院，她住后院，我们住前院。我当时是一个十七八岁的毛头小伙子，语不惊人，貌不逮众，寄人篱下，宛如一只小癞蛤蟆，没有几个人愿意同我交谈的。只有两个人算是例外。一个是小姐姐，一个就是荷姐。这一件事我永远不会忘记。

到了1929年，我十八岁了。叔父母为了传宗接代，忙活着给我找个媳妇。谈到媳妇，我有我的选择。我的第一选择对象就是荷姐。她是一个难得的好媳妇：漂亮、聪明、伶俐、温柔。但是，西湖月老祠对联的原一联是：是前生注定事莫错过姻缘。我同荷姐的事情大概是前生没有注定，终于错过了姻缘。

1935年，我以交换研究生的名义赴德国留学。时间原定只有两年。但是，1937年，日寇发动了全面对华侵略战争，我无法回国。1939 年，二次世界大战爆发，我有国难归，一住就是十年。幸蒙哈隆（Gustav Haloun）教授垂青，任命我为汉学讲师，避免成为饿殍。我是一个闲不住的人。我借这个机会，学习了梵文、巴利文、吐火罗文。于 1941 年获得哲学博士学位。主系是印度学，两个副系，一个是斯拉夫语言学，一个是英国语言学。博士拿到手，我仍然毫不懈怠，开电灯以继晷，恒兀兀以穷年，结果写成了几篇论文，颇有一些新见解、新发现。论文都是用德文写成的。其中一篇讲语尾变为 u 或 o 的问题，是一篇颇有意义的文章。Sieg 教授一看，大为欣赏，立即送哥廷根科学院院刊发表。一个外国青年学者在科学院院刊上发表文章，是一件非同小可的事情。

1945 年秋天，我离开了德国到瑞士去。在那里参加了庆祝国庆的盛会。对中国（那时是国民党）外交官有了初步的感性认识。

1946 年，我离开瑞士，乘运载法国兵的英国巨轮，到了越南西贡。在那里住了几个月。又乘轮出发，经香港到了上海。出国十年，现在一旦回到祖国母亲的怀抱里，心中激动万分，很想跪下亲吻土地。但是，一想到国内官僚正在乘日寇高官撤走，国内大汉奸纷纷被镇压之际大耍五子登科的把戏，我立即气馁，心虚，不想采取什么行动了。

这一年的夏天，我一半住在上海，一半住在南京。在上海，晚上就睡在克家的榻榻米上。在南京，晚上就睡在长之在国内编译馆的办公桌上。实际上是过着流浪的生活。心情极不稳定，切盼自己有朝一日能有自己的一间小房。

这年秋天，我从上海乘轮船到达秦皇岛。下船登车，直抵北京。当时烽火遍地。这一段铁路由美国兵把守，能得畅通。我离故都已经十年。这一次老友重逢，丝毫没有欢欣鼓舞的感觉。正相反，节令正值深秋，秋水吹昆明（湖），落叶满长安（街），一片荒寒肃杀之气。古文“悲哉，秋之为气也”，差能表达我的心情于万一。

我被安排到五四时期名建筑红楼上去住。红楼早已过了自己辉煌的童年、青年和壮年，现在已经是一位耄耋老翁了。它当然是一个无生命的东西。然而，在我的心目中，它却是活的东西。静心观万物，冷眼看世界，积累了大量的智慧和见识，我住在里面，仿佛都能享受一份。甚可乐也。可是，还有另外一方面的情况。此时，四层大楼一百多间房子，只住着包括我在内的四五个人。走廊上路灯昏黄，电灯只开了几盏。楼下地下室日寇占领期间是日本宪兵队刑讯中国革命者的地方，也是他们杀人的地方。据说，到现在还能听到鬼叫。我居德国十年，心中鬼神的概念已经荡然无存。即使是这样，我现在住在这一座空荡荡的大楼里，只感到鬼影憧憧，鬼气森森，我不禁毛发直竖。

第二天，我去见汤用彤先生。由陈寅恪先生推荐，汤用彤先生接受，我受聘为北京大学教授。这次去见汤先生，由代校长傅斯年陪伴。校长胡适正在美国。在路上，傅斯年先生一个劲地给我做思想工作。说在国外获得博士学位以后，回国到北大都必须先当两年的副教授，然后才能转为正教授。这是多年的规定，不允许有例外。我洗耳恭听，一言不发。见到汤先生以后，他明确无误地告诉我：聘我为北京大学正教授，先做一个礼拜的副教授，表示并不是无端跳过了这一个必经的阶段。我当然感激之至。这是我在六十年前进入北大时的一段佳话。

这一年和下一年——1947 年，我都在北大教书。一直到 1948 年，我才得到一个机会，搭乘飞机，飞回济南。我已经离家十三年了。这一次回来，也可以说是一享家人父子之乐吧。

荷姐当然见到了。她漂亮如故，调皮有加。一见我，先是高声呼叫“季大博士”。这我并不奇怪，我们从小互相开玩笑惯了。但是，她接着左一个“季大博士”，右一个“季大博士”，说个不停。这就引起了我的疑心。我悚然听之，我猛然发现，在她的内心深处蕴藏着一点凄凉，一点寂寞，一点幽怨，还有一点悔不当初。一谈到悔不当初，我就必须说，这是我们自己酿成的一杯苦酒，必须由我们自己来品尝。在这里，主要当事人是荷姐本人，我一点责任都没有。

从此以后，就同荷姐失去了联系，到现在已经快六十年了。其间，我曾由李玉洁陪伴回济南一次，目的是参加山大校庆。来去匆匆，没有时间去探寻荷姐的行踪。到了今天，又已经过去了几年。看来，要想见到荷姐，只有梦中团圆了。

官庄记行

8月6日，一大早我们就出发到官庄去。

官庄是我诞生的地方，原属清平县。忘记了是建国后的哪一年，清平县建制被撤销，东一半划归高唐县，西一半划归临清，于是我一变而为临清人。我早年写的文章中，常见“清平”这个字眼，读者大都迷惑不解，其根源就在这里。

官庄距临清二十公里。山东公路的数量和质量都蜚声全国。临清到官庄的一段路也是柏油马路，平坦，宽敞，乘汽车四十分钟可到。回乡扫墓，本来是属于个人的私事，用不着兴师动众。可是临清市领导也派了开路的警车，还有一大批官员随行。我是一个上不得台盘的人，最不喜欢摆谱儿，可是这一次又是非摆不行了。但是我无意中发现，汽车的辆数比昨天少多了。虽然依然是招摇过市，但车队的长龙都短了不少。原来，那几个电视台的工作人员，包括倪萍在内，都在早晨五点就离开临清，直奔官庄，以便抢占拍摄的制高点，拍取独特的镜头。他们这种敬业精神实在让我在心中佩服不已。

我们的车队转瞬就到了官庄。唐人诗：“近乡情更怯，不敢问来人。”原意大概是，当时没有近代的邮局，出门在外，与家人音信难通。天涯游子，一旦回家，家中的情况模糊不清。谁死？谁生？一概不明。走近家乡，忐忑不安，连迎面遇到的人也怯生生地不敢问上两句。我现在却大不相同了，家里的情况，我一清二楚，根本用不着什么“怯”。

实际上，也根本容不得我有什么“怯”。官庄是一个贫困僻远的小村，全村人口不足两千人。今天大概是倾家出动，也可能还有外村来看热闹的人。因此，我们的车一进村，就被人墙堵住，只好下车。只见万头攒动，人声鼎沸，我哪里还来得及“怯”呢？小学生排成了长队，站在两旁，手执小红旗，也学城里的样子，连声不断地高呼：“欢迎！欢迎！热烈欢迎！”红红的小脸蛋上溢满了欢乐、兴奋，还掺杂着一点儿惊异。虽然市或镇政府派来了许多军警来维持秩序，小学生的阵列还是不时被后面的观众冲破，于是我面前也挤满了人，挡住了去路。我心中又暗暗地发笑：我有什么可看的呢？不过是一个颓然秃顶白发的九旬老人而已。八十四年以前，当眼前这些小学生的老爷爷、老奶奶还活着的时候，也就是我六岁以前的时候，我曾在这个村里住过六年。当时家里极穷，长年吃不饱，穿不暖。在夏天里，我是赤条条一身无牵挂，根本不知道洗手洗脸为何事。中午时分，跳入小河沟，然后爬上来在黄土堆里滚上几滚，浑身沾满了黄土，再跳入沟中洗干净，就像在影片上看到的什么国家的大象一样。现在，隔了八十多年，那个小脏孩子又回来了，可是已经垂垂老矣。我感觉到，那个小脏孩是我，又不像是我。我有点儿发思古之幽情了。

然而，时间是异常紧迫的，幽情不容许我发得太久。有几个军警开路，我走进了义德的家。这本是我们家的旧址，义德改建、扩建，才成了现在这个格局，但究竟是什么样子，因为院子里挤满了人，我实在看不出来。我脑海里浮现的是八十多年前的样子：院子里有两棵高过房顶的大杏树，结的是酸杏，当年我的第一个老师——顺便说一句，我到现在也不知道，这个词儿是怎么来的，我那时的境况和年龄都不允许我念书的——马景恭先生常来摘杏吃。同村的一个男孩子，爬上房顶偷杏吃，不慎跌下来，摔断了腿，院前门旁还有一棵花椒树，而今都踪影不见了。这些回忆都是在一刹那间出现的，确实很甜美；但都已经如云如烟，又如海上三山，无限渺茫了。此时院子里人声嘈杂，拥拥挤挤，门框都有被挤断的危险。我只坐了几分钟，就被人扶出来，冲破重围，走出大门。我回头瞥见院内拴着一头大牛，好像还有一辆拖拉机。心里想：义德的小日子大概还过得颇为红火。

我们又坐上了汽车，在人海中驶向墓地。透过车窗看到成百的乡亲们在走捷径，想在我们前面赶到目的地。感谢义德和孟祥的精心安排，墓地上一切都已经准备就绪，有供品，有香烛，还有一挂鞭炮。大概还有别的东西，只觉得眼花缭乱，五光十色，一时难以看清了。这里共有两座坟墓，其中之一埋葬着我的祖父和祖母，两个人我都没有见过面。另一座埋葬着我的父母。我最关注的还是我母亲的坟。我一生不知道写过多少篇关于母亲的文章了，我也不知道有多少次在梦中同母亲见面了；但我在梦中看到的只是一个迷离的面影，因为母亲确切的模样我实在记不清了。今天我来到这里，母亲就在我眼前，只隔着一层不厚的黄土，然而却人天悬隔，永世不能见面了，我的眼泪夺眶而出，滴到了眼前的香烛上。我跪倒在母亲墓前，心中暗暗地说：“娘啊！这恐怕是你儿子今生最后一次来给你扫墓了。将来我要睡在你的身旁!”

我站了起来，用迷离模糊的泪眼环视四周。人来得更多了，仿佛比进庄时还要多，里三层，外三层，都瞪大了眼睛，看眼前这一幕“奇景”。各路电视台的人马当然更是不甘落后，个个摆好了架势，大拍特拍。我确实没有看到倪萍。但是我回北京以后不久，看到几个月前倪萍在中央电视台主持的“聊天”节目中我与她聊天的情景，结尾处却出现她在官庄采访老乡们的图像和我跪在母亲墓前的形象，显然是后加上去的。她大概也是在那一天黎明时分离开临清赶到官庄的。

我要离开母亲的墓地了，内心里思绪腾涌。何时再来？能否再来？都是未知数。人生至此，夫复何言！我向围观的成百上千的乡亲们招了招手，表示谢意，赶快钻进了汽车，于上午十点回到了临清，前后只用了两个小时。但是为母亲扫墓的这一幕将会永远永远地印在我的心中。

陆

人间真情

我和济南

——怀鞠思敏先生

说到我和济南，真有点不容易下笔。我六岁到济南，十九岁离开，一口气住了十三年之久，说句夸大点的话，济南的每一寸土地都会有我的足迹。现在时隔五十年，再让我来谈济南，真如古话所说的，一部十七史不知从何处说起了。

我想先谈一个人，一个我永世难忘的人，这就是鞠思敏先生。

我少无大志。小学毕业以后，不敢投考当时大名鼎鼎的一中，觉得自己只配入“破正谊”，或者“烂育英”。结果我考入了正谊中学，校长就是鞠思敏先生。

同在小学里一样，我在正谊也不是一个用功勤奋的学生。从年龄上来看，我是全班最小的之一。实际上也还是一个孩子。上课之余，多半是到校后面大明湖畔去钓蛙、捉虾。考试成绩还算可以，但是从来没有考过甲等第一名、第二名。对这种情况我根本就不放在心上。

但是鞠思敏先生却给了我极其深刻的印象。他个子魁梧，步履庄重，表情严肃却又可亲。他当时并不教课，只是在上朝会时，总是亲自对全校学生讲话。这种朝会可能是每周一次或者多次，我已经记不清楚。他讲的也无非是处世待人的道理，没有什么惊人之论。但是从他嘴里讲出来，那缓慢而低沉的声音，认真而诚恳的态度，真正打动了我们的心。以后在长达几十年中，我每每回忆这种朝会，每一回忆，心里就油然起幸福之感。

以后我考入山东大学附设高中，校址在北园白鹤庄，一个林木茂密，绿水环绕，荷池纵横的好地方。这时，鞠先生给我们上课了，他教的是伦理学，用的课本就是蔡元培的《中国伦理学史》。书中道理也都是人所共知的，但是从他嘴里讲出来，似乎就增加了分量，让人不得不相信，不得不去遵照执行。

鞠先生不是一个光会卖嘴皮子的人。他自己的一生就证明了他是一个言行一致、极富有民族气节的人。听说日本侵略者占领了济南以后，慕鞠先生大名，想方设法，劝他出来工作，以壮敌伪的声势。但鞠先生总是严加拒绝。后来生计非常困难，每天只能吃开水泡煎饼加上一点咸菜，这样来勉强度日，终于在忧患中郁郁逝世。他没有能看到祖国的光复，更没有能看到祖国的解放。对他来说，这是天大的憾事。我也在离开北园以后没有能再看到鞠先生，对我来说，这也是天大的憾事。这两件憾事都已成为铁一般的事实，我将为之抱恨终天了。

然而鞠先生的影像却将永远印在我的心中，时间愈久，反而愈显得鲜明。他那热爱青年的精神，热爱教育的毅力，热爱祖国的民族骨气，我们今天处于社会主义建设中的中国人民，不是还要认真去学习吗？我每次想到济南，必然会想到鞠先生。他自己未必知道，他有这样一个当年认识他时还是一个小孩子、而今已是皤然一翁的学生在内心里是这样崇敬他。我相信，我决不会是唯一的这样的人，在全济南，在全山东，在全中国还不知道有多少人怀有同我一样的感情。在我们这些人的心中，鞠先生将永远是不死的。

别稻香楼

——怀念小泓

我从来没有认为自己是一个多愁善感的人，何况现在已年逾古稀，悲欢离合的经历已经多到让人负担不起来的程度，小小的别离又怎能引起心潮腾涌呢？

然而事实却不是这个样子。

九天以前，当我初来稻香楼的时候，我是归心似箭，恨不能日子立刻就飞逝过去，好早早地离开这里。我决没有想到，仅仅九天之后，我的感情竟来了一个“根本对立”，我对这个地方产生了留恋之情，在临别前夕，竟有点难舍难分了。

稻香楼毕竟是非常迷人的地方。在一个四面环湖的小岛上，林木葱茏，翠竹参天，繁花似锦，香气氤氲。最令人心醉的是各种小鸟的鸣声。现在在北京，连从前招人厌恶的麻雀的叫声都不容易听到了。在合肥，在稻香楼，天将破晓时，却能够听到各种鸟的鸣声，我听到一种像画眉的叫声，最初却不敢相信，它真是画眉。因为在北方，画眉算是一种非常珍贵的鸟，养在非常考究的笼子里，主人要天天早晨手托鸟笼，出来遛鸟，眉宇间往往流露出似喜悦又骄矜的神气。在稻香楼的野林中如何能听到画眉的叫声呢？可是事实终归是事实。我每天早晨出来在林中湖畔散步的时候，亲眼看到成群的画眉在竹木深处飞翔，或在草丛里觅食，或在枝头引吭高歌，让我这个北方人眼为之明，心为之跳，大有耳目一新之感了。

说到散步，我在北京是不干这玩意儿的。来到稻香楼，美丽的自然景色挑逗着我的心灵，我在屋里待不住了。我在开会之余，仍然看书；在看书之余，我就散步。在散步之余，许多联想，许多回忆，就无端被勾起来了。

那边长的不是紫竹吗？我第一次看到紫竹，也是在安徽，但不是在合肥，而是在芜湖的铁山宾馆里。当时小泓还在我身边。第二次看到紫竹，是在西安丈八沟，当时是我一个人，我也曾想到小泓过。现在是第三次看到紫竹了，小泓已远在万里之外。一股浓烈的怀念之情蓦地涌上我的心头，我的心也飞到万里之外去了。我万万没有想到，小小的几竿紫竹竟无端勾引起我的思绪波动。

几年前我游黄山时，正当盛夏，久旱无雨。黄山那一些著名的瀑布都干涸了。著名的云海也基本上没有看到。只在北海看到了一点类似云海的白云，聊胜于无，差足自慰而已。有名的杜鹃花，因为时令不对，只看到一片片绿油油的叶子，花是一朵也没有看着。而现在呢，正是阳春三月，杜鹃花开满了黄山，开成了一片花海。据说，今年雨水充沛，所有的黄山瀑布都奔腾澎湃，“飞流直下三千尺”，“一条界破青山色”。有了雨，云海当然就不在话下。你试想一想：这样的瀑布，这样的云海，再衬托上满山遍野火焰似的杜鹃花，这是多么奇丽的景色啊？它对我会有多么大的吸引力啊？

然而我仍然决心不游黄山，原因要到我的感情深处去找。上一次游黄山时，有小泓在我身边。这孩子是我亲眼看他长大起来的。他性格内向，文静腼腆，我们之间很有类似之处，因此我就很喜欢他。那一次黄山之游，他紧紧地跟随着我。其他几个同他年龄差不多或者稍大一点的男孩子结成一伙，跳跃爬行，充分发挥了他们浑身用不完的青春活力。小泓却始终跟我在一起，爬到艰险处，用手扶我一下。他对黄山那些取名稀奇古怪的名胜记得惊人的清楚，我说错了，他就给我更正。在走向北海去的路上，有很长一段路，我们“前不见古人，后不见来者”，在原始大森林里，只有我们两人。林中静悄悄的，听自己说话的声音特别响亮。此情此景，终生难忘。回到温泉以后，有一天晚上，我和小泓坐在深谷边上的石栏杆上。这里人来人往，并不安静。然而由于灯光不太亮，看人只像一个个的影子，气氛因此显得幽静而神秘。“巫山秋夜萤火飞”，现在还正在夏天，也许因为山中清凉，我们头顶上已有萤火虫在飞翔，熠熠地闪着光，有时候伸手就可以抓到一只。深涧中水声潺潺，远处半山上流出了微弱的灯光。我仿佛是已经进入一个童话世界。此情此景，更是终生难忘了。

可是现在怎样了呢？现在只剩下我一个人，坐在稻香楼中。不管从别人口中听到的黄山景色是多么奇丽，多么动人，我仍然是游兴索然；我身边缺少一个小泓。直下三千尺的瀑布能代替小泓吗？不，不能。红似火的杜鹃花能代替小泓吗？不，不能。此时此刻，对我来说，小泓是无法代替的。我不愿意孤身一人，在黄山山中，瀑布声里，杜鹃花下，去吞寂寞的果实。这就是我不再游黄山的原因。

我同小泓游黄山时的一些情景，在当时，是异常平淡的，甚至连觉得平淡这种感觉都没有。然而，时隔数年，情况大变。现在我才知道，那样平淡的情景，在我一生中，也许仅仅只有一次。时过境迁，人们决不可能再回到过去；过去的时光也决不会再重现人们眼前。人的一生，不管寿限多么长，大概都是如此的吧。

我这种感觉，古往今来，除了麻木不仁的人以外，大概人人都有，写入诗文的也不少。我自知它并不新鲜，可是我现在仍要把它写下来，其中也并没有什么深奥的意义，不过如雪泥鸿爪，让它在自己回忆里留点痕迹而已。同时我也想借此提醒自己，眼前的每一分每一秒，不管是多么平淡无奇的每一分每一秒，都要珍惜，不要轻易放过。当然，珍惜决不能把时光挽留住。这是不可能的。我的意思只是，要有意识地、认真地、严肃地度过每一分每一秒，将来回忆时不至于像竹篮子打水一场空，要让大事小事都在自己的记忆里打下深刻的烙印，如此而已。

今天上午，由于一个偶然的机会，参观了几年前经过合肥时就想去参观的包公祠。对于这位铁面无私的包公，我一向是非常景仰的。但是，我这一次参观的收获却不在包公和包公祠本身，而是在大殿前院子里摆的那几盆杜鹃花。我不是听人说，黄山现在正是杜鹃花盛开的时候吗？在我内心深处，我不是非常渴望看一看黄山的杜鹃花吗？既然不想再去黄山，那渴望也就愈加激烈起来。我无论如何也没有想到，“踏破铁鞋无觅处，得来全不费工夫”，几盆——不知是否是从黄山移植来的？——杜鹃花，赫然怒放在我的眼前。它平息了我心里的那一股渴望，我仿佛在心灵中畅游了一次黄山。

今天下午，由于一个更加偶然的机会，我搬出了自己住的房间，无处可去，就来到湖边上我经常散步的地方，坐在石凳子上，把时间打发过去，好等晚上到车站去上车。“偷得浮生半日闲”，我近来常有这样的感叹。不意这半日竟于无意中得之，岂不快哉！我被迫坐在这幽静的湖边上，抬头看白鹭和画眉在树林中穿飞，耳中听到画眉嘹亮的鸣声；低头看到白鹭在湖上飞翔捕鱼；再低头就可以看到大大小小的蚂蚁在草丛中爬来爬去，匆匆忙忙地交头接耳，好像在张罗什么事情。偶尔一回头看，绿草丛中，红红地一闪，我拨开草叶，一颗颗草莓就出现在我眼前。我吃过草莓，但是像在《茵梦湖》中那样寻找野生草莓，我却没有干过。现在又于无意中得之，我只好再说一遍：“岂不快哉！”了。在兴奋之余，我拿出信纸，开始写这一篇文章，树木和竹子的影子在信纸上摇曳不定，我顾而乐之，心头漾起了从来没有过的新鲜又喜悦的感情。这地方，我今天早晨来过一趟，意思是同这里的湖水、树木、翠竹、红花告别。焉知今天下午竟又会来到这里，一坐就是几个小时。人世变幻，真难逆测啊！

从我上面写的这些东西来看，我的思绪是非常杂乱的。

但是，不管多么杂乱，小泓的面影总在我眼前晃动。这个孩子在那遥远的异域的一个城市里已经生活了将近两年了，不知道他现在怎样了。像他这样年龄的孩子，看前途如花似锦，不像我们老人这样容易怀念过去的事。我觉得，这现象是正常的。我们老年人应该时时提醒自己，无论如何不能成为年轻人前进路上的绊脚石、拦路虎，而应该为他们铺路搭桥，不管是否是自己的孩子，都应该一视同仁。于必要时，我们应该让他们踏在我们身上大跨步向前走去。我们的希望在于将来，我们的希望在孩子身上，这是丝毫无可怀疑的。不管出于什么原因，感情上的原因，事实上的原因，都不能改变我们的做法。

可是，我自己确实没有想到，在经历了那么多的悲欢离合之后，我的感情还这样脆弱，我还这样多愁善感。记得宋朝一个词人有两句词："悲欢离合总无情，一任阶前、点滴到天明。"我离这个境界还远得很哩，再继续努力修养吧！

别了，稻香楼！有朝一日，我还希望看到你。

三个小女孩

我生平有一桩往事：一些孩子无缘无故地喜欢我，爱我；我也无缘无故地喜欢这些孩子，爱这些孩子。如果我以糖果饼饵相诱，引得小孩子喜欢我，那是司空见惯，平平常常，根本算不上什么“怪事”。但是，对我来说，情况却绝对不是这样。我同这些孩子都是邂逅，都是第一次见面。我语不惊人，貌不压众，不过是普普通通，不修边幅，常常被人误认为是学校的老工人。这样一个人而能引起天真无邪、毫无功利目的、两三岁以至十一二岁的孩子的欢心，其中道理，我解释不通，我相信，也没有别人能解释通，包括赞天地之化育的哲学家们在内。

我说：这是一桩“怪事”，不是恰如其分吗？不说它是“怪事”，又能说它是什么呢？

大约在50年代，当时老祖和德华还没有搬到北京来。我暑假回济南探亲。我的家在南关佛山街。我们家住西屋和北屋，南屋住的是一家姓田的木匠。他有一儿二女，小女儿名叫华子，我们把这个小名又进一步变为爱称：“华华儿”。她大概只有两岁，路走不稳，走起来晃晃荡荡，两条小腿十分吃力，话也说不全。按辈分，她应该叫我“大爷”；但是华华还发不出两个字的音，她把“大爷”简化为“爷”。一见了我，就摇摇晃晃跑了过来，满嘴“爷”、“爷”不停地喊着。走到我跟前，一下子抱住了我的腿，仿佛有无限的乐趣。她妈喊她，她置之不理。勉强抱走，她就哭着奋力挣脱。有时候，我在北屋睡午觉，只觉得周围鸦雀无声，恬静幽雅。“北堂夏睡足”，一枕黄粱，猛一睁眼：一个小东西站在我的身旁，大气不出。一见我醒来，立即“爷”、“爷”叫个不停。不知道她已经等了多久了。我此时真是万感集心，连忙抱起小东西，连声叫着“华华儿”。有一次我出门办事，回来走到大门口，华华妈正把她抱在怀里。她说，她想试一试华华，看她怎么办。然而奇迹出现了：华华一看到我，立即用惊人的力量，从妈妈怀里挣脱出来，举起小手，要我抱她。她妈妈说，她早就想到有这种可能，但却没有想到华华挣脱的力量竟是这样惊人地大。大家都大笑不止，然而我却在笑中想流眼泪。有一年，老祖和德华来京小住，后来听同院的人说，在上着锁的西屋门前，天天有两个“小动物”在那里蹲守：一个是一只猫，一个是已经长到三四岁的华华。“遥怜小儿女，未解忆长安”，华华大概还不知道什么北京，不知道什么别离。天天去蹲守。她那天真稚嫩的心灵里，不知是什么滋味，望眼欲穿而不见伊人。她的失望，她的寂寞，大概她自己也说不出，只能意会而不能言传了。

上面是华华的故事。

下面再讲吴双的故事。

80年代的某一年，我应邀赴上海外国语大学去访问。我的学生吴永年教授十分热情地招待我。学校领导陪我参观，永年带了他的妻子和女儿吴双来见我。吴双大概有六七岁光景，是一个秀美、文静、伶俐的小女孩。我们是第一次见面，她最初还有点腼腆，叫了一声“爷爷”以后，低下头，不敢看我。但是，我们在校园中走了没有多久，她悄悄地走过来，挽住我的右臂，扶我走路，一直偎依在我的身旁，她爸爸妈妈都有点吃惊，有点不理解。我当然更是吃惊，更是不理解。一直等到我们参观完了图书馆和许多大楼，吴双总是寸步不离地挽住我的右臂，一直到我们不得不离开学校，不得不同吴双和她妈妈分手为止，吴双眼睛中流露出依恋又颇有一点凄凉的眼神。从此，我们就结成了相差六七十岁的忘年交。她用幼稚但却认真秀美的小字写信给我。我给永年写信，也总忘不了吴双。我始终不知道，我有什么地方值得这样一个聪明可爱的小女孩眷恋？

上面是吴双的故事。

现在轮到未未了。未未是一个十二岁的小女孩，姓贾，爸爸是延边大学出版社的社长，学国文出身，刚强，正直，干练，是一个决不会阿谀奉承的硬汉子。母亲王文宏，延边大学中文系副教授，性格与丈夫迥乎不同，多愁，善感，温柔，淳朴，感情充沛，用我的话来说，就是感情超过了需要。她不相信天底下还有坏人，却是个才女，写诗，写小说，在延边地区颇有点名气，研究的专业是美学，文艺理论与禅学，是一个极有前途的女青年学者。十年前，我在北大通过刘烜教授的介绍，认识了她。去年秋季她又以访问学者的名义重返北大，算是投到了我的门下。一年以来，学习十分勤奋。我对美学和禅学，虽然也看过一些书，并且有些想法和看法，写成了文章，但实际上是“野狐谈禅”，成不了正道的。蒙她不弃，从我受学，使得我经常觳觫不安，如芒刺在背。也许我那一些内行人决不会说的石破天惊的奇谈怪论，对她有了点用处？连这一点我也是没有自信的。

由于她母亲在北大学习，未未曾于寒假时来北大一次。她父亲也陪来了。第一次见面，我发现未未同别的年龄差不多的女孩不一样。面貌秀美，逗人喜爱；但却有点苍白。个子不矮，但却有点弱不禁风。不大说话，说话也是慢声细语。文宏说她是娇生惯养惯了，有点自我撒娇。但我看不像。总之，第一次见面，这个东北长白山下来的小女孩，对我成了个谜。我约了几位朋友，请她全家吃饭。吃饭的时候，她依然是少言寡语。但是，等到出门步行回北大时，却出现了出我意料的事情。我身居师座，兼又老迈，文宏便扶住我的左臂搀扶着我。说老实话，我虽老态龙钟，但却还不到非让人搀扶不行的地步；文宏这一番心意我却不能拒绝，索性倚老卖老，任她搀扶。倘若再递给我一个龙头拐杖，那就很有点旧戏台上佘太君或者国画大师齐白石的派头了。然而，正当我在心中暗暗觉得好笑的时候，未未却一步抢上前来，抓住了我的右臂来搀扶住我，并且示意她母亲放松抓我左臂的手，仿佛搀扶我是她的专利，不许别人插手。她这一举动，我确实没有想到。然而，事情既然发生——由它去吧！

过了不久，未未就回到了延吉。适逢今年是我八十五岁生日，文宏在北大虽已结业，却专门留下来为我祝寿。她把丈夫和女儿都请到北京来，同一些在我身边工作了多年的朋友，为我设寿宴。最后一天，出于玉洁的建议，我们一起共有十六人之多，来到了圆明园。圆明园我早就熟悉，六七十年前，当我还在清华大学读书的时候，晚饭后，常常同几个同学步行到圆明园来散步。此时圆明园已破落不堪，满园野草丛生，狐鼠出没，“西风残照，清家废宫”，我指的是西洋楼遗址。当年何等辉煌，而今只剩下几个汉白玉雕成的古希腊式的宫门，也都已残缺不全。“牧童打碎了龙碑帽”，虽然不见得真有牧童，然而情景之凄凉、寂寞，恐怕与当年的明故宫也差不多了。我们当时还都很年轻，不大容易发思古之幽情，不过爱其地方幽静，来散散步而已。

建国后，北大移来燕园，我住的楼房，仅与圆明园有一条马路之隔。登上楼旁小山，遥望圆明园之一角绿树蓊郁，时涉遐想。今天竟然身临其境，早已面目全非，让我连连吃惊，仿佛美国作家 Washington Irving 笔下的 Rip Van Winkle，“山中方七日，世上几千年”，等他回到家乡的时候，连自己的曾孙都成了老爷爷，没有人认识他了。现在我已不认识圆明园了，圆明园当然也不会认识我。园内游人摩肩接踵，多如过江之鲫。而商人们又竞奇斗妍，各出奇招，想出了种种的门道，使得游人如痴如醉。我们当然也不会例外，痛痛快快地畅游了半天，福海泛舟，饭店盛宴。我的“西洋楼”却如蓬莱三山，不知隐藏在何方了？

第二天是文宏全家回延吉的日子。一大早，文宏就带了未未来向我辞行。我上面已经说到，文宏是感情极为充沛的人，虽是暂时别离，她恐怕也会受不了。小肖为此曾在事前建议过：临别时，谁也不许流眼泪。在许多人心目中，我是一个怪人，对人呆板冷漠，但是，真正了解我的人却给我送了一个绰号：“铁皮暖瓶”，外面冰冷而内心极热。我自己觉得，这个比喻道出了一部分真理，但是，我现在已届望九之年，我走过阳关大道，也走过独木小桥，天使和撒旦都对我垂青过。一生磨炼，已把我磨成了一个“世故老人”，于必要时，我能够运用一个世故老人的禅定之力，把自己的感情控制住。年轻人，道行不高的人，恐怕难以做到这一点的。

现在，未未和她妈妈就坐在我的眼前。我口中念念有词，调动我的定力来拴住自己的感情，满面含笑，大讲苏东坡的词：“人有悲欢离合，月有阴晴圆缺，此事古难全。”又引用俗语：“千里搭凉棚，没有不散的筵席。”自谓“口若悬河泻水，滔滔不绝”，然而，言者谆谆，而听者藐藐。文宏大概为了遵守对小肖的诺言，泪珠只停留在眼眶中，间或也滴下两滴。而未未却不懂什么诺言，也不会有什么定力，坐在床边上，一语不发，泪珠仿佛断了线似地流个不停。我那八十多年的定力有点动摇了，我心里有点发慌。连忙强打精神，含泪微笑，送她母女出门。一走上门前的路，未未好像再也忍不住了，一把抓住了我的胳臂，伏在我怀里，哭了起来。热泪透过了我的衬衣，透过了我的皮肤，热意一直滴到我的心头。我忍住眼泪，捧起未未的脸，说：“好孩子！不要难过！我们还会见面的！”未未说：“爷爷！我会给你写信的！”我此时的心情，连才尚未尽的江郎也是写不出来的。

他那名垂千古的《别赋》中，就找不到对类似我现在的心情的描绘。何况我这样本来无才可尽的俗人呢？我挽着未未的胳臂，送她们母女过了楼西曲径通幽的小桥。又忽然临时顿悟：唐朝人送别有灞桥折柳的故事。我连忙走到湖边，从一棵垂柳上折下了一条柳枝，递到文宏手中。我一直看她母女俩折过小山，向我招手，直等到连消逝的背影也看不到的时候，才慢慢地走回家来。此时，我再不需要我那劳什子定力，索性让眼泪流个痛快。

三个女孩的故事就讲完了。

还不到两岁的华华为什么对我有这样深的感情，我百思不得其解。

五六岁第一次见面的吴双，为什么对我有这样深的感情，我千思不得其解。

十二岁的下学期才上初中的未未，为什么对我有这样深的感情，我万思不得其解。

然而这都是事实，我没有半个字的虚构。我一生能遇到这样三个小女孩，就算是不虚此生了。

到了今天，华华已经超过四十岁。按正常的生活秩序，她早应该“绿叶成荫”了，不知道她是否还记得我这“爷”？

吴双恐怕大学已经毕业了，因为我同她父亲始终有联系，她一定还会记得我这样一位“北京爷爷”的。

至于未未，我们离别才几天。我相信，她会遵守自己的诺言给我写信的。而且她父亲常来北京，她母亲也有可能再到北京学习、进修。我们这一次分别，仅仅不过是为下一次会面创造条件而已。

像奇迹一般，在八十多年内，我遇到了这样三个小女孩，是我平生一大乐事，一桩怪事，但是人们常说，普天之下，没有无缘无故的爱。可是我这“缘”何在？我这“故”又何在呢？佛家讲因缘，我们老百姓讲“缘分”。虽然我不信佛，从来也不迷信，但是我却只能相信“缘分”了。在我走到那个长满了野百合花的地方之前，这三个同我有着说不出是怎样来的缘分的小姑娘，将永远留在我的记忆中，保留一点甜美，保留一点幸福，给我孤寂的晚年涂上点有活力的色彩。

塔什干的一个男孩子

塔什干毕竟是一个好地方。按时令来说，当我们到了这里的时候，已经是秋天，淡红淡黄斑驳陆离的色彩早已涂满了祖国北方的山林；然而这里还到处盛开着玫瑰花，而且还不是一般的玫瑰花——有的枝干高得像小树，花朵大得像芍药、牡丹。

我就在这样的玫瑰花丛旁边认识了一个男孩子。

我们从城外的别墅来到市内，最初并没有注意到这一个小男孩。在一个很大的广场里，一边是纳瓦依大剧院，一边是为了招待参加亚非作家会议各国代表而新建的富有民族风味的塔什干旅馆，热情的塔什干人民在这里聚集成堆，男女老少都有。在这样一堆堆的人群里，一个普普通通的小孩子怎么能引起我们的注意呢？

但是，正当我们站在汽车旁边东张西望的时候，忽然听到细声细气的儿童的声音，说的是一句英语："您会说英国话吗？"我低头一看，才看到一个十二三岁的小男孩。他穿了一件又灰又黄带着条纹的上衣，头发金黄色，脸上稀稀落落有几点雀斑，两只蓝色的大眼睛一闪忽一闪忽的。

这个小孩子实在很可爱，看样子很天真，但又似乎懂得很多的东西。虽然是个男孩，却又有点像女孩，羞羞答答，欲进又退，欲说又止。

我就跟他闲谈起来。他只能说极简单的几句英国话，但是也能把自己的意思表达出来。他告诉我，他的英文是在当地的小学里学的，才学了不久。他有一个通信的中国小朋友，是在广州。他的中国小朋友曾寄给他一个什么纪念章，现在就挂在他的内衣上。说着他就把上衣掀了一下。我看到他内衣上的确别着一个圆圆的东西。但是，还没有等我看仔细，他已经把上衣放下来了。仿佛那一个圆圆的东西是一个无价之宝，多看上两眼，就能看掉一块似的。我可以很清楚地看到，这一个看来极其平常的中国徽章在他的心灵里占着多么重要的地位；也可以看到，中国和他的那一个中国小朋友，在他的心灵里占着多么重要的地位。

我同这一个塔什干的男孩子第一次见面，从头到尾，总共不到五分钟。

跟着来的是极其紧张的日子。

在白天，上午和下午都在纳瓦依大剧院里开会。代表们用各种不同的语言发言，愤怒控诉殖民主义的罪恶。我的感情也随着他们的感情而激动，而昂扬。

一天下午，我们正走出塔什干旅馆，准备到对面的纳瓦依大剧院里去开会。同往常一样，热情好客的塔什干人民，又拥挤在这一个大广场里，手里拿着笔记本，或者只是几张白纸，请各国代表签名。他们排成两列纵队，从塔什干旅馆起，几乎一直接到纳瓦依大剧院，说说笑笑，像过年过节一样。整个广场成了一个欢乐的海洋。

我陷入夹道的人堆里，加快脚步，想赶快冲出重围。

但是，冷不防，有什么人从人丛里冲了出来，一下子就把我抱住了。我吃了一惊，定神一看，眼前站着的就是那一个我几乎已经完全忘记了的小男孩。

也许上次几分钟的见面就足以使得他把我看作熟人。总之，他那种胆怯羞涩的神情现在完全没有了。他拉住我的两只手，满脸都是笑容，仿佛遇到了一个多年未见十分想念的朋友和亲人。

我对这一次的不期而遇也十分高兴。我在心里责备自己："这样一个小孩子我怎么竟会忘掉了呢?"但是，还有人等着我一块走，我没有法子跟他多说话，在又惊又喜的情况下，一时也想不起说什么话好。他告诉我："后天，塔什干的红领巾要到大会上去献花，我也参加。"我就对他说："那好极了。我们在那里见面吧!"

我倒是真想在那一天看到他的。第二次的见面，时间比第一次还要短，大概只有两三分钟。但是我却真正爱上了这一个热爱中国热爱中国人民的小孩子。我心里想：第一次见面是不期而遇，我没有能够带给他什么东西当作纪念品。第二次见面又是不期而遇，我又没有能够带给他什么东西当作纪念品。我心里十分不安，仿佛缺少了什么东西，有点惭愧的感觉。

跟着来的仍然是极其紧张的日子。

大会开到了高潮，事情就更多了。但是，我同那个小孩子这一次见面以后，我的心情同第一次见面后完全不同了。不管我是多么忙，也不管我在什么地方，我的思想里总常常有这个小孩子的影子。它几乎霸占住我整个的心。我把所有的希望都寄托在他要到大会上去献花的那一天上。

那一天终于来到了。气氛本来就非常热烈的大会会场，现在更热烈了。成千成百的男女红领巾分三路涌进会场的时候，全场响起了雷鸣般的掌声。一队红领巾走上主席台给主席团献花。这一队红领巾里面，男孩女孩都有。最小的也不过五六岁，还没有主席台上的桌子高；但也站在那里，很庄严地朗诵诗歌；头上缠着的红绿绸子的蝴蝶结在轻轻地摆动着。主席台上坐着来自三四十个国家的代表团的团长，他们的语言不同，皮肤颜色不同，宗教信仰不同，社会制度不同；但是现在都一齐站起来，同小孩子握手拥抱，有的把小孩子高高地举起来，或者紧紧地抱在怀里。对全世界来说，这是一个极有意义的象征，它象征着全世界爱好和平的人们的大团结。我注意到有许多代表感动得眼里含着泪花。

我也非常感动。但是我心里还记挂着一件事情：我要发现那一个塔什干的男孩。我特意带来了一张丝织的毛主席像，想送给他，好让他大大地高兴一次。我到处找他，挨个看过去，看了一遍又一遍。这些男孩的衣服都一样；女孩子穿着短裙子，男女小孩还可以分辨出来；但是，如果想在男小孩中间分辨出哪个是哪个，那就十分困难了。我看来看去，眼睛都看花了。我眼前仿佛成了一片红领巾和红绿蝴蝶结的海洋，我只觉得五彩缤纷，绚丽夺目。可是要想在这一片海洋里捞什么东西，却毫无希望了。一直等到这一大群孩子排着队退出会场，那一张有着金黄色的头发、上面长着两只圆而大的眼睛和稀稀落落的雀斑的脸，却无论如何也没有找到。

我真是从内心深处感到失望。但是我却是一点办法都没有。只怪我自己疏忽大意，既没有打听那一个男孩的名字，也没有打听他的住处、他的学校和班级。当我们第二次见面，他告诉我要来献花的时候，我丝毫也没有想到，我们竟会见不到面。现在想打听，也无从打听起了。

会议眼看就要结束了。一结束，我们就要离开这里。我一想到这一点，心里就焦急不堪。但是我也并没有完全放弃了希望。每一次走过广场的时候，我都特别注意向四下里看，我暗暗地想：也许会像我们第二次见面那样，那个男孩子会蓦地从人丛中跳出来，两只手抱住我的腰。

但是结果却仍然是失望。

会议终于结束了。第二天我们就要暂时离开这里，到哈萨克斯坦的首都阿拉木图去做五天的访问。在这一天的黄昏，我特意到广场上去散步，目的就是寻找那一个男孩子。

我走到一个书亭附近去，看到台子上摆满了书。亚非各国作家作品的俄文和乌兹别克文译本特别多，特别引人注目。有许多人挤在那里买书。我在那里站了一会，想在拥挤的人堆里发现那个男孩子。

我走到大喷水池旁。这是一个大而圆的池子，中间竖着一排喷水的石柱。这时候，所有的喷水管都一齐开放，水像发怒似的往外喷，一直喷到两三丈高，然后再落下来，落到墨绿的水池子里去。喷水柱里面装着红绿电灯，灯光从白练似的水流里面透了出来，红红绿绿，变幻不定，活像天空里的彩虹。水花溅在黑色的水面上，翻涌起一颗颗的珍珠。

我喜欢这一个喷水池，我在这里站了很久。但是我却无心欣赏这些红红绿绿的彩虹和一颗颗的白色珍珠；我是希望能够在这里找到那一个小孩子的。

我走到广场两旁的玫瑰花丛里去，这也是我特别喜欢的地方。这里的玫瑰花又高又大又多，简直数不清有多少棵。人走进去，就仿佛走进了一片矮小的树林子。在黄昏的微光中，碗口大的花朵颜色有点暗淡了，分不清哪一朵是黄的，哪一朵是红的，哪一朵又是红里透紫的。但是，芬芳的香气却比白天阳光普照下还要浓烈。我绕着玫瑰花丛走了几周，不管玫瑰花的香气是多么浓烈，我却仍然是醉翁之意不在酒，我是来寻找那一个男孩子的。

我当时就想到，我这种做法实在很可笑，哪里就会那样凑巧呢？但是我又不愿意承认我这种举动毫无意义。天底下凑巧的事情不是很多很多的吗？我为什么就一定遇不到这样的事情呢？我决不放弃这万一的希望。

但是，结果并不像想象的那样，我到处找来找去，终于怀着一颗失望的心走回旅馆去。

第二天，天还没有明，我们就乘飞机到阿拉木图去了。在这个美丽的山城里访问了五天之后，又在一天的下午飞回塔什干来。

我们这一次回来，只能算是过路，第二天天一亮，我们就要离开这里了。这一次离开同上一次不一样，这是真正的离开。

这一次我心里真正有点急了。

吃过晚饭，我又走到广场上去。我走近书亭，上面写着人名书名的木牌还立在那里。我走过喷水池，白练似的流水照旧泛出了红红绿绿的光彩。我走过玫瑰花丛，玫瑰在寂寞地散放着浓烈的香气。我到处徘徊流连，我是怀着满腔依依难舍的心情，到这里来同塔什干和塔什干人民告别的。

实在出我意料，当我走回旅馆的时候，我从远处看到旅馆门口有几个小男孩挤在那里，向里面探头探脑。我刚走上台阶，一个小孩子一转身，突然扑到我的身边来：这正是我已经寻找了许久而没有找到的那一个男孩。这一次的见面带给他的喜悦，不但远非第一次见面时的喜悦可比，也决非第二次见面时他的喜悦可比。他紧紧地抓住我的双手，双脚都在跳；松了我的手，又抱住我的腰，脸上兴奋得一片红，连气都喘不上来了。

他断断续续地告诉我，他是来找我的，过去五天，他天天都来。

“你怎么知道我还在这里呢?”

“我猜您还在这里。”

“别的代表都已经走了，你这猜想未免太大胆了。”

“一点也不大胆，我现在不是找到您了吗?”

我大笑起来，不得不承认他是对的。

这是一次在濒于绝望中的意外的会见。中国旧小说里有两句话：“踏破铁鞋无觅处，得来全不费功夫。”并不能写出我当时的全部心情。“蓦然回首，那人却在，灯火阑珊处”，也只能描绘出我的心情的一小部分。我从来不相信世界上会有什么奇迹；现在我却感觉到，世界上毕竟是有奇迹的，虽然我对这一个名词的理解同许多人都不一样。

我当时十分兴奋，甚至有点慌张。我说了声：“你在这里等我，不要走！”就跑进旅馆，连电梯也来不及上，飞快地爬上五层楼，把我早已经准备好了的礼物拿下来，又跑到餐厅里找中国同志要毛主席纪念章，然后匆匆忙忙地跑出去。我送给那一个男孩子一张织着天安门的杭州织锦和一枚毛主席像的纪念章，我亲手给他别在衣襟上。同他在一块的三四个男孩子，我也在每个人的衣襟上别了一枚毛主席像的纪念章。这一些孩子简直像一群小老虎，一下子扑到我身上来，搂住我的脖子，在我脸上使劲地亲吻。在惊惶失措中，我清清楚楚地听到清脆的吻声。

我现在再不能放过机会了，我要问一下他的姓名和住址。他就在我的笔记本上写了：谢尼亚·黎维斯坦。我们认识了也好多天了，在这临别的一刹那，我才知道了他的名字。我叫了他一声：“谢尼亚！”心里有说不出的感觉。只写了姓名和地址，他似乎还不满意，他又在后面加上了几句话：

我永远也不会忘记您，亲爱的季羡林！希望您以后再回到塔什干来。再见吧，从遥远的中国来的朋友！

谢尼亚

有人在里面喊我，我不得不同谢尼亚和他的小朋友们告别了。

因为过于兴奋，过于高兴，我在塔什干最后的一夜又是一个失眠之夜。我翻来覆去地想到这一次奇迹似的会见。这一次会见虽然时间仍然不长，但是却很有意义。在我这方面，我得到机会问清楚这个小孩子的姓名和地址，以便以后联系；不然的话，他就像是一滴雨水落在大海里，永远不会再找到了。在小孩子方面，他找到了我，在他那充满了对中国的热爱的小小的心灵里，也不会永远感到缺了什么东西。这十几分钟会见的意义是无法用言语表达的。

想来想去，无论如何再也睡不着。我站起来，拉开窗幔：对面纳瓦依大剧院的霓虹灯还在闪闪发光。广场上只有稀稀落落的几个人影。那一丛丛的玫瑰花的确是看不清楚了；但是，根据方向，我依然能够知道它们在什么地方；我也知道，在黑暗中，它们仍然在散发着芬芳浓烈的香气。

Wala

总有一个女孩子的面影飘动在我的眼前：淡红的双腮，圆圆的大眼睛。这面影对我这样熟悉，却又这样生疏。每次当它浮起来的时候，我一点也不去理会，它只是这么摇摇曳曳地在我眼前浮动一会，蓦地又暗淡下去，终于消逝到不知什么地方去了。我的记忆也自然会随了这消逝去的影子追上去，一直追到六年前的波兰车上。

也是同现在一样的夏末秋初的天气，我在赤都游了一整天以后，脑海里装满了红红绿绿的花坛的影像，走上波德通车。我们七个中国同学占据了一个车厢，谈笑得颇为热闹。大概快到华沙了吧，车里渐渐暗了下来，这时忽然走进一个年轻的女孩子来。我只觉得有一个秀挺的身影在我眼前一闪，还没等我细看的时候，她已经坐在我的对面。我的地理知识本来不高明。在国内的时候，对波兰我就不大清楚，对波兰的女孩子更模糊成一团。后来读到一位先生游波兰描写波兰女孩子的诗，当时的印象似乎很深，但不久就渐渐淡了下来，终于连一点痕迹都没有了。然而现在自己竟到了波兰，而且对面就坐了一个美丽的波兰女孩子：淡红的双腮，圆圆的大眼睛。

倘若在国内的话，七个男人同一个孤身的女孩子坐在一起，我们即使再道学，恐怕也会说一两句带着暗示的话，让女孩子红上一阵脸，我们好来欣赏娇羞含怒然而却又带笑的态度。然而现在却轮到我们红脸了。女孩子坦然地坐在那里，脸上挂着一丝微笑，把我们七个异邦的青年男子轮流看了一遍，似乎想要说话的样子。但我们都仿佛变成在老师跟前背不出书来的小学生，低了头，没有一个人敢说些什么。终于还是女孩子先开了口。她大概知道我们不能说波兰话，只用德文问我们会说哪一国的话。我们七个中有一半没学过德文。我自己虽然学过，但也只是书本子里的东西。现在既然有人问到了，也只好勉强回答说自己会说德文。谈话也就开始了，而且还是愈来愈热闹。我们真觉得语言的功用有时候并不怎样大，静默或其他别的动作还能表达更多更复杂更深刻的思想。当时我们当然不能长篇大论地叙述什么，有的时候竟连意思都表达不出来，这时我们便相对一笑，在这一笑里，我们似乎互相了解了更多更深的东西。刚才她走进来的时候，先很小心地把一个坐垫放在座位上，然后坐下去。经过了也不知道多少时候，我蓦地发现这坐垫已经移到一位中国同学的身子下面去；然而他们两个人都没注意到，当时热闹的情形也可以想见了。

在满洲里的时候，我们曾经买了几瓶啤酒似的东西。一路上，每到一个大车站，我们就下去用铁壶提开水来喝，这几瓶东西却始终珍惜着没有打开。现在却仿佛蓦地有一个默契流过我们每个人的心中，一位同学匆匆忙忙地找出来了一瓶打开，没有问别人，其余的人也都兴高采烈地帮忙找杯子，没有一个人有半点反对的意思。不用说，我们第一杯是捧给这位美丽的女孩子的。她用手接了，先不喝，问我这是什么。我本来不很知道这究竟是什么，反正不过是酒一类的东西，而且我脑子里关于这方面的德文字也就只有一个酒字，就顺口回答说："是酒。"她于是喝了一口，立刻抬起眼含着笑仿佛谴责似的问着我说："你说是酒?"这双眼睛这样大，这样亮，又这样圆，再加上玫瑰花似的微笑，这一切深深地压住了我的心，我本来没有意思辩解，现在更没话可说，其实也不能说什么话了。她没有再说什么，拿出她自己带来的饼干分给我们吃。我们又吃又喝，忘记了现在是在火车上，是在异域；忘记了我们是初相识的异国的青年男女，根本忘记了我们自己，忘记了一切。她皮包里带着许多相片，她一张一张地拿给我们看。我们也把我们身边带的书籍画片，甚至连我们的毕业证书都找出来给她看。小小的车厢里充满了融融的欣悦。一位同学忽然问她叫什么名字，她立刻毫不忸怩地把自己的名字写在我们的簿子上：Wala，一个多么美妙令人一听就神往的名字!

大概将近半夜了吧，我走到另外一个车厢里想去找一个地方睡一会。终于在一个角落里找到一个位子。对面坐了一位大鼻子的中年人。才一出国，看到满车外国人，已经有点觉得生疏；再看了他这大鼻子，仿佛自己已经走进了一个童话的国土里来，有说不出的感觉。这大鼻子仿佛有魔力，把我的眼睛吸住，我非看不行。我敢发誓，我一生还没有看到这样大的鼻子。他耳朵上又罩上了无线电收音机，衬上这生在脸正中的一块大肉，这一切合起来凑成一幅奇异的图案画，看了我再也忍不住笑起来。但他偏又高兴同我说话，说着破碎的英语，一手指着自己的头，一手指着远处坐着的Wala，头摇了两摇，奇异的图案画上浮起一丝鄙夷微笑。我抬起头来看了看 Wala，才发现她头上戴了一顶红红绿绿的小帽子。刚才我竟没有注意到，我的全部精神都让她的淡红的双腮同圆圆的大眼睛吸住了。现在忽然发现她头上的小帽子，只觉得更增加了她的妩媚。一直到现在我还不明白，这位中年人为何讨厌这一顶同她的秀美的面孔相得益彰的小帽子。

我现在已经忆不起来，我们是怎样分的手。大概是我们，至少是我，坐着蒙蒙眬眬地睡了会，其间 Wala 就下了车。我当时醒了后确曾觉得非常值得惋惜，我们竟连一声再会都没能说，这美丽的女孩子就像神龙似的去了。我仿佛看了一个夏夜的流星。但后来自己到了德国，蓦地投到一个新的环境里去，整天让工作压得不能喘一口气。以前在国内的时候，无论是做学生，是教书，尽有余裕的时间让自己的幻想出去飞一飞，上至青天，下至黄泉，到种种奇幻的世界里去翱翔，想到许多荒唐的事情，摹绘给自己种种金色的幻影，然后再回到这个世界里来。现在每天对着自己的全是死板板的现实，自己再没有余裕把幻想放出去，Wala 的影子似乎已经从我的记忆里消逝了去，我再也想不到她了。这样就过去了六个年头。

前两天，一个细雨萧索的初秋的晚上，一位中国同学到我家里来闲谈。谈到附近一个菜园子里新近来了一个波兰女孩子在工作。这女孩子很年轻，长得又非常美丽，父母都很有钱。在波兰刚中学毕业，正要准备进大学的时候，德国军队冲进波兰。在听过几天飞机大炮以后，于是就来了大恐怖，到处是残暴与血光。在风声鹤唳的情况里过了一年，正在庆幸着自己还能活下去的时候，又被希特勒手下的穿黑衣服的两足走兽强迫装进一辆火车里运到德国来，终于被派到哥廷根来，在这个菜园子里做下女。她天天做着牛马的工作，受着牛马的待遇，一生还没有做过这样的苦工。出门的时候，衣襟上还要挂上一个绣着P字的黄布，表示她是波兰人，让德国人随时都能注意她的行动；而且也只能白天出门，晚上出去捉起来立刻入监狱。电影院戏院一类娱乐的地方是不许她去的。衣服票鞋票当然领不到，衣服鞋破了也只好将就着穿，所以她这样一个年轻又美丽的女孩子，衣服是破烂不堪的，脚下穿的又是木头鞋。工资少到令人吃惊。回家的希望简直更渺茫，只有天知道，她什么时候能再见到她的故乡，她的父母！我的朋友也不由得叹了一口气。

我的眼前电火似的一闪，立刻浮起Wala的面影，难道这个女孩子就是Wala么？但立刻我又自己否认，这不会是她的，天下不会有这样凑巧的事情。然而立刻又想到，这女孩子说不定就是Wala，而且非是她不行；命运是非常古怪的，它有时候会安排下出人意料的事情。就这样，我的脑海里纷乱成一团，躺下无论如何也睡不着，伏在枕上听窗外雨声滴着落叶，一直到不知什么时候。

第二天早晨起来，到研究所去的时候，我就绕路到那菜园子去。这里我以前本来是常走的，一切我都很熟悉。但今天我看到这绿绿的菜畦，黄了叶子的苹果树，中间一座两层的小楼，我的眼前发亮，一切都蓦地对我生疏起来，我仿佛第一次看到这许多东西，我简直失了神似的，觉得以前菜畦没有这样绿，苹果树的叶子也没有黄过，中间并没有这样一座小楼。但现在却清清楚楚地看到眼前有这样一座楼，小小的红窗子就对着黄了叶子的苹果林，小巧得古怪又可爱。我注视这窗口，每一刹那我都盼望着，蓦地会有一个女孩子的头探出来，而且这就是 Wala。在黄了叶子的苹果树下面，我也每一刹那都在盼望着，蓦地会有一个秀挺的少女的身影出现，而且这也就是 Wala。但我什么也没看到。我带了一颗失望的心走到研究所，工作当然做不下去。黄昏回家的时候，我又绕路从这菜园子旁边走过，我直觉地觉得反正在离我住的地方不远的小楼里有一个 Wala 在；但我却没有一点愿望再看这小楼，再注视这窗口，只匆匆走过去，仿佛是一个被检阅的兵士。

以后，我每天要绕路到那菜园子附近去走上两趟。我什么也没看到，而且我也不希望看到什么，因为我现在已经知道，这女孩子不会是 Wala 了。不看到，自己心里终究有一个极渺茫极不成希望的希望：说不定她就真是 Wala。怀了这渺茫的希望，回到家来，每当夜深人静的时候，就把幻想放出去，到种种奇幻的世界里去翱翔，想到许多荒唐的事情，给自己摹描种种金色的幻影。这幻想会自然而然地把我带到六年前的波兰车上。我瞪大了眼睛向眼前的空虚处看去，也自然而然地有一个这样熟悉而又这样生疏的女孩子的面影摇摇曳曳地浮现起来：淡红的双腮，圆圆的大眼睛。

我每次想到的就是这似乎平淡然而却又很深刻的诗句："同是天涯沦落人"。因为，我已经再不怀疑，即使这女孩子不是 Wala，但 Wala 的命运也不会同这女孩子的有什么区别，或者还更坏。她也一定是在看过残暴与血光以后，被另外一个希特勒手下的穿黑衣服的两足走兽强迫装进一辆火车里拖到德国来，在另一块德国土地上，做着牛马的工作，受着牛马的待遇，出门的时候也同样要挂上一个 F 字黄牌，同样不能看到她的父母，她的故乡。但我自己的命运又有什么两样呢？不正有另一群兽类在千山万山外自己的故乡里散布残暴与火光吗？故乡的人们也同样做着牛马的工作，受着牛马的待遇，自己也同样不能见到自己的家属，自己的故乡。"同是天涯沦落人"，但是我们连"相逢"的机会都没有，我真希望我们这曾经一度"相识"者能够相对流一点泪，互相给一点安慰。但是，即使她现在有泪，也只好一个人独洒了，她又到什么地方能找到我呢？有时候，我曾经觉得世界小过，小到令人连呼吸都不自由；但现在我却觉得世界真正太大了。在茫茫的人海里，找寻她，不正像在大海里找寻一粒芥子么？我们大概终不能再会面了。

我的女房东

我在上面已经多次谈到我的女房东欧朴尔太太。

我在这里还要再集中来谈。

我不能不谈她。

我们共同生活了整整十年，共过安乐，也共过患难。在这漫长的时间内，她为我操了不知多少心，她确实像自己的母亲一样。回忆起她来，就像回忆一个甜美的梦。

她是一个平平常常的德国妇女。我初到的时候，她大概已有五十岁了，比我大二十五六岁。她没有多少惹人注意的特点，相貌平平常常，衣着平平常常，谈吐平平常常，爱好平平常常，总之是一个非常平常的人。

然而，同她相处的时间越久，便越觉得她在平常中有不平常的地方：她老实，她诚恳，她善良，她和蔼，她不会吹嘘，她不会撒谎。她也有一些小小的偏见与固执，但这些也都是平平常常的，没有什么越轨的地方；这只能增加她的人情味，而决不能相反。同她相处，不必费心机，设堤防，一切都自自然然，使人如处和暖的春风中。

她的生活是十分单调的，平凡的。她的天地实际上就只有她的家庭。中国有一句话说：妇女围着锅台转。德国没有什么锅台，只有煤气灶或电气灶。我的女房东也就是围着这样的灶转。每天一起床，先做早点，给她丈夫一份，给我一份。然后就是无尽无休地擦地板，擦楼道，擦大门外面马路旁边的人行道。地板和楼道天天打蜡，打磨得油光锃亮。楼门外的人行道，不光是扫，而且是用肥皂水洗。人坐在地上，决不会沾上半点尘土。德国人爱清洁，闻名全球。德文里面有一个词儿 putzteufel，指打扫房间的洁癖，或有这种洁癖的女人。teufel 的意思是“魔鬼”，putz 的意思是“打扫”。别的语言中好像没有完全相当的字。我看，我的女房东，同许多德国妇女一样，就是一个不折不扣“清扫魔鬼”。

我在生活方面所有的需要，她一手包下来了。德国人生活习惯同中国人不同。早晨起床后，吃早点，然后去上班；十一点左右，吃自己带去的一片黄油夹香肠或奶酪的面包；下午一点左右吃午饭。这是一天的主餐，吃的都是热汤热菜，主食是土豆。下午四点左右，喝一次茶，吃点饼干之类的东西。晚上七时左右吃晚饭，泡一壶茶或者咖啡，吃凉面包，香肠，火腿，干奶酪等等。我是一个年轻的穷学生，一无时间，二无钱来摆这个谱儿。我还是中国老习惯，一日三餐。早点在家里吃，一壶茶，两片面包。午饭在外面馆子里或学生食堂里吃，都是热东西。晚上回家，女房东把他们中午吃的热餐给我留下一份。因此，我的晚餐也都是热汤热菜，同德国人不一样，这基本上是中国办法。这都是女房东在了解了中国人的吃饭习惯之后精心安排的。我每天在研究所里工作了一整天之后，回到家来，能够吃上一顿热乎乎的晚饭，心里当然是美滋滋的。对女房东这一番情意，我是由衷的感激的。

晚饭以后，我就在家里工作。到了晚上十点左右，女房东进屋来，把我的被子铺好，把被罩拿下来，放到沙发上。这工作其实是非常简单的，我自己尽可以做。但是，女房东却非做不可，当年她儿子住这一间屋子时，她就是天天这样做的。铺好床以后，她就站在那里，同我闲聊。她把一天的经历，原原本本，详详细细，都向我“汇报”。她见了什么人，买了什么东西，碰到了什么事情，到过什么地方，一一细说，有时还绘声绘形，说得眉飞色舞。我无话可答，只能洗耳恭听。她的一些婆婆妈妈的事情，我并不感兴趣。但是，我初到德国时，听说德语的能力都不强。每天晚上上半小时的“听力课”，对我大有帮助。我的女房东实际上成了我的不收费的义务教员。这一点我从来没有对她说，她也永远不会懂的。“汇报”完了以后，照例说一句：“夜安！祝你愉快地安眠!”我也说同样的话，然后她退出，回到自己的房间里。我把皮鞋放在门外，明天早晨，她把鞋擦亮。我这一天的活动就算结束了，上床睡觉。

其余许多杂活，比如说洗衣服、洗床单、准备洗澡水，等等，无不由女房东去干。德国被子是鸭绒的，鸭绒没有被固定起来，在被套里面享有绝对的自由活动的权利。我初到德国时，很不习惯，睡下以后，在梦中翻两次身，鸭绒就都活动到被套的一边去，这里绒毛堆积如山，而另一边则只剩下两层薄布，当然就不能御寒，我往往被冻醒。我向女房东一讲，她笑得眼睛里直流泪。她于是细心教我使用鸭绒被的方法。我就像一个小孩子一样，在她的照顾下愉快地生活。

她的家庭看来是非常和睦的，丈夫忠厚老实，一个独生子不在家。老夫妇俩对儿子爱如掌上明珠。我记得，有一段时间，老头月月购买哥廷根的面包和香肠，打起包裹，送到邮局，寄给在达姆施塔特（Darmstadt）高工念书的儿子。老头腿有点毛病，走路一瘸一拐，很不灵便；虽然拿着手杖，仍然非常吃力。可他不辞辛苦，月月如此。后来老夫妇俩出去度假，顺便去看儿子。到儿子的住处大学生宿舍里去，一瞥间，他们看到老头千辛万苦寄来的面包和香肠，却发了霉，干瘪瘪地躺在桌子下面。老头怎样想，不得而知。老太太回家后，在晚上向我“汇报”时，絮絮叨叨地讲到这件事，说她大为吃惊。但是，奇怪的是，老头还是照样拖着两条沉重的腿，把面包和香肠寄走。我不禁想到，“可怜天下父母心”，古今中外之所同。然而儿女对待父母的态度，东西方却不大相同了。章太太的男房东可以为证。我并不提倡愚忠愚孝。但是，即使把父母与子女之间的关系，化为一般人与人之间的关系，像房东儿子的做法不也是有点过分了吗？

女房东心里也是有不平的。

儿子结了婚，住在外城，生了一个小孙女。有一次，全家回家来探望父母。儿媳长得非常漂亮，衣着也十分摩登。但是，女房东对她好像并不热情，对小孙女也并不宠爱。儿媳是年轻人，对好多事情有点马大哈，从中也可以看出德国两代人之间的“代沟”。有一天，儿媳使用手纸过多，把马桶给堵塞了。老太太非常不满意，拉着我到卫生间指给我看。脸上露出了许多怪物相，有忿怒，有轻蔑，有不满，有憎怨。此事她当然不能对儿子讲，连丈夫大概也没有敢讲，茫茫宇宙间她只有对我一个人诉说不平了。

女房东也是有偏见的。

关于戴帽子的偏见，我在上面已经谈过了，这里不再重复。她的偏见不只限于这一点，而且最突出的也不是这一件事。最突出的是宗教偏见。她自己信奉的是耶稣教，对天主教怀有莫名其妙的刻骨的仇恨。世界各地区各民族都毫无例外地有宗教偏见。这种偏见比任何其他偏见都更偏见。欧洲耶稣基督教新旧两派之间的偏见，也是异常突出的。我的女房东没有很高的文化，她的偏见也因而更固执。但她偏偏碰到一个天主教的好人。女房东每个月要雇人洗一次衣服、床单等等，承担这项工作的是一个天主教的老处女，年纪比女房东还要大，总有六十多岁了。她没有财产，没有职业，就靠帮人洗衣服为生。人非常老实，一天说不了几句话。却是一个十分虔诚的信徒，每月的收入，除了维持极其简朴的生活以外，全都交给教堂。她大概希望百年之后能够在虚无缥缈的天堂里占一个角落吧。女房东经常对我说："特雷莎（Therese）忠诚得像黄金一样。"特雷莎是她的名字。但是，忠诚归忠诚，一提到宗教，女房东就忿忿不平，晚上向我"汇报"时，对她也时有微词，具体的例子却从来没有听说过。

我的女房东就是这样一个有不平、有偏见、有自己的与宇宙大局世界大局和国家大局无关的小忧愁小烦恼、有这样那样的特点的平平常常的人；但却是一个心地善良、厚道、不会玩弄任何花招的平常人。

她的一生也是颇为坎坷的，走的并非都是阳关大道。据她自己说，第一次世界大战前，德国人家里普遍都有金子，她家里也一样。大战一结束，德国发了疯似的通货膨胀，把她一点点黄金都膨胀光了，成了无金阶级。到了第二次世界大战，她只是靠工资过日子。她对政治不感兴趣，她从来不赞扬希特勒，当然更不懂去反对他。由于种族偏见，犹太人她是反对的，但也说不上是“积极分子”，只是随大流而已。她在乡下没有关系户，食品同我一样短缺。在大战中间，她丈夫饿得从一个大胖子变成一个瘦子，终于离开了人世。老两口一生和睦相处，我从来没有听到他们俩拌过嘴，吵过架。老头一死，只剩下她孤零一人。儿子极少回来，屋子里空荡荡的。她心里是什么滋味，我不知道。从表面上来看，她只能同我这一个异邦的青年相依为命了。

战争到了接近尾声的时候，日子越来越难过。不但食品短缺，连燃料也无法弄到。哥廷根市政府俯顺民情，决定让居民到山上去砍伐树木。在这里也可以看到德国人办事之细致、之有条不紊、之遵守法纪。政府工作人员在茫茫的林海中划出了一个可以砍伐的地区，把区内的树逐一检查，可以砍伐者画上红圈。砍伐没有红圈的树，要受到处罚。女房东家里没有劳动力，我当然当仁不让，陪她上山，砍了一天树，运下山来，运到一个木匠家里，用机器截成短段，然后运回家来，贮存在地下室里，供取暖之用。由于那一个木匠态度非常坏，我看不下去，同他吵了一架。他过后到我家来，表示歉意。我觉得，这不过是小事一端，一笑置之而已。

我的女房东是一个平常人，当然不能免俗。当年德国社会中非常重视学衔，说话必须称呼对方的头衔。对方是教授，必须呼之为“教授先生”；对方是博士，必须呼之为“博士先生”。不这样，就显得有点不礼貌。女房东当然不会是例外。我通过了博士口试以后，当天晚上“汇报”时，她突然笑着问我：“我从今以后是不是要叫你‘博士先生’?”我真是大吃一惊，是我万万没有想到的。我连忙说：“完全没有必要!”她也不再坚持，仍然照旧叫我“季先生!”我称她为：“欧朴尔太太!”相安无事。

一想到我的母亲般的女房东，我就回忆联翩。在漫长的十年中，我们晨夕相处，从来没有任何矛盾。值得回忆的事情实在太多太多了；即使回忆困难时期的情景，这回忆也仍然是甜蜜的。这些回忆一时是写不完的。因此我也就不再写下去了。

离开德国以后，在瑞士停留期间，我曾给女房东写过几次信。回国以后，在北平，我费了千辛万苦，弄到了一罐美国咖啡，大喜若狂。我知道，她同许多德国人一样，嗜咖啡若命。我连忙跑到邮局，把邮包寄走，期望它能越过千山万水，送到老太太手中，让她在孤苦伶仃的生活中获得一点喜悦。我不记得收到了她的回信。到了50年代，“海外关系”成了十分危险的东西。我再也不敢写信给她，从此便云天渺茫，互不相闻。正如杜甫所说的“明日隔山岳，世事两茫茫”了。

1983年，在离开哥廷根将近四十年之后，我又回到了我的第二故乡。我特意挤出时间，到我的故居去看了看。房子整洁如故，四十年漫长岁月的痕迹一点也看不出来。我走上三楼，我的住房门外的铜牌上已经换了名字。我也无从打听女房东的下落，她恐怕早已离开了人世，同她丈夫一起，静卧在公墓的一个角落里。我回首前尘，百感交集。人生本来就是这样，我有什么办法呢？我只有虔心祷祝她那在天之灵——如果有的话——永远安息。

别哥廷根

是我要走的时候了。

是我离开德国的时候了。

是我离开哥廷根的时候了。

我在这座小城里已经住了整整十年了。

中国古代俗语说：千里搭凉棚，没有不散的筵席。人的一生就是这个样子。当年佛祖规定，浮屠不三宿桑下。害怕和尚在一棵桑树下连住三宿，就会产生留恋之情。这对和尚的修行不利。我在哥廷根住了不是三宿，而是三宿的一千二百倍。留恋之情，焉能免掉？好在我是一个俗人，从来也没有想当和尚，不想修仙学道，不想涅槃，西天无分，东土有根。留恋就让它留恋吧！但是留恋毕竟是有限期的。我是一个有国有家有父母有妻子的人，是我要走的时候了。

回忆十年前我初来时，如果有人告诉我：你必须在这里住上五年，我一定会跳起来的：五年还了得呀！五年是一千八百多天呀！然而现在，不但过了五年，而且是五年的两倍。我一点也没有感觉到有什么了不得。正如我在本书开头时说的那样，宛如一场缥缈的春梦，十年就飞去了。现在，如果有人告诉我：你必须在这里再住上十年，我不但不会跳起来，而且会愉快地接受下来的。

然而我必须走了。

是我要走的时候了。

当时要想从德国回国，实际上只有一条路，就是通过瑞士，那里有国民党政府的公使馆。张维和我于是就到处打听到瑞士去的办法。经多方探询，听说哥廷根有一家瑞士人。我们连忙专程拜访，是一位家庭妇女模样的中年妇人，人很和气。但是，她告诉我们，入境签证她管不了：要办，只能到汉诺威（Hannover）去。张维和我于是又搭乘公共汽车，长驱百余公里，赶到了这一地区的首府汉诺威。

汉诺威是附近最大最古的历史名城。我久仰大名，只是从没有来过。今天来到这里，我真正大吃一惊：这还算是一座城市吗？尽管从远处看，仍然是高楼林立；但是，走近一看，却只见废墟。剩下没有倒的一些断壁颓垣，看上去就像是古罗马留下来的斗兽场。马路还是有的，不过也布满了大大小小的弹坑。汽车有的已经恢复了行驶，不过数目也不是太多。引起我们注意的是马路两旁人行道上的情况。德国高楼建筑的格局，各大城市几乎都是一模一样：不管楼高多少层，最下面总有一个地下室，是名副其实地建筑在地下的。这里不能住人。住在楼上的人每家分得一二间，在里面贮存德国人每天必吃的土豆，以及苹果、瓶装的草莓酱、煤球、劈柴之类的东西。从来没有想到还会有别的用途的。战争一爆发，最初德国老百姓轻信法西斯头子的吹嘘，认为英美飞机都是纸糊的，决不能飞越德国国境线这个雷池一步。大城市里根本没有修建真正的防空壕洞。后来，大出人们的意料，敌人纸糊的飞机变成钢铁的了，法西斯头子们的吹嘘变成了肥皂泡了。英美的炸弹就在自己头上爆炸，不得已就逃入地下室躲避空袭。这当然无济于事。英美的重磅炸弹有时候能穿透楼层，在地下室中向上爆炸。其结果可想而知。有时候分量稍轻的炸弹，在上面炸穿了一层两层或多一点层的楼房，就地爆炸。地下室幸免于难，然而结果却更可怕。上面的被炸的楼房倒塌下来，把地下室严密盖住。活在里面的人，呼天天不应，叫地地不灵，这是什么滋味，我没有亲身经历，不愿瞎说。然而谁想到这一点，会不不寒而栗呢？最初大概还会有自己的亲人费上九牛二虎的力量，费上不知多少天的努力，把地下室中受难者亲属的尸体挖掘出来，弄到墓地里去埋掉。可是时间一久，轰炸一频繁，原来在外面的亲属说不定自己也被埋在什么地方的地下室，等待别人去挖尸体了。他们哪有可能来挖别人的尸体呢？但是，到了上坟的日子，幸存下来的少数人又不甘不给亲人扫墓，而亲人的墓地就是地下室。于是马路两旁高楼断壁之下的地下室外垃圾堆旁，就摆满了原来应该摆在墓地上的花圈。我们来到汉诺威看到的就是这些花圈，这种景象在哥廷根是看不到的。最初我是大惑不解。了解了原因以后，我又感到十分吃惊，感到可怕，感到悲哀。据说地窖里的老鼠，由于饱餐人肉，营养过分丰富，长到一尺多长。德国这样一个优秀伟大的民族，竟落到这个下场。我心里酸甜苦辣。万感交集，真想到什么地方去痛哭一场。

汉诺威的情况就是这个样子。这当然是狂轰滥炸时“铺地毯”的结果。但是，即使是地毯，也难免有点空隙。在这样的空隙中还幸存下少数大楼，里面还有房间勉强可以办公。于是在城里无房可住的人，晚上回到城外乡镇中的临时住处，白天就进城来办公。瑞士的驻汉诺威的代办处也设在这样一座楼房里。我们穿过无数的断壁残垣，找到办事处。因为我没有收到瑞士方面的正式邀请和批准，办事处说无法给我签发入境证。我算是空跑一趟。然而我却不但不后悔，而且还有点高兴；我于无意中得到一个机会，亲眼看一看所谓轰炸究竟真实情况如何。不然的话，我白白在德国住了十年，也自命经历过轰炸。哥廷根那一点轰炸，同汉诺威比起来，真如小巫见大巫。如没能看到真正的轰炸，将会抱恨终生了。

汉诺威是这样，其他比汉诺威更大的城市，比如柏林之类，被炸倒情况略可推知。我后来听说，在柏林，一座大楼上面几层被炸倒以后，塌了下来，把地下室严严实实地埋了起来。地下室中有人在黑暗中赤手扒碎砖石，走运扒通了墙壁，爬到邻居的尚没有被炸的地下室中，钻了出来，重见天日。然而十个指头的上半截都已磨掉，血肉模糊了。没有这样走运的，则是扒而无成，只有呼叫。外面的人明明听到叫声，然而堆积如山的砖瓦碎石，一时无法清除。只能忍心听下去，最初叫声还高，后来则逐渐微弱，几天之后，一片寂静，结果可知。亲人们心里是什么滋味，他们是受到什么折磨，人们能想下去吗？有过这样一场经历，不入疯人院，则入医院。这样惨绝人寰的悲剧是号称“万物之灵”的人类自己亲手酿成的。难道不是这样的吗？

听到这些情况以后，我自然而然地就想到了原来的柏林，十年前和三年前我到过的柏林。十年前不必说了，就是在三年前，柏林是个什么样子呀！当时战争虽然已经爆发，柏林也已有过空袭，但是还没有被“铺地毯”，市面上仍然是繁华的，人们熙攘往来，还颇有一点劲头。然而转瞬之间，就几乎变成了一片废墟。这变化真是太大了。现在让我来描述这一个今昔对比的变化，我本非江郎，谈不到才尽，不过现在更加窘迫而已。在苦思冥想之余，我想出了一个偷巧的办法。我想借用中国古代词赋大家的文章，从中选出两段，一表盛，一表衰，来作今昔对比。时隔将近两千年，地距超过数万里，情况当然是完全不一样的。然而气氛则是完全一致的，我现在迫切需要的正是描述这种气氛。借古人的生花妙笔，抒我今日盛衰之感怀。能想出这样移花接木的绝妙好法，我自己非常得意，不知是哪一路神仙在冥中点化，使我获得“顿悟”，我真想五体投地虔诚膜拜了。是否有文抄公的嫌疑呢？不，决不。我是付出了劳动的，是我把旧酒装在新瓶中的，我是偷之无愧的。

下面先抄一段左太冲《蜀都赋》：

> 亚以少城，接乎其西。市廛所会，万商之渊。列隧百重，罗肆巨千。贿货山积，纤丽星繁。都人士女，袨服靓妆。贾贸墆鬻，舛错纵横。异物崛诡，奇于八方。

上面列举了一些奇货。从这短短的几句引文里，也可以看出蜀都的繁华。这种繁华的气氛，同柏林留给我的印象是完全符合的。

我再从鲍明远的《芜城赋》里引一段：

> 观基扃之固护，将万祀而一君。出入三代，五百余载，竟瓜剖而豆分。泽葵依井，荒葛罥途。坛罗虺蜮，阶斗麏鼯。……通池既已夷，峻隅又已颓。直视千里外，唯见起黄埃。凝思寂听，心伤已摧。

这里写的是一座芜城，实际上鲍照是有所寄托的。被炸得一塌糊涂的柏林，从表面上来看，与此不大相同。然而人们从中得到的感受又何其相似！法西斯头子们何尝不想“万祀而一君”。然而结果如何呢？所谓“第三帝国”被“瓜剖而豆分”了。现在人们在柏林看到的是断壁颓垣，“直视千里外，唯见起黄埃”了。据德国朋友告诉我，不用说重建，就是清除现在的垃圾也要用上五十年的时间。德国人“凝思寂听，心伤已摧”，不是很自然的吗？我自己在德国住了这么多年，看到眼前这种情况，我心里是什么滋味，也就概可想见了。

然而是我要走的时候了。

是我离开德国的时候了。

是我离开哥廷根的时候了。

我的真正的故乡向我这游子招手了。

一想到要走，我的离情别绪立刻就逗上心头。我常对人说，哥廷根仿佛是我的第二故乡。我在这里住了十年，时间之长，仅次于济南和北京。这里的每一座建筑、每一条街，甚至一草一木，十年来和我同甘共苦，共同度过了将近四千个日日夜夜。我本来就喜欢它们的，现在一旦要离别，更觉得它们可亲可爱了。哥廷根是个小城，全城每一个角落似乎都留下了我的足迹，我仿佛踩过每一粒石头子，不知道有多少商店我曾出出进进过。看到街上的每一个人都似曾相识。古城墙上高大的橡树、席勒草坪中芊绵的绿草、俾斯麦塔高耸入云的尖顶、大森林中惊逃的小鹿、初春从雪中探头出来的雪钟、晚秋群山顶上斑斓的红叶，等等，这许许多多纷然杂陈的东西，无不牵动我的情思。至于那一所古老的大学和我那一些尊敬的老师，更让我觉得难舍难分。最后但不是最小，还有我的女房东，现在也只得分手了。十年相处，多少风晨月夕，多少难以忘怀的往事，“当时只道是寻常”，现在却是可想而不可即，非常非常不寻常了。

然而我必须走了。

我那真正的故乡向我招手了。

我忽然想起了唐代诗人刘皂的《旅次朔方》那一首诗：

客舍并州数十霜，
归心日夜忆咸阳。
无端又渡桑干水，
却望并州是故乡。

别了，我的第二故乡哥廷根！

别了，德国！

什么时候我再能见到你们呢？

附录　漫谈散文

季羡林

对于散文，我有偏爱，又有偏见。为什么有偏爱呢？我觉得在各种文学体裁中，散文最能得心应手，灵活圆通。而偏见又何来呢？我对散文的看法和写法不同于绝大多数的人而已。

我没有读过《文学概论》一类的书籍，我不知道，专家们怎样界定散文的内涵和外延。我个人觉得，“散文”这个词儿是颇为模糊的。最广义的散文，指与诗歌对立的一种不用韵又没有节奏的文体。再窄狭一点，就是指与骈文相对的，不用四六体的文体。更窄狭一点，就是指与随笔、小品文、杂文等名称混用的一种出现比较晚的文体。英文称这为Essay、Familiar Essay，法文叫Essai，德文是Essay，显然是一个字。但是这些洋字也消除不了我的困惑。查一查字典，译法有多种。法国蒙田的Essai，中国译为“随笔”，英国的Familiar Essay译为“散文”或“随笔”，或“小品文”。中国明末的公安派或竟陵派的散文，过去则多称之为“小品”。我堕入了五里雾中。

子曰：“必也正名乎！”这个名，我正不了。我只好“王顾左右而言他”。中国是世界上散文第一大国，这决不是“王婆卖瓜”，是必须承认的事实。在西欧和亚洲国家中，情况也有分歧。英国散文名家辈出，灿若列星。德国则相形见绌，散文家寥若晨星。印度古代，说理的散文是有的，抒情的则如凤毛麟角。世上万事万物有果必有因。这种情况的原因何在呢？我一时还说不清楚，只能说，这与民族性颇有关联。再进一步，我就穷辞了。

这且不去管它，我只谈我们这个散文大国的情况，而且重点放在眼前的情况上。五四运动是中国近代史上的一件大事。

在文学范围内，改文言为白话，也是中国文学史上的一件大事。七十多年以来，中国文学创作取得了长足的进步。但是，据我个人的看法，各种体裁间的发展是极不平衡的。小说，包括长篇、中篇和短篇，以及戏剧，在形式上完全西化了。这是福？是祸？我还没见到有专家讨论过。我个人的看法是，现在的长篇小说的形式，很难说较之中国古典长篇小说有什么优越之处。戏剧亦然，不必具论。至于新诗，我则认为是一个失败。至今人们对诗也没能找到一个形式。既然叫诗，则必有诗的形式，否则可另立专名，何必叫诗？在专家们眼中，我这种对诗的见解只能算是幼儿园的水平，太平淡低下了。然而我却认为，真理往往就存在于平淡低下中。你们那些恍兮惚兮高深玄妙的理论“只堪自怡悦”，对于我却是“只等秋风过耳边”了。

这些先不去讲它，只谈散文。简短截说，我认为五四运动以来中国文坛上最成功的是白话散文。个中原因并不难揣摩。中国有悠久雄厚的散文写作传统，所谓经、史、子、集四库中都有极为优秀的散文，为世界上任何国家所无法攀比。散文又没有固定的形式。于是作者如林，佳作如云，有如八仙过海，各显神通。旧日士子能背诵几十篇上百篇散文者，并非罕事，实如家常便饭。五四以后，只需将文言改为白话，或抒情，或叙事，稍有文采，便成佳作。窃以为，散文之所以能独步文坛，良有以也。

但是，白话散文的创作有没有问题呢？有的。或者甚至可以说，还不少。常读到一些散文家的论调，说什么："散文的窍诀就在一个'散'字。""散"者，松松散散之谓也。又有人说："随笔的关键就在一个'随'字。""随"者，随随便便之谓也。他们的意思非常清楚：写散文随笔，可以随便写来，愿意怎样写，就怎样写。愿意下笔就下笔；愿意收住就收住。不用构思，不用推敲。有些作者自己有时也感到单调与贫乏，想弄点新鲜花样，但由于腹笥贫瘠，读书不多，于是就生造词汇，生造句法，企图以标新立异来济自己的贫乏。结果往往是，虽然自我感觉良好，可是读者偏不买你的账，奈之何哉！读这样的散文，就好像吃搀上沙子的米饭，吐又吐不出，咽又咽不下，进退两难，啼笑皆非。你千万不要以为这样的文章没有市场，正相反，很多这样的文章堂而皇之地刊登在全国性的报刊上。我回天无力，只有徒唤奈何了。

要想追究产生这种现象的原因，也并不困难。世界上就有那么一些人，总想走捷径，总想少劳多获，甚至不劳而获。中国古代的散文，他们读得不多，甚至可能并不读；外国的优秀散文，同他们更是风马牛不相及。而自己又偏想出点风头，露一两手。于是就出现了上面提到的那样非驴非马的文章。

我在上面提到我对散文有偏见，又几次说到"优秀的散文"，我的用意何在呢？偏见就在"优秀"二字上。原来我心目中的优秀散文，不是最广义的散文，也不是"再窄狭一点"的散文，而是“更窄狭一点”的那一种。即使在这个更窄狭的范围内，我还有更更窄狭的偏见。我认为，散文的精髓在于“真情”二字，这二字也可以分开来讲：真，就是真实，不能像小说那样生编硬造；情，就是要有抒情的成分。即使是叙事文，也必有点抒情的意味，平铺直叙者为我所不取。《史记》中许多《列传》，本来都是叙事的，但是，在字里行间，洋溢着一片悲愤之情，我称之为散文中的上品。贾谊的《过秦论》，苏东坡的《范增论》、《留侯论》等，虽似无情可抒，然而却文采斐然，情即蕴涵其中，我也认为是散文上品。

这样的散文精品，我已经读了七十多年了。其中有很多篇我能够从头到尾地背诵。每一背诵，甚至仅背诵其中的片段，都能给我以绝大的美感享受。如饮佳茗，香留舌本；如对良友，意寄胸中，如果真有“三月不知肉味”的话，我即是也。从高中直到大学，我读了不少英国的散文佳品，文字不同，心态各异。但是，仔细玩味，中英又确有相通之处；写重大事件而不觉其重，状身边琐事而不觉其轻；娓娓动听，逸趣横生；读罢掩卷，韵味无穷。有很多很多值得我们学习借鉴之处。

至于六七十年来中国并世的散文作家，我也读了不少它们的作品。虽然笼统称之为“百花齐放”，其实有成就者何止百家。他们各有自己的特色，各有自己的风格，合在一起看，直如一个姹紫嫣红的大花园，给五四以后的中国文坛增添了无量光彩。留给我印象最深刻最鲜明的有鲁迅的沉郁雄浑，冰心的灵秀玲珑，朱自清的淳朴淡泊，沈从文的轻灵美妙，杨朔的镂金错彩，丰子恺的厚重平实，如此等等，不一而足。至于其余诸家，各有千秋，我不敢赞一词矣。

综观古今中外各名家的散文或随笔，既不见“散”，也不是“随”。它们多半是结构谨严之作，决不是愿意怎样写就怎样写轻率的产品。蒙田的《随笔》，确给人以率意而行的印象。我个人认为，在思想内容方面，蒙田是极其深刻的；但在艺术性方面，他却是不足法的。与其说蒙田是一个散文家，不如说他是一个哲学家或思想家。

根据我个人多年的玩味和体会，我发现，中国古代优秀的散文家，没有哪一个是“散”的，是“随”的，正相反，他们大都是在“意匠惨淡经营中”，简练揣摹，煞费苦心，在文章的结构和语言的选用上，狠下功夫。文章写成后，读起来虽然如行云流水，自然天成，实际上其背后实蕴藏着作者的一片匠心。空口无凭，有文为证。欧阳修的《醉翁亭记》，是流传千古的名篇，脍炙人口，无人不晓。通篇用“也”字句，其苦心经营之迹，昭然可见。像这样的名篇还可以举出一些来，我现在不再列举，请读者自己去举一反三吧。

在文章的结构方面，最重要的是开头和结尾，在这一点上，诗文皆然，细心的读者不难自己去体会，而且我相信，他们都已经有了足够的体会了。要举例子，那真是不胜枚举。我只举几个大家熟知的。欧阳修的《相州昼锦堂记》开头几句话是：“仕宦而至将相，富贵而归故乡，此人情之所荣，而今昔之所同也。”据一本古代笔记上的记载，原稿并没有。欧阳修经过了长时间的推敲考虑，把原稿派人送走。但他突然心血来潮，觉得还不够妥善，立即又派人快马加鞭，把原稿追了回来，加上了这几句话，然后再送走，心里才得到了安宁。由此可见，欧阳修是多么重视文章的开头。从这一件小事中，后之读者可以悟出很多写文章之法。我个人觉得，这样的开头有雷霆万钧的势头，有笼罩全篇的力量，读者一开始读就感受到它的威力，有如高屋建瓴，再读下去，就一泻千里了。文章开头之重要，焉能小视哉！这只不过是一个例，不能篇篇如此。纵观古人文章的开头，还能找出很多不同的类型，有的提纲挈领，如韩愈《原道》之“博爱之谓仁，行而宜之之谓义，由是而之焉之谓道，足乎己无待于外之谓德”。有的平缓，如柳宗元的《小石城山记》之“自西山道口径北，逾黄茅岭而下，有二道”。有的陡峭，如杜牧《阿房宫赋》之“天王毕，四海一，蜀山兀，阿房出”。类型还多得很，不可能，也没有必要一一列举。读者如能仔细观察，仔细玩味，必有所得，这是完全可以肯定的。

谈到结尾，姑以诗为例，因为在诗歌中，结尾的重要性更明晰可辨。杜甫的《望岳》最后两句是：“会当凌绝顶，一览众山小。”钱起的《赋得湘灵鼓瑟》的最终两句是：“曲终人不见，江山数峰青。”杜甫的《缚鸡行》的最后两句是：“鸡虫得失无了时，注目寒江倚山阁。”这样的例子更是举不完的。诗文相通，散文的例子，读者可以自己去体会。之所以出现这种情况，原因并不难理解。在中国古代，抒情的文或诗，都贵在含蓄，贵在言有尽而意无穷，如食橄榄，贵在留有余味，在文章结尾处，把读者的心带向悠远，带向缥缈，带向一个无法言传的意境。我不敢说，每一篇文章，每一首诗，都是这样。但是，文章之作，其道多端；运用之妙，在乎一心。我上面讲的情况，是广大作者所刻意追求的，我对这一点是深信不疑的。

“你不是在宣扬八股吗?”我仿佛听到有人这样责难了。我敬谨答曰：是的，亲爱的先生！我正是在讲八股，而且是有意这样做的。同世上的万事万物一样，八股也要一分为二的。从内容上来看，它是“代圣人立言”，陈腐枯燥，在所难免。这是毫不足法的。但是，从布局结构上来看，却颇有可取之处。它讲究逻辑，要求均衡，避免重复，禁绝拖拉。这是它的优点。有人讲，清代桐城派的文章，曾经风靡一时，在结构布局方面，曾受到八股文的影响。这个意见极有见地。如果今天中国文坛上的某一些散文作家——其实并不限于散文作家——学一点八股文，会对他们有好处的。

我在上面啰啰嗦嗦写了那么一大篇，其用意其实是颇为简单的，我只不过是根据自己六十年来的经验与体会，告诫大家：写散文虽然不能说是“难于上青天”，但也决非轻而易行，应当经过一番磨炼，下过一番苦功，才能有所成，决不可掉以轻心，率尔操觚。

综观中国古代和现代的优秀散文，以及外国的优秀散文，篇篇风格不同。散文读者的爱好也会人人不同，我决不敢要求人人都一样，那是根本不可能的。仅就我个人而论，我理想的散文是淳朴而不乏味，流利而不油滑，庄重而不板滞，典雅而不雕琢。我还认为，散文最忌平板。现在有一些作家的文章，写得规规矩矩，没有任何语法错误，选入中小学语文课本是毫无问题的，但是读起来总觉得平淡无味，是好的教材资料，却决非好的文学作品。我个人觉得，文学最忌单调平板，必须有波涛起伏，曲折幽隐，才能有味。有时可以采点文言词藻，外国句法；也可以适当地加入一些俚语俗话，增添那么一点苦涩之味，以避免干燥无味。我甚至于想用谱乐谱的手法来写散文，围绕着一个主旋律，添上一些次要旋律；主旋律可以多次出现，形式稍加改变，目的只想在复杂中见统一，在跌宕中见均衡，从而调动起读者的趣味，得到更深更高的美感享受。有这样的有节奏有韵律的文字，再充之以真情实感必能感人至深，这是我坚定的信念。

我知道，我这种意见决不是每个作家都同意的。风格如人，各人有各人的风格，决不能强求统一。因此，我才说：这是我的偏见。谈“偏见”，是代他人立言。代他人立言比代圣人立言还要困难。我自己则认为这是正见，否则我决不会这样刺刺不休地来论证。我相信，大千世界，文章林林总总，争鸣何止百家；如蒙海涵，容我这个偏见占一席之地，则我又将感激涕零之至矣。

图书在版编目(CIP)数据

园花寂寞红/季羡林著;杨国明编.—上海:东方出版中心,2019.7

ISBN 978-7-5473-1461-6

Ⅰ.①园… Ⅱ.①季… ②杨… Ⅲ.①散文集-中国-当代 Ⅳ.①I267

中国版本图书馆CIP数据核字(2019)第109962号

园花寂寞红

出版发行: 东方出版中心
地　　址: 上海市仙霞路345号
电　　话: (021)62417400
邮政编码: 200336
印　　刷: 山东鸿君杰文化发展有限公司
开　　本: 890mm×1240mm　1/32
字　　数: 181千字
印　　张: 9.25
版　　次: 2019年7月第1版第1次印刷
ISBN 978-7-5473-1461-6
定　　价: 39.00元
